目次

【炉辺談話】『五つの箱の死』

山口雅也（Masaya Yamaguchi）

ようこそ、わたしの奇想天外の書斎へ。ここは——三方の書棚に万巻の稀覯本が揃い、暖炉が赤々と燃え、読書用の安楽椅子が据えられているという——まさに、あなたのような読書通人《ウェル・リード・コノサー》にとって《理想郷《シャングリラ》》のような部屋なのです。

——そうです、以前、三冊で途絶した《奇想天外の本棚》を、生死不明のまま待っていてくれた読者《ワトスン》の皆さん、どうか卒倒しないでください。私の執念と新たな版元として名乗りを上げた国書刊行会の誠意ある助力によって、かの名探偵ホームズのように三年ぶりに読書界に《奇想天外の本棚》が生還を果たしたのです。

甦った《奇想天外の本棚》（KITEN BOOKS）は、従来通り読書通人《ウェル・リード・コノサー》のための叢書というコンセプトを継承します。これからわたしは、読書通人のための「都市伝説的」作品——噂には聞くが、様々な理由で、通人でも読んでいる人が少ない作品、あるいは本邦未紹介作品の数々をご紹介します。ジャンルについても、ミステリの各サブ・ジャンル、SF、ホラーから普通文学、児童文学《ジュヴナイル》、戯曲に犯罪実話《ノンフィクション》まで——を、ご紹介してゆくつもりです。つまり、ジャンル・形式の垣根などどうでもいい、奇想天外な話ならなんでも出す——ということです。

新装《奇想天外の本棚》の今回の配本は、カーター・ディクスン（ご存じジョン・ディクスン・カーの別名義。以下、カーの呼称で解説いたします）の『五つの箱の死（*Death in Five Boxes*, 1938）』です。

なぜ、わたしが本書を《奇想天外の本棚》叢書に選んだのか。理由は二つほどあります。

第一に、これがカーの秀作であるにも関わらず、わたしが「結カー問答」（『奇想天外21世紀版』南雲堂所収）で取り挙げるまで、目立った評価がされていなかったから（あの江戸川乱歩の、斯界にカー熱を巻き起こした「カー問答」ですら『五つの箱の死』には言及されておりません）。

——なぜなのでしょう？　一つは、時系列でいうと『孔雀の羽根』（1937）と『ユダの窓』（1938）という傑作二編の間に挟まれて、『五つの箱の死』に識者の票が入らなかったということがあるかもしれません。——だがしかし、わたしにとっては、両名作に負けず劣らず面白いカー作品と考えるので、本作を叢書に推すに至ったわけです。では、どこがそんなに面白いのかという問いに答えるなら、一言で言って「奇想天外なクライム・シーンの演出」——ということになります。『孔雀の羽根』や『ユダの窓』のクライム・シーンも面白さ抜群なのですが、『五つの箱の死』にもそれら定評のある名作に負けず劣らず奇想天外なクライム・シーンの演出が施されているのです。

その奇想天外なクライム・シーンの中身についてご説明いたします。ミステリの謎にはスリーダニットということが言われております。Whodunit（誰がやったか？）Howdunit（どういう方法でやったのか？）Whydunit（なぜやったのか？）の三つですね。『五つの箱の死』のクライム・シーンの謎はこれらスリーダニットを統合したWhathappend（何が起こったのか？）とでもいうべき演出がなされているからであります。ついでに言っておきますとWhatdunitという言葉を用いているミステリ関係者がいるということですが、これは盟友酔眼俊一郎氏によると、文法的には誤用ということになります。実は恥ずかしながら、わたしも私的な場面で誤用しておりました。

　さて、本書を叢書に選定した、もう一つの理由を申します——それは、ミステリの名匠カーの名誉回復のためであります。

　わたしが『五つの箱の死』旧訳を読んだ学生時代に、ミステリ通の間で、「これは、アンフェアではないか、カーの反則ではないか」という風評がたっておりました。わたしは旧訳と原書を確認したうえで、反論いたしました。——「アンフェア」だの「反則」だのといった風評の原因は旧訳版の造本上のミス（これ以上はネタバレになる惧れがあるので明言できません）に起因するものだったのです。本書の紹介文で「読者よ欺かるるなかれ」的と評したのは、そうしたことを言いたかったわけです。

　——再度申します。

　これは反則技などではありません。ミステリの名匠が繰り出した離れ業なのです！

　こうした理由などによって、旧訳のミスを改善した新訳版を本叢書で出すことにしたわけです。

　——さて、前口上は、これくらいにしておきましょう。窓の外には雨音が聞こえ、夜も更けてまいりました。『五つの箱の死』事件の登場人物たちもフラットに集まってくる頃合いです。では、読者の皆さんも名匠カーが演出する奇想天外なクライム・シーンの方へ赴いてください。そして、再度申します。――読者よ欺かるるなかれ……。

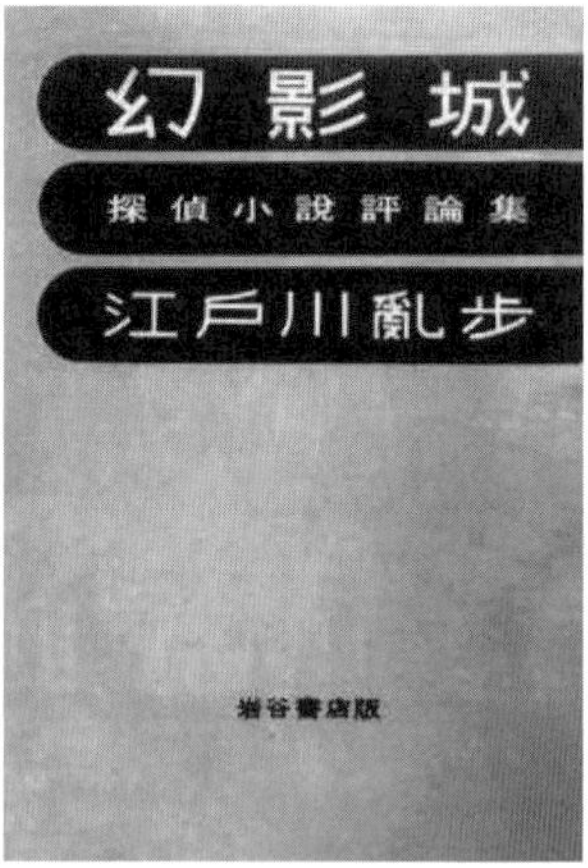

「カー問答」所収の『幻影城』
（岩谷書店版初版）

五つの箱の死

主要登場人物

ジョン・サンダース…………内務省の顧問医師
マーシャ・ブライストン……デニス・ブライストン卿の娘
デニス・ブライストン卿……外科医
フェリックス・ヘイ…………投資仲介人
ボニータ・シンクレア………美術評論家
バーナード・シューマン……イギリス＝エジプト輸入商会の経営者
ピーター・ファーガソン……イギリス＝エジプト輸入商会の事務員
ティモシー・リオーダン……ヘイのフラットの管理人
チャールズ・ドレーク………ヘイの顧問弁護士
ウィルバート・ロジャース…ヘイの顧問弁護士
ハンフリー・マスターズ……ロンドン警視庁首席警部
ロバート・ポラード…………部長刑事
ヘンリー・メリヴェール卿…陸軍省情報部長

一

午前一時、ジョン・サンダース医師は研究室を閉めた。そのときもまだ、彼はアイスクリームにどうやって砒素《ひそ》が混入したのかという問題に頭を悩ませていた。このスミス事件については、今週中に報告書を出さなければならない。疲れて、顕微鏡を長時間覗《のぞ》いていたせいで目が痛かった。そこで、家まで歩いて頭をすっきりさせようと考えた。

ハリス毒物学研究所はブルームスベリー・ストリートにあった。建物に最後まで残っていたサンダースは、いつものように慎重に戸締まりをした。グレート・ラッセル・ストリートに差しかかった頃には小雨が降りはじめていた。彼はそれをありがたいと思った。空気がきれいになる気がする。長く連なる住宅地を、トッテナム・コート・ロードまで歩く間、聞こえるのは静かな雨音だけだった。街灯の薄暗い明かりが、家並みの暗さを際立たせていた――ただ一か所を除いて。

なぜそれに目を引かれたのか、彼にはわからなかった。疲れでぼうっとしていたために、ささいな事柄に注意が向いたのだろう。それは赤煉瓦造りの、細長い十八世紀の家だった。三階建てで、屋根窓《ドーマー》付きの屋根裏部屋があり、主に事務所として貸し出されているようだ。屋根裏部屋の小さな屋根窓のうちふたつには明かりがついていて、白っぽいブラインド越しに光が漏《も》れていた。死んだような通りの上で、それだけが寂しげに生きているように目立っていた。彼はぼんやりと見上げながら家に近づいて行った。家のすぐ外には街灯が立っていて、狭い玄関の一部を照らしていた。

そのとき、彼は街灯のそばに誰かが立って、自分を見ているのに気づいた。

「失礼ですが」若い女性の声がいった。

サンダースはひどく驚いた。通りには誰もいないと思い込んでいたからだ。最初はただの徘徊者《はいかいしゃ》だろうと思い、足を速めたが、相手をひと目見てためらった。彼女は短い茶色の毛皮のコートを着て、襟《えり》の先をネクタイのように前で重ねていた。帽子はかぶっていない。ガス灯が茶色い髪を照らし、ただならぬ雰囲気を与えている。髪は片側で分けられ、額《ひたい》は蠟《ろう》でできているように見えた。細い眉は目尻のほうが上がり、目はごく淡い茶色で、鼻は短く、すっとしていた。雨粒が通りに落ち、明かりの下でパラパラと音を立てた。今や、通りは雨音に満ちていた。

「サンダース先生ですね？」彼女は尋ねた。

「ええ、そうです」

「そして、警察とつながりがありますね」低く心地よい声は、質問というより宣言するようにいった。

「警察？　いいえ、厳密にいえばありませんが。ぼくは――」

彼女は近づいてきた。

「お願いですから、追い払わないで！」彼女はそういって両手を握った。「つながりがあるのは、ご自分でもわかっているはずです。ホルトビー事件で証拠を提出したと聞きました」

「ええ。内務省の分析官のための仕事はしています。何かお困りですか？　力になれることがあるでしょうか？」

　生来の保守的傾向とは裏腹に、彼はそういっていた。相手はさらに近づいてきた。雨音が高まり、雨粒が彼女の髪やコートの肩の上できらめいた。物陰から出てきたのを見て初めて、彼女がどれほど魅力的かがわかった。

「父は出かける前に遺言状を作りました」女性は説明した。「それが心配なんです」

　サンダースは彼女をじっと見た。

「ひどく馬鹿げて聞こえるのはわかります」彼女は続けた。「けれど、とても大事なことなんです。すぐに説明します。でも、わたしの頼みを聞いてくれませんか？　いかがです？　わたしはマーシャ・ブライストンと申します。素描を描いています。父をご存じかもしれませんね。デニス・ブライストン卿です。ブラインドの奥で明かりが灯《とも》っている窓が見えますでしょう？　ほんのしばらく、わたしと一緒にそこへ行ってくれませんか？　いかがです？」

「もちろん、必要ならば構いませんよ。しかし、なぜです？」

「ひとりで行くのが怖いからです」女性は端的にいった。

　法医学に没頭し、世間を見る暇がほとんどなかったジョン・サンダースは、通りを見わたした。もっと疑り深い性格なら、躊躇《ちゅうちょ》していただろう。だが、サンダースという男は疑うことを知らなかった。彼はその問題を、毒のあるチョウセンアサガオの種と無害なトウガラシの種とを見分けるときのように、真面目に、注意深く考えた。

「まずは、雨に濡れないようにしたほうがいい」彼はそういって、丁寧な手ぶりで玄関を指した。

「警察は呼びたくなかったんです」彼女はなおもいった。「でも、その手の知識を持った人が必要でした。それに、とにかく誰かを呼び止めなくてはならなかったし、あなたはいい人そうに見えたので、声をかけたんです」

玄関を入ると、ガラスのドアのあるホールになっていて、ドアの向こうには長く薄暗い廊下が延びていた。ホールの左手には、それぞれの階の入居者の名を記した掲示板があった。彼はマッチを擦《す》ってそれを読んでみた。一階はメーソン・アンド・ウィルキンズ公認会計士事務所。二階はチャールズ・デリングズ・サンズ不動産。三階はイギリス＝エジプト輸入商会。最上階の四階は、ミスター・フェリックス・ヘイ——大きな文字のその名は、最近書かれたものだった。

「それです」彼女はささやいた。「〝ミスター・フェリックス・ヘイ〟。事務所ではなく住居なんです。行ってくれますか？」

サンダースはガラスのドアを押してみて、鍵がかかっていないことに気づいた。彼はまたマッチを擦った。

「明かりがついていたことからすると」彼はいった。「ミスター・ヘイはまだいるのでしょう。詮索する気はありませんが、彼がそこにいたら、何といえばいいのです？」

「誰かがノックに応えたら、わたしの友達のふりをして、ふたりでパーティーから帰るところだということにしてください。わたしが話をします。誰も応えなければ——」

「ええ」

「どうすればいいかわかりません」女性は打ち明けた。彼は相手が泣きだすのではないかと思った。

サンダースの頭は混乱していた。現実的な本能はこういっていた。いったい何に足を踏み入れようとしているんだ？　保守的な本能はこういっていた。こんな真似は初めてだ。思いがけない本能はこういっていた。できるだけ長く、マーシャ・ブライストンのそばにいたい。

彼は周囲を手探りしたが、明かりのスイッチは見つからず、マッチを擦りながら進んだ。あたりには十八世紀の雰囲気ばかりでなく、事務所ならではの強烈なにおいがしていた。メーソン・アンド・ウィルキンズ公認会計士事務所を通り過ぎ、手探りで階段を上って行く。階段は硬いリノリウムに覆《おお》われ、歩くたびに両端がシーソーのようにきしんだ。三階へ通じる階段を半分ほど上ったところで、サンダースの手が暗闇の中で何かに触れた。

彼はマッチを擦り、マッチ箱を持った左手を前へ突き出した。明かりに照らし出されたのは、階段の内壁に立てかけられた、何の変哲もない雨傘だった。だが、それは大きな音を立てて階段を転げ落ち、連れの女性は悲鳴をあげた。それは手すりにぶつかり、さらに数段落ちてから、半分に折れたように見えた。

彼はマッチを掲げて下を見た。曲がった取っ手は、転がった傘から取れてしまい、光る金属が数インチあらわになっていた。彼は駆け下りてそれを見た。仕込み傘だった。軸の中に、長さ二フィートほどの、ごく細身のスチールの刃が仕込まれていた。

「こんなものを見るのは初めてだ」彼は妙に自然な口調でいった。「これまで一度も——」

だが、刃を抜く手は途中で止まった。そこに血痕が見えたからだ。

内務省の顧問医師、ジョン・サンダースは、マッチで指を焼きながら、素早く刃を元に戻した。マーシャ・ブライストンに見られたかどうかはわからない。

「どうかしました?」彼女は小声でいった。

もうマッチを擦る必要はなくなった。階上にいた誰かが、明かりのスイッチを入れたのだ。サンダースは、女性が上のほうの段で、手すりにつかまっているのを見た。

「何でもありません」それはおそらく、人生最大の嘘だった。「大丈夫です。上がってください。誰かが明かりをつけてくれ――」

明かりをつけた人物は、上の階の半開きのドアから顔を出していた。事務所の正面はすりガラスになっていて、そこに金文字で〝イギリス＝エジプト輸入商会　代表取締役B・G・シューマン〟と書かれていた。同じ銘文が、廊下の奥のドアにも書かれている。ドアのひとつから、事務員の格好をした温厚そうな年配の男が覗いていた。手と顔を洗っていたらしい。禿げ上がった額は磨《みが》き上げられたようで、てっぺんに生《は》えている灰色がかった髪は、幻のように見えた。手にはまだタオルを持っている。ほとんど鼻のあたりまでずり下げた読書用眼鏡の上からふたりを見てから、自然な口調でいった。

「何か聞こえたようですが。誰か落ちたのですか？」

「傘です」サンダースはそれを持ち上げた。「あなたのですか？　階段で見つけたのですが」

傘は新品だった。紫檀《したん》の持ち手はぴかぴかで、通常の用途では一度も使われていないように見えた。相手はそれを、不快さとかすかな落胆が入り混じった表情でじっと見た。その目が、最上階に通じる階段を見上げる。その先には、ミスター・フェリックス・ヘイのフラットの、閉じたドアがあった。

「ああ、傘ですか」彼は別のものを期待していたかのように、ぶつぶついった。「わたしのではありません。たぶん、上の階の人のものでしょう」彼は最後にもう一度、きびきびとタオルで手を拭き、ひどくもったいぶった口調で鋭くいった。「下りてくるときには、ここに廊下の明かりのスイッチがありますから、帰りに忘れずに消してくださいよ」

彼が中に入り、ドアを閉めようとしたとき、マーシャ・ブライストンがいった。

「ミスター・ヘイは家にいるでしょうか？」

間があった。「ええ。いますよ」

「お客様がいるかどうか、知りませんか？」

「いると思います」彼は言葉を濁《にご》そうとした。しばらく葛藤していたが、明らかに話したい気持ちが勝ったようだ。「それに、今夜はとても静かです。何時間も、物音ひとつしません。こんなに静かな夜になるとは思っていませんでした。最初は野蛮な連中のように大笑いして、足を踏み鳴らしていたんです。笑い声？　あんな笑い声を聞いたのは生まれて初めてです。屋根が吹き飛ぶかと思うくらいでした。どうしてまた――！」

彼は言葉を切り、いいたいことを強調するかのようにドアの奥のデスクにタオルを放った。そして無言で中に入り、ドアを閉めた。

サンダースはフェリックス・ヘイの部屋のドアを見上げた。女性のほうを見もせずに階段を上りきり、電子式の呼《よ》び鈴《りん》を鳴らす。跳ね返るようなベルの音が大きく鳴り響き、部屋の隅々にこだましたように聞こえた。返事はなかった。しばらく呼び鈴を押したあと、彼はノブを回してみた。

それから、下の廊下から見上げている女性に向き直った。

「いいですか。何なのかはわかりませんが、ここで何かあったようです。ドアが開いているので、入ってみます。でも、ぼくが声をかけるまで、入ってこないように。これだけ教えてください。ここで何が見つかると思っているのですか？」

「父です」彼女はいった。

中にはさらに短い階段があり、フラットの廊下に通じていた。階段は廊下と同じく、こげ茶色の柔らかい絨毯《じゅうたん》に覆われている。明かりはすべてついていた。今、彼は建物の正面と向かい合うようにして立っていたので、フラットの簡素な間取りがはっきりとわかった。目の前の広々とした廊下の突き当たりには、通りを見下ろす小さなキッチンがある。右手には、三つの部屋がひと続きになっている。通りを見下ろす大きな居間と、寝室と、浴室だ。

部屋は広々としていたが、天井は低かった。下の階を事務所として貸し出すとき、所有者は十八世紀の傑作といえる羽目板には手をつけなかったようだ。サンダースは意外な贅沢《ぜいたく》さのただ中で、屋根を叩く雨音を聞いていた。

彼は自分の声の効果を試してみたが、誰かが応えたら何といおうかと思った。誰も応えなかった。居間に入ったとき、その理由がわかった。

サンダースの第一印象は、蠟人形か剝製《はくせい》の群れを見ているのではないかというものだった。暖炉の両側に壁画が描かれた贅沢な部屋の中、細長い食卓の周りに、四体のダミー人形が思い思いの格好で座っていた。テーブルの下座には、イヴニングドレスを着た美しい女性が、肩に顔をうずめるようにして座っている。一辺には、ごわごわした白髪の年老いた男が手足を投げ出している。反対側には、中年男性が背筋を伸ばして座っていた。最後に上座には、てっぺんを剃った赤毛の、陽気な表情の巨漢が座っていた。彼は放縦《ほうしょう》な修道士のように、全員を支配していた。

下の通りを走る大型トラックの振動で、窓枠が震えた。物いわぬ四人の体が少し揺れた。

死んでいるのか？

そうとはいいきれなかった。戸口からでも、サンダースには奇妙な呼吸音が聞こえた。彼は女性にそっと近づいた。指輪をはめた手が、割れたカクテルグラスで切れている。脈拍は非常に速く、百二十をゆうに超えていた。肌はまだら状に赤くなっている。片方のまぶたを開けた彼は状況を理解した。瞳孔《どうこう》が開き、虹彩《こうさい》の周囲は細い輪だけになっていた。

素早くテーブルを回りながら、彼はひとりひとりの状態を見た。誰も死んでいないし、死ぬおそれもない。だが、麻酔性毒物を飲んでいる症状が全員に見られた。雨音の下で、苦しげにうめくような呼吸音がした。

もっとも影響を受けているのは、ごわごわした白髪頭の老人だった。学者のような顔をテーブルに伏せ、息で目の前の灰皿の灰が揺れている。中年男性は深刻な状態を脱したばかりに見えた。威厳を保《たも》つかのように、背筋をほぼまっすぐにしている。サンダースはその手の美しさと力強さに気づいた。両手の人差し指と中指は、ほぼ同じ長さだった。最初の男の前にはカクテルグラスがあり、二番目の男の前にはタンブラーがあった。

サンダースが調べたこの三人には、死の兆候《ちょうこう》はなかった。しかし、四人目に伸ばした手を、彼は引っ込めた。赤毛を剃り上げた太った男は、死んでから一時間は経っていた。

男の体を持ち上げたとき、サンダースは死因を見つけた。

これは手のほどこしようがない。彼はまず、薬物を飲んだ人々のために救急車を呼ぼうと電話を探した。白いブラインドを下ろしたふたつの窓の間のテーブルに、電話があった。ハンカチで受話器を取り、何度かダイヤルを回したあと、赤毛の男と同じく電話も生きていないことに気づいた。

「サンダース先生！」マーシャ・ブライストンが叫んだ。

分厚い絨毯に覆われていても、廊下の古い板がきしむのが聞こえた。彼女をここへ入らせないために、サンダースは急いで廊下に出て、居間のドアを閉めた。待っていた彼女は、毛皮のコートの襟の両端を、自分を痛めつけるかのようにぎゅっと結んでいた。

「もう待っていられないわ」彼女はいった。「父は――？」

「落ち着いてください。大丈夫です。お父さんの外見は？　大きな体で、一部禿げ上がった赤毛ですか？」

「いいえ、違います！　それはミスター・ヘイです。でも、どこにいるんです？　わたしの父は？何があったんです？」

「お父さんが中にいるなら、無事です。ミスター・ヘイを除いて、誰も深刻な被害は受けていません。中には数人いて、薬物を飲んでいますが、危険な状態ではありません。お父さんの特徴は？」

「父は――ハンサムな人です。手を見れば父とわかるでしょう。両手の人差し指と中指が同じ長さをしています。中に入らなければ」

彼は手を突き出した。

「ええ、お父さんは中にいます。ぼくのいうことを聞いてください。彼らは薬物を飲まされています。毒物といいたければ、それでも構いません。ベラドンナかアトロピンだと思います。しかし、死んでいるのはヘイという人だけでした。それでも、すぐに彼らを病院へ運ばなければならないので、階下に電話を探しに行きます。何も手を触れないと約束してくれるなら、中へ入って、自分の目でご覧になっても構いません。いいですか？」

「わたしは平気です」一瞬、間があってから彼女はいった。「ええ、約束します。では、ミスター・ヘイは毒殺されたのですか？」

彼はすでに階段を下りていた。行きがけに、紫檀の柄《え》の傘を取り上げる。中へ入るときに無意識のうちに壁に立てかけておいたものだ。フェリックス・ヘイが毒殺されたのではないことを、今は彼女にはいわなかった。フェリックス・ヘイは、仕込み杖のような細身の長い刃で、背中から刺されていたのである。

二

「待ってください」サンダースはいった。

イギリス＝エジプト輸入商会は、すでに明かりが消えていた。年配の事務員は、黒っぽい外套《がいとう》とみすぼらしいソフト帽という格好で、ちょうど出てきたところだったが、サンダースは彼がドアに鍵をかけているそぶりがないのに気づいた。表情と同じく、陰気な辛抱強さを物語るとぼとぼとした足取りで男が静かに廊下を歩きはじめたとき、サンダースが呼びかけた。相手は振り返った。

「何かおっしゃいましたか？」そのことに疑問があるかのように、彼は尋ねた。

サンダースは名刺を出した。「ええ。電話を貸してもらえませんか？　大事なことです。上の階で、事故か殺人があったようなのです。数人が毒性のある薬物を飲んでいて、ミスター・ヘイが亡くなっています」

相手は一瞬じっと立っていたが、やがて物騒《ぶっそう》な言葉を吐いた。彼のようなきちんとした人物の口から大声でいわれると、なおさら物騒で意外に聞こえた。だが、男は素早くドアを開けた。

「電話はデスクの上です」彼はいった。「あんないたずらをしていたら、こんなことになっても当然でしょう。すぐに上へ行ったほうがよさそうだ」彼は非難がましく続けた。「シューマンがいるはずですから」

「シューマン？」

相手は、イギリス＝エジプト輸入商会のドアに書かれた〝代表取締役B・G・シューマン〟の名を顎で示した。サンダースがガワー・ストリートのギフォード病院に電話をかけている間も、彼は苦い顔をしてためらっていた。それから、こう訊いた。

「女性の様子は？」

サンダースは、電話のダイヤルから目を離さずにいった。「心配ありません。冷静に受け止めています。父親が中にいるので——」

「父親？」男は不思議そうな顔をしたが、やがて怒ったようなしぐさを見せた。「ああ、そうじゃありません。あなたと一緒にいた若い女性のことじゃない。わたしのいっているのは、上の階にいる黒髪の女性ですよ。ミセス・シンクレアです」

「彼女も無事です」

だが、サンダースが地元の警察署を呼び出している間に、男はいなくなっていた。〝ミセス・シンクレア〟という名前を心に留め、ふたたび傘を取り上げて、サンダースは上階へ向かった。マーシャ・ブライストンは廊下で、彫刻をほどこしたオークのチェストに座っていた。泥はねのある、淡い黄褐色のストッキングに包まれた脚を投げ出し、スエードの靴の爪先をじっと見ている。顔を上げたとき、彼はふたたび、その白目に奇妙な光があるのに気づいた。あたかも彼女自身の激しさが、言動のすべてに染み込んでいるかのように。

「本当のことをいってください」彼女はすぐさまいった。「父は死にかけているんですか？」

「いいえ」

「あの女性は誰です?」マーシャは閉じたドアを顎で示した。

「下の事務員によれば、ミセス・シンクレアというそうです。しかし、ぼくは彼女のことを何も知りません。お父さんのほかに、見覚えのある人はいましたか?」

「ええ、ミスター・ヘイが。彼は――」彼女は言葉を切った。「すると、わたしたちが知らない人物は白髪頭の老人ひとりだけですね。でも、いったい何があったのでしょう? 教えてくれませんか? ベラドンナか何かの中毒だとおっしゃいましたね――」

「アトロピンの可能性のほうが高いでしょう。ベラドンナのアルカロイドです」

「アトロピン! つまり、誰かが部屋にいた全員を殺そうとしたということですか?」

「かもしれません」彼は慎重に認めた。「あるいは、単に意識を失わせるための薬物として使ったのかもしれない。アトロピンは意識の混濁《こんだく》を招きます。被害者は、何が起こったかわからないうちに動けなくなります。けれど、あなたに力になってもらえるかもしれません」

「わたしに?」

「ええ。お父さんが今夜ここへ来ることで、何が起こると心配していたのです?」

彼女はその言葉に驚いたようにぱっと立ち上がり、一瞬、ただ当惑しているように見えた。しかし、それまでの恐怖は本物だったし、今も同じように怯《おび》えているのは間違いない。

「わ――わかりません」

「しかし――」サンダースはかっとなっていいかけた。もう少しで、冷たい抗議口調で〝しかしね、きみ〟というところだった。熱心な女生徒が、明白な論理を台無しにしてしまったときのように。

だが、なぜだかそういいたくなかった。「しかし、何かがあったのには違いないでしょう?」

「ええ。父がミスター・ヘイを、毒薬のように嫌っていたのは知っています」彼女は言葉選びを間違ったのに気づいて口ごもり、内心身もだえしているようだった。「それでも、父は今夜ここへ行くといい張りました。それに、今日弁護士を家に呼んで、遺言状を作らせたのです。しかも、父のふるまいは奇妙でした。父は――」

「ええ。続けてください」

「今夜、家を出る寸前」マーシャは彼をじっと見ていった。「四つの時計を、別々のポケットに入れて行ったんです」

「四つの、何ですって?」

「時計です。時間を知るためのものです。ああ、とんでもなく馬鹿げた話だと思われるでしょうね。でも、違うんです! 本当のことです。従者のジェファーソンが見ています。ジェファーソンもやはり心配になって、わたしにそのことを教えてくれたんです。父はディナージャケットを着たあと、ベストのふたつのポケットにそれぞれ一個ずつ、ズボンの両側のポケットにそれぞれ一個ずつ、時計をしまいました。父は時計を四つも持っていなかったので、ひとつは母の部屋から持ち出し、ひとつはジェファーソンに借りていました」

サンダースは科学者らしい好奇心から、デニス・ブライストン卿は頭がおかしいのですかと質問したくなった自分を止めた。しかし、ブライストンがそのような人物であることを示すものは何もなかった。娘のいう通りハンサムな男性だったし、あの異様なテーブルで、背筋を伸ばしてさえいた。

「でも、いいですか、四つの時計でお父さんは何をしようとしていたのでしょう？」

「わたしにわかるはずがありません。知っていたら、こんなに心配しないわ」

「今も時計を持っていますか？」

「わかりません」マーシャはぶっきらぼうにいった。「何も触るなといわれたので、父が死んでいないことを確かめる以外は、何もしませんでした」ふたたび彼を見たマーシャは、ひどくおとなしくなっていた。「それに、フェリックス・ヘイが毒殺されたのでないのはおわかりでしょう。彼は刺殺されていました。それは、あなたがとても慎重に扱っている傘に仕込まれた、細い剣によるものだと思います」

「ええ」彼は同意した。

間があった。

「ですから、何があったかお尋ねしているのです」彼女はなおもいった。「何者かが全員を殺そうとしたのか、それともただ薬を盛っただけなのか――」

「その場にいた誰かということですか？」

「かもしれません」彼女は鋭くいった。「誰かが自分の飲みもの以外に少量の薬物を混ぜ、自分は薬を飲んだふりをしたのでしょう。みんなが意識を失ったあと、その人はヘイを殺し、自分も少しだけ薬を飲んで、あとから誰がやったかわからないようにしたのです。それとも（こちらのほうがずっと筋が通っていそうですが）家の外にいた誰かが飲みものに薬を入れたか。四人全員が意識を失ったところで、その部外者が入り込み、ヘイを刺して、部屋の誰にも疑いを持たれず、また出て行ったのです」

サンダースは学術的な問題はお手のものだった。徹夜で議論するのもいとわない優秀な若者だった。抽象的で複雑な問題ほど、彼は好きだった。

「その主張には欠点があります」彼はいった。「どちらの場合でも、そのままヘイを毒殺したほうがずっと簡単じゃありませんか？　なぜ犯人は、わざわざ仕込み傘を使ったんです？」

「ええ、確かにそうね」

「それに、犯人が部外者で、部屋にいた人物に嫌疑をかけようとしたとすれば、なぜ家を出て、二階下の階段に仕込み傘を目立つように立てかけておいたのでしょう？　そのすべてが」彼は続けた。「ぼくたちがデータなしで仮説を立てていることを意味しています」

「残念ね」マーシャはそういって笑顔を見せた。「あなたって、とても変わっていて、いい人だわ。データって、どんなものです？」

サンダースは頭をひねった。

「それはわかっています」彼はいった。「ヘイとは誰で、彼を殺そうとする理由は何か」（彼はまたしても、マーシャがその話題を避け、穏やかで無邪気な仮面の下に隠れたのを感じた。だが、彼女の目は相変わらず真剣だった）「彼のことを何かご存じですか？　たとえば、お父さんの友達とか？」

彼女には、サンダースの考えを先回りする抜け目ない習性があった。

「脅迫か何かの不正があったとお考えなら、その考えは捨ててしまって構いません。彼は投資仲介人です。大金持ちなんです。彼を知らない人はいません。すべてがきれいなお金ではないかもしれませんが、少なくとも、株で儲《もう》けたものです」

「彼をご存じなのですか？」

「少しだけ」

「彼を好きですか？」

「見るのも嫌です」マーシャはよく考えた上で意を決したようにいった。「面白い人だとは思わないし、彼の冗談を面白いと思ったこともありません。ただみんなは、いつでも彼のことを陽気で気前がいいといっていました。それに、彼は必要以上に知りたがる人でした。目的があって情報を得るのではなく、ただ知りたがるのです」

彼女は居間の閉じたドアに目をやった。それに応えたかのように、ドアが開いた。イギリス＝エジプト輸入商会の事務員が出てきて、叩きつけるほどではないが、勢いよくドアを閉めた。

「困ったことになりました」彼は震えながらいった。サンダースは腹立たしい思いで、この男のことをすっかり忘れていたことに気づいた。「それに、いわせてもらえば、困ったことはまだ続いていますよ。これをどう説明すればいいんです？」

「説明する必要はないでしょう」サンダースはいった。「中の物には何も触らなかったでしょうね？」

「他人のことには干渉しませんからね」相手はむっつりといい返した。それから、しぶしぶといった調子でつけ加えた。「わたしはファーガソンといいます。下のバーナード・シューマンの会社で働いています。バーナード・シューマンは中にいます」

「どの人物ですか？」

ファーガソンは、ふたたびドアを少し開けた。食卓の端が見え、学者のような顔にごわごわした白髪頭の老人がその上に伸びていた。

「あの人です。あなたは医者だとおっしゃいましたね。深刻な状態なのですか?」

「回復するかどうかを訊きたいのですか?」

「そういったでしょう」

「回復しますよ」サンダースはそっけなくいった。気骨のあるスコットランド人らしい性格、この事務員がしそうな反論よりも強い反論もはねつけることができる性格が、ファーガソンの態度に苛立って頑なになった。「今夜起こったことについて、聞かせてくれませんか」

「いいえ。わたしは帰ります」

「どうぞご自由に。帰りたければお帰りください。でも、結局は警察に呼び出されるだけのことですよ」

ファーガソンは何もいわず、それをはねつけるようにして、足音高く立ち去ろうとした。だが、それほど先へ行かないうちに足を止め、不機嫌な顔で振り返った。

「わたしが何を知っているというんです? 自分の仕事をしていただけなのに」

「ええ。だからこそ、今夜のことについて何か知っていると思ったのです。あなたはしばらく階下の事務所にいたといいましたね。あなたのいった笑い声は、薬が効《き》いてヒステリー状態になったためかもしれない。たとえばその間に出入りした人がいるかどうか、ご存じじゃありませんか?」

ファーガソンは背中を丸めた。「警察当局に訊《き》かれれば答えますよ。あなたには答えません」

「それは、力になる気はないということですか?」

「あなたの力になる義理はないということです」

「雇《やと》い主《ぬし》についてはどうなんです？」

「雇い主についてはどうかって？」ファーガソンは、しなびたような見かけと対照的な大声でいった。「バーナード・シューマンがあの歳でカクテルを飲んで、無責任なことをしているとしたら、暮らしが傾かないことに感謝すべきですよ」

「そう喧嘩腰にならないでほしいわ」マーシャはそういったが、彼を少し恐れているようにも見えた。「わたしたちの力になってくれても、損はないでしょう。父が中にいるんです――」

ファーガソンはわずかに興味を示した。「父親？　誰です？」

「デニス・ブライストン卿です。ミスター・シューマンの向かいに座っています。背の高い、五十歳ほどの――」

「時計を持っていた人ですね」ファーガソンは絨毯を見たままぶつぶついった。「いいや、わたしは知りません。何で有名な人なのですか？」

「優秀な外科医です」マーシャが冷たくいった。

サンダースは、新たな感銘を受けてはっとした。その名前に漠然と聞き覚えがあったのはなぜなのか、彼がその名を知っているとマーシャ・ブライストンが思ったのはなぜなのか、今わかった。彼の専門分野とは関係がなかったが、ブライストンがある種の頭の手術でハーレー・ストリートでは有名なのを思い出した。だが、サンダースがそれよりも興味を引かれたのは〝何で有名な人なのですか？〟という露骨《ろこつ》な質問をしたファーガソンの声に、何やら含みがあったことだ。そこには暗い力が動いているような気配があった。

「全員が、何らかの有名人なのですか？」サンダースは訊いた。

「全員が？」ファーガソンは口調を変えていった。「わたしが知るわけがないでしょう？　わたしはバーナード・シューマンの馬車馬にすぎないのですから。それに、あなたはフェリックス・ヘイの知り合いなのでしょう。でなければ、今夜、彼を訪ねてはこないでしょうからね。ですから、わたしよりもよく知っているはずです。しかし、ミセス・シンクレア、中にいる美しいご婦人ですが、彼女は非常に有名な美術評論家です。そういったものに興味があるならお教えしますが、収集家でもあります。バーナード・シューマンは、少なくともエジプト政府から勲章を与えられています。第十九王朝の防腐処理の工程を再現できる唯一の人物なのです。少なくともそう聞いています」

その口調に、マーシャは後ずさりした。サンダースは何の感銘も受けなかった。その目は半開きになったドアに向けられたままだった。ドアの向こうでは、物いわぬ人々がテーブルについている。

「なるほど」彼はいった。「誰もが異なる職業での有名人なのですね。では、ここで何をしていたのでしょう？」

「ここで何をしていたかって？」ファーガソンが飛びかかるような口調でいった。「自分の目で見たらいいでしょう。パーティーを開いて、ふざけていたんですよ」

「それを信じているのですか？　ぼくには信じられませんね」

ファーガソンの声が高くなった。「何がいいたいのか、教えてほしいものですね。フェリックス・ヘイは、まっとうな人間が仕事をしなければならない時間に、いつでもパーティーを開いているんです」

「何がいいたいのかお教えしましょう」サンダースは短くいった。「パーティーのように見えないのが問題なのです。彼らはショーウィンドウの人形さながらに、間隔を置いてテーブルを囲んで座り、それぞれの前にはグラスが置かれています。打ち解けた集まりには見えない。まるで取締役会です」

マーシャの表情が変わった。

「そうだわ」彼女は静かに割り込んだ。「あの場面で、何かがずっと気になっていたけれど、何なのかどうしてもわからなかったの。でも、あなたにはわかったのですね。父はこれまで一度もパーティーに出かけたことはありませんでした。おわかりでしょう、何かがおかしいんです。父は飲むことを恐れていました。お酒を飲むこともほとんどありません。とんでもなくおかしいんです」

彼女の表情が変わると同時に、廊下の雰囲気も変わったように感じられ、屋根を叩く雨音さえもひそやかに聞こえた。ファーガソンは素早いしぐさでドアを閉めた。それから、面白くない提案でもするようにいった。

「どこまで知っているのですか？」

「何も」サンダースはいった。彼は科学者らしく、虚勢を張るのが嫌いだった。「しかし、知っておかなくてはならないことがあるようですね？」

「そんなことはいってません！」

「聞かせてほしいものですね」医師は辛抱強くいった。「あなた自身、とても変わった人だ。あなたや、あなたのいったことを、どう判断していいかわかりません。しかし、警察はあなたに興味を持つでしょうね」

事務員は奇妙な、うさん臭《くさ》げな笑いを浮かべて彼を見た。それは、これまで見せていた陰気な辛抱強さからの、驚くべき変化だった。

「警察はわざわざわたしを構ったりしませんよ」ファーガソンは疑わしげに首を振っていった。「これまでも、これからもね。いったでしょう？　わたしはバーナード・シューマンの馬車馬にすぎないと。スカラベやミイラほどの生気もないのです。あなたはきっと正直な人なんでしょうね」そのことが次第にわかってきたかのように、彼はつけ加えた。「いいでしょう。ただで警告してあげます。警察と騒ぎを起こさないことです。自分の身が大事なら、そうすることです。自分のことに目を向け、知りもしないことをもてあそんではいけません」

「どうしてです？」

　ファーガソンは急にうろたえた。

「いいでしょう。それも教えてあげますよ。中にいる四人をご覧なさい。誰もが金持ちで、有名人だ。柔らかいベッドで眠り、夢も見ない。教会の集まりでは人々を魅了し、しかも、それを自然にやってのける。しかし、真実を聞きたいですか？　彼らは全員が犯罪者で、中には人殺しもいます。取締役会といったのは、ある意味当たっています。もっと狡猾《こうかつ》で、何食わぬ顔で嘘をつき、この世に存在するとは思えないような悪だくみを秘めたものですが。問題は、それぞれがどんな犯罪に手を染めているか、どれがどれだかわからないことです。どれが殺人なのか、どれが比較的軽い罪なのかがわからないのです。それがわかったときにはもう遅い。だから、こうしていっているのです。この愚か者の助言を受けて、手を出さないことです」

　彼は青白い炎のような熱を込めて、ふたりを見た。それから、サンダースが何もいえずにいるうちに、足音高く階段へ向かった。下の通りを走る大型トラックのせいで、またも無言の人々の体が揺れた。想像力豊かな男ではないサンダースは、胃がむかむかする感じを覚えたが、それは恐怖だったのかもしれなかった。

三

二時少し過ぎ、サンダースはギフォード記念病院の薄暗い待合室に座り、雑誌のページをめくっていたが、その目は誌面を見ていなかった。過労のために手が少し震えていた。今ではすべてが片づいていた。毒物はアトロピンだったが、処置から判断すると、彼はその毒性の強さを危険なまでに過小評価していたようだ。患者はニールセン医師が担当し、ヘイのフラットは警察が担当していた。

重大なことにもなりかねなかった計算違いは、女性の前で自信たっぷりに、安心させようとふるまったためだった。雑誌をテーブルに投げ出したとき、ちょうどハンフリー・マスターズ首席警部が入ってきた。

サンダースは首席警部のことをよく知っていた。マスターズ——赤ら顔で、トランプ詐欺師のように愛想よく、白髪交じりの髪を注意深くブラシで撫《な》でつけて、禿げた部分を隠している——は、この状況にしては気さくだった。つまり、夜中の一時半に起こされたという状況だ。

「ああ、先生」マスターズは心のこもったあいさつをした。椅子を引き寄せ、テーブルの上にブリーフケースを置く。「ひどい事件ですよ、これは。しかし、あなたが現場にいてくれたのは運がよかった。信頼できる人には、いつも感謝しないと。そうでしょう？」

「ありがとうございます」

マスターズは内緒話をするような口調になった。

「さて。あのフラットを予備的に調査しました。それで、部下が仕事をしている間、ちょっと患者の具合を確かめに来ようと思いましてね。もちろん、われわれが駆けつける前に彼らが運ばれてしまったのはあいにくでしたが――」

「死体が四つ出るより、ひとつのほうがいいでしょう。ミスター・シューマンというあの老人は、きわめて悪い状態でした」

「ここの医師もそういっていました」マスターズは彼を鋭く見ていった。「ああ、あなたが間違ったことをしたといっているんじゃありません。そうしなければならなかったのはわかります。医師の話では、三人は危険を脱しましたが、明日の朝までは動かしたり、安静の邪魔をしたりしないほうがよいとのことでした。それを信じていいのでしょうか？」

マスターズの単純な規範は、あらゆる人を疑えというものだった。

「ええ、ニールセンは自分の仕事をよく心得ています。仮に質問したとしても、今夜は重要なことは何も聞き出せないでしょう」

「でしょうね。ところで」マスターズは裁判官のようにいった。「医師の話では、あの女性、ミセス・シンクレアは、危険な状態を脱したようです。ほかの人に比べれば摂取量は少ないはずです。ですから、いくつか質問しても、大して害はないんじゃありませんか？　もちろん、興奮させないようにうまくやりますが？」

「ニールセンがいいというなら――」

「ああ！　賛成してくれると思いましたよ。だがまずは、よければあなたから詳しいお話をお聞きしたい。ミス・ブライストンは父親と上の階にいて、あまり話はしたくなさそうなのです。あなたのお話を聞かせてくれますか？」

サンダースが慎重に詳細を話す間、相手はメモを取っていた。話が終わるずいぶん前から、マスターズは部屋を歩き回り、ますます顔を赤くし、ひどく心配そうに眉根を寄せていた。

「何ということだ。またか！」彼はぶっきらぼうにいった。「ヘンリー卿ならこの混乱をどう考えるでしょう」それから、考え込みながらいった。「あなたが考えているより、さらに奇妙な事件になりそうです。ひとつはっきりさせてください。このファーガソンという男は、部屋にいた四人は全員、何らかの犯罪者だといったのですね？」

「ええ」

「言葉の綾《あや》ではなく？　たとえば、比喩的なものとか？」

「そうだとは思いませんね。彼の言葉を聞いていれば――」

「全員が犯罪者で、中には人殺しもいる」マスターズは考え込んだ。「その通り。ミスター・ヘイが死んだことを考えれば、後半の部分には驚きません。ほかには何かいっていませんでしたか？」

「いいえ。ただ階下へ行って、事務所に閉じこもってしまいました」

首席警部は下唇を引っぱった。「ああ、その手のタイプは知っている。牡蠣《かき》のように無口で、態のようにどうでもいいことに腹を立てる。そして突然、いってはいけないことを口走る。だが、われわれには非常に役に立ちます。ファーガソンは、四人があそこで何をしていたかについて、ほかのめかしたりしませんでしたか?」

「ええ」

「でもあなたは、彼は知っていると思うのですね?」

「知っているか、疑っていると思います」

「ああ。では、聞かせてください」マスターズはふたたび腰を下ろし、共謀者のように椅子を近づけた。「ミス・ブライストンは、このことについて何といっていましたか?」

「具体的には、何についてですか?」サンダースは身構えるように訊いた。

「またまた!」マスターズは、どぎまぎするような鋭いブルーの目で、彼を見据えた。「つまりですね、ファーガソンは彼女の父親が、少なくとも犯罪者集団の一員であるといったのでしょう? 彼女は驚いたり、怒ったりしなかったのですか? 彼女は何といいました?」

「彼女はファーガソン自身が殺人を働いたのだろうといいました。階段を上っている途中で最初にファーガソンと会ったとき、彼は手を洗い終えたばかりでした。彼女の考えでは、血を洗い流していたのだろうということです」

彼は皮肉な口調でいい、マスターズはにんまりと笑った。だが、首席警部の目は真剣だった。

「そうかもしれません」マスターズは同意した。「しかし、彼らが上階で何をしていたかについて、彼女は何か知っていましたか?」

「知らないと思います」

「それでも、彼女は父親の後を追ってそこへ行った。そして、とんでもない深夜に長時間通りで待っていた。その根拠は、父親が遺言状を作り、四つの時計をポケットに入れて出かけたという事実だけだ。デニス・ブライストン卿は、著名な外科医だそうですね？」

「ええ、その通りです」サンダースはそわそわした。「ぼくたちは、シューマンの事務員の言葉を当然のことと考えて話していませんか？　あなたは犯罪捜査課の首席警部でしょう。あの人たちのうち誰かが、犯罪者だとわかっていますか？」

「わたしは何も当然だとは思っていません」マスターズがいった。「それに、彼らのうちの誰かを、あなたがいうような形で知っているとはいえません。あのファーガソンという男の話で、大騒ぎするのはやめましょう。しかし、われわれは事件に直面しています。あなたの意見を聞きたいことが山ほどあります。医学的なことも、そうでないことも。ざっくばらんにいって――」マスターズは身を乗り出し、目を見開いた。「ざっくばらんにいって、全員に薬物を飲ませ、新式の仕込み傘で人を刺したことを除いて、この事件でもっとも奇妙なことは何だと思いますか？」

「デニス・ブライストン卿と四つの時計でしょう」

「不正解です。それは一部にすぎない」首席警部はいった。「上の階で患者の様子を見たとき、勝手ながら彼らの衣服を調べてみたのです。もちろん、非常に異例のことですよ。さて、残りのミセス・シンクレアとミスター・シューマンも、デニス卿の四つの時計に劣らないほど奇妙なものを持っていたのです。知りたいですか？　いいでしょう。ミスター・バーナード・シューマンは、ディナージャケットの右ポケットに、目覚まし時計のベルの仕掛けを入れていました――」

「何ですって？」

「目覚まし時計のベルの仕掛けですよ」マスターズはどこか楽しげに繰り返した。「ゼンマイや舌など、ベルを除いたすべての部品です。古くて、少し錆《さ》びていましたが、まだ使えるものです。それに、コートの胸ポケットには、拡大鏡のような大きな凸《とつ》レンズが入っていました。これをどう思います?」

サンダースは考え込んだ。

「シューマンはエジプトの古い遺物を扱っていました」彼は指摘した。「ですから、拡大鏡が見つかってもおかしくはないでしょう。しかし、目覚まし時計の歯車やゼンマイが必要な理由はわかりません。ミセス・シンクレアも何か持っていたのですか?」

「ええ」マスターズは断言した。「ハンドバッグの中から見つかりました。テーブルについていたとき、彼女の膝に載っていたものです。その中には、ふたつの品が入っていました。五オンス入りの生石灰《せいせっかい》の瓶《びん》と、五オンス入りの燐《りん》の瓶です」

沈黙が流れた。

「そこでです!」マスターズは印象づけるように、指でテーブルを叩いた。「あなたは科学者です。わたしから見れば洗練された女性であるミセス・シンクレアに、生石灰と燐が必要な理由は何でしょう?」

サンダースは素直に降参した。「わかりません。もちろん燐は毒物です。実は、なぜ殺人に使わないのだろうと不思議に思うことがよくありますよ。誰でも調達できるため、毒物から犯人をたどることはできません。普通のマッチの頭からでも手に入ります。しかも、十六本分もあればいい。生石灰については――」

首席警部は急に手を止め、巧妙な殺人の仕掛けで頭をいっぱいにした、真面目な顔の若者をじっと見た。

「ふむ、そうですな」マスターズは咳払いした。「しかし、ここで燐が毒物として使われた証拠はないのでしょう？　したがって、なぜ彼女に生石灰と燐が必要だったのかということです」

「それをいうなら、エジプトの輸入業者が目覚まし時計の仕掛けで何をしていたのか、著名な外科医がなぜ出かける前にたくさんの時計を借りたのかという件もあります」

　マスターズはしぶしぶ認めるようにうなずいた。同時にサンダースは、首席警部が何か隠していて、そのことをひどく楽しんでいるのではないかという気がした。満足げな雰囲気がにじみ出ている。ヘンリー・メリヴェール卿ならすぐにぴんと来ただろうが、薄々感じることしかできないサンダースは、居心地が悪くなってきた。

「ねえ、警部、何を隠しているんですか？」

「隠している？」マスターズは嬉しそうに、無邪気にいった。「わたしが？　何も隠してなどいませんよ。あなたからもっと意見が聞けるかと思っているだけです」

「今のところはありません。全員が殺人犯で、その品々が殺人の何らかの証拠だと考えてない限りは」

「ああ！　そうかもしれません」

「そうでないかもしれません。あなたの顔つきからは、それを信じていないのがわかります。燐は毒物ですが、マッチ一本やガラス一枚で人は殺せませんよ」

　驚いたことに、マスターズはけたたましい笑い声をあげた。

「手品師の道具みたいじゃありませんか？」彼はいった。「さあさあ！　怒らないで。気を悪くさせるつもりはないんです。わたしがそう思っているとすれば、笑いごとでは済みませんからね。これまでお目にかかった最悪の事件ですよ。わたしが会いたいのは、ファーガソンという男です。とりあえずは、ミセス・シンクレアとの面会につき合ってくれませんか？」

ミセス・シンクレアは、ギフォード病院の数少ない個室に入っていた。白いエナメルを塗ったベッドに身を起こし、ベッドの上のシェード付きランプがその髪を照らしていた。ニールセン医師が、なだめるように彼女に話しかけている。

サンダースの第一印象は、彼女が胃洗浄に続いて吐根《とこん》と硫酸亜鉛《りゅうさんあえん》を飲まされたあとには見えないというものだった。彼女の繊細な印象からすれば、そのことを考えただけでも身をすくませたはずだ。

今では顔から強い赤味は消え、体のこわばりもなくなっていた。ヘイのフラットで見たときよりも歳を取って見えたが、せいぜい三十代前半というところだろう。ミセス・シンクレアは、柔らかく、すべすべした、長い手足の持ち主だった。真っ黒でつややかな長い髪を、耳の後ろに垂《た》らしている。それは、たいそう美しく繊細な丸顔をあらわにするように、後ろへ撫でつけられていた。大きな、青みがかった黒い目、小さな口、丸みを帯びているが力強い顎。その顔の一番の特徴は、生真面目な熱意と創造力をうかがわせるところだろう。ありふれたウールの病院着を着ていても、ドレスを着ているような洗練を感じさせる。ニールセン医師も明らかに同意見だろうが、全体的にきわめて魅力的な女性だった。

マスターズは咳払いし、ためらっていた。サンダースはあとから気づいたが、証人の中で彼女だけが、彼を不安にさせる人物のようだった。

「五分だけですよ」ニールセン医師が釘を刺した。「その間、わたしもここにいます」

「どうぞお話しになってください」女性は低い声でいった。「ニールセン先生に、何があったか教えてもらっていたところです」

　首席警部は悪態をつきたい衝動と戦った。

「わたしは警察のやり方は受けつけません」医師が鋭くいった。「あなたはあなたの仕事をし、わたしはわたしの仕事をします。わたしの仕事は、患者の面倒を見ることです」

「でしょうね」マスターズは自分を抑え、いつもの愛想よさを取り戻した。「さて、マダム――ご存じの通り、わたしは警察官で、いくつか質問をしなくてはなりません。手帳のことはお気になさらずに。ただの形式です」

　彼女は熱心なほほえみで感謝を伝え、意識することのない優雅さで、枕に背中をもたせかけた。瞳孔は、まだ少し広がっていた。

「お名前は？」

「ボニータ・シンクレアです」

「確か〝ミセス〟と呼ばれていましたね？」

「ええ。夫は亡くしました」

「ご住所は？」

「チェルシーのチェイニー・ウォーク三四一に住んでいます」

　マスターズは目を上げた。「あなたは――職についていますか？　お仕事は？」

「ええ、仕事はあります」彼女はそれが長所であるかのようにいった。「絵画に関するアドバイスをしています。ときには取り引きすることもあります。それから、『ナショナル・アート・レヴュー』に数多く寄稿しています」

首席警部は手帳を閉じた。「さて、マダム、ミスター・フェリックス・ヘイが今夜殺されたことはご存じですね？」

沈黙が流れ、彼女はたじろいだようだった。やがて、その目に涙があふれてきた。シェード付きのランプの下で、それが光るのをサンダースは見た。本物の涙だと断言できた。

「先生から聞きました。恐ろしいことです。恐ろしいことは考えたくありません」

「マダム、申し訳ありませんが、しばらくそのことを考えていただかなくてはなりません。最初から、今夜の出来事をすべて聞かせてください」

彼女は震えながら背筋を伸ばした。「でも、わからないとしかいえません。本当にわからないのです。最後に覚えているのは、席にいた誰かが話をして――冗談のような話です。それがとても面白くて、こんなに面白い話は聞いたことがないと思いました。わたしは恥ずかしくなるほど笑い転げてしまいました。でも、その頃には何もかもが遠近法を失ったようになって――」

「よければ、初めから聞かせてもらいたいのですが。ミスター・ヘイのフラットに行ったのは、なぜですか？」

「ああ、パーティーのためです。もちろん、騒がしかったり不愉快だったりするパーティーじゃありません。ちょっとした集まりです」

彼女の声には、どこか上品ぶったところがあり、化粧っ気のない顔に似つかわしかった。洗い流したかどうかはわからないが、今は白粉《おしろい》を少しはたいているだけだ。今もひどく衰弱し、動揺しているのは間違いない。ベッドカバーから片手を出したとき、その手には包帯が巻かれていた。

「何時に訪ねたのですか、ミセス・シンクレア?」

「十一時頃だと思います」

「なるほど。パーティーを始めるには、少し遅すぎやしませんか?」

「それは——実はわたしのせいなんです。今夜、大事な電話を三本、指定された時間にかけなくてはならなかったので、ミスター・ヘイに、十一時前には伺《うかが》えないといいました。彼はわたしの都合を考えて、ほかのお客様に十一時まで来ないようにいってくれたのです」

彼女の熱心でひたむきな表情にもかかわらず、マスターズは霧の中を手探りしている気持ちになっているようだった。

「しかし、ミスター・ヘイのフラットから電話をかけるわけにはいかなかったのですか?」

彼女はほほえんだ。「それは無理です。ひとつはニューヨーク、ひとつはパリ、ひとつはローマへの電話だったのですから。仕事の電話です。退屈ですし、こういうことはまったく苦手なのですが、それでもしなければならなかったのです」

「わたしが知りたいのは、ミセス・シンクレア、パーティーを開く必要があったのかということです」

「おっしゃることがわかりませんが」

「ミスター・ヘイには、あなたを呼び出す目的があったのでしょうか?」

「でも——本当にわからないのです。彼はとても親しい友人で、呼ばれたから行ったまでです」

自分でも何をいおうとしていたのかわからなくなったマスターズは、作戦を変えた。霧はますます濃くなっている。「ほかの客とは知り合いでしたか?」

「もちろんミスター・ヘイは知っていますし、デニス・ブライストン卿も知っています。デニス卿が迎えにきてくれたのです――」彼女は青白い顔を赤くした。「わたしの家まで来てくれて、一緒にフラットへ向かいました。でも、ミスター・シューマンにお会いしたのは初めてです。魅力的な方だと思いました」

「フラットに着いたのは何時です？」

「十一時近くだったと思います。十一時五分前くらいでした。ミスター・シューマンはもう来ていました」

「それから、お酒を飲みはじめたのですか？」

口元は笑っていなかったが、青みがかった黒い目が笑った。「ほとんど飲んでいません。わたしがいただいたのはカクテル一杯で、それも全部は飲んでいません」

「一杯だけ――」マスターズは言葉を切り、激しく咳払いした。「わかりました、マダム。カクテルを作ったのはどなたです？」

「わたしです」

「認めるのですか？」

「認める？」彼女は繰り返した。黒髪からあらわになった滑《なめ》らかすぎる額に、当惑したようなしわが浮かんだ。「でも、何を認めるというのです？　もちろん、わたしがカクテルを作りました。ご存じかどうかは知りませんが、わたしがいるときには、ミスター・ヘイはカクテルのホワイト・レディ以外は飲まないのです。つまり――あの人はわたしのことで冗談をいうのです。そして、いつでもわたしにカクテルを作らせて、それを冗談の種にするのです。〝わたしのホワイト・レディを味見してみたか？〟といった、たわいもないものですわ」彼女は顔を赤らめた。

「それで、全員がカクテルを飲んだのですね？」

「いいえ。デニス卿は、ハイボールというアメリカの飲みものを飲んでいました。でも――」

「ほかに飲んだり食べたりはしていないのですね？」

「ええ」

「さて、マダム、わたしがこのことをお尋ねしたわけがおわかりでしょう。皆さんが飲んだ薬物は、飲みものの中に入っていました。ですから――」

「でも、それは不可能です！」彼女は弱々しく叫んだ。「お願いですから、そんないい方をなさらないで。ご自分が何をいっているか、わかっていらっしゃらないのでしょう。よくよく考えてみましたが、わたしたちが飲んだものに毒を入れることはできません。いいえ、わたしは完全に正気で、感情的にもなっていません。わたしをお疑いなら、信じてもらわなくても結構です。ほかの方に訊いてください。わたしたちに毒を盛ることはできなかったことと、その理由がわかるはずです」

ニールセンが時計を閉じた音が聞こえた。

「時間です、マスターズ」彼はいった。

「待ってください！」首席警部は不満そうにいい、曖昧《あいまい》に手を振ったが、自分でもそのことに気づいていなかった。「いいですか、マダム――」

「時間切れといったでしょう」ニールセンがまたいった。

マスターズは振り返った。「ちょっと待ってください！　本気でいっているのではないでしょう？」

「本気じゃないと思いますか」ニールセンは容赦なくいった。「こうしたことに伴《ともな》う危険を冒したくないのです。あいにくですが、マスターズ、ここはわたしが警察に命令できる場所です。おとなしく出ていってもらえますか、それとも用務員を呼んで連れ出してもらいましょうか？」

首席警部はおとなしく出ていった。サンダースには、彼が爆発寸前になっているのがわかった。まだ質問を始めたばかりで、燐と生石灰のことすら訊けなかったからだ。しかし、マスターズは昔から従順であることを学んでいた。それでも、エレベーターで階下へ向かう間、厳しい意見を口にせずにはいられなかった。

「彼女はわれわれをかついでいるんだ」彼はいい張った。「いいですか、先生、わたしは詩人のような顔をした女を信用できないのです！　何か計略があるに違いない。それを暴いてやります。患者を動揺させてはならないだって！　わたしを夜中に叩き起こして、捜査しろというのは平気な癖に。しかもここまで来てみれば、まったく捜査をさせてくれない。いいですか――」

「間違っていたら訂正してほしいのですが」サンダースはいった。「あなたの頭にあるのは、それだけじゃないような気がします」

マスターズは警戒心を緩《ゆる》めた。「いいでしょう、先生。わかりましたよ。その通りです。それは〝不可能〟という言葉です。ようやくまともな事件に当たったと思っていたんです。密室とか、雪の中に死体だけがあるとか、そういった奇妙な事件でなくね。ところが、最初に聞いた言葉が〝不可能〟だ！　しかし、不可能なはずはない。畜生、誰かが毒を飲んだのに、不可能ってことはないでしょう？　方法なら百通りもあるんじゃないですか？　それが見つかれば――」

彼は病院の薄暗いホールに出た。ちょうどそのとき、入口の回転ドアが回る音が聞こえた。大理石の床でできるだけ音を立てないように入ってきた若者に、サンダースは見覚えがあった。ポラード部長刑事は、速足で首席警部に近づいた。気持ちを奮い立たせようとしている様子だ。

「グレート・ラッセル・ストリートまで来てください、首席警部」彼はいった。「あのファーガソンという男が――いなくなりました」

マスターズは感情を抑えるかのように、山高帽をかぶった。それから自分がどこにいるかを思い出したようだ。

「やつがいなくなったというのか」懸命に自分を抑えながらマスターズはいった。「ただいなくなったのか？　きみが正面のドアから出て行かせたんじゃないか？」

「いいえ」ポラードは静かにいった。「正面のドアから出ていったのではありません。それに、裏口からも出ていないと思います」

「そう興奮するな、ボブ」マスターズが、にわかに切迫した口調でささやいた。「落ち着け！　彼はどこにいる？」

「おわかりでしょうが、あの男に見張りをつける必要があるとは思っていませんでした。それに、どのみちライトが玄関を見張っていたのです。わたしが最後に見たとき、ファーガソンは事務所であなたが戻ってくるのを待っていました。必要なときにはここにいると彼はいいました。ところが、数分前にドアを開けてみると――いなくなっていたのです。事務員がよく着けているリネンのアームバンドがテーブルに置いてあり、眼鏡も一緒にありました。しかし、ファーガソンはいませんでした」

「聞かせてくれ」マスターズがいった。「彼はどうやってそこを出た？」

「裏の窓からに違いありません。しかし、あの旧式の窓から下りる手段はないのです。火事になったときには問題ですよ。彼は飛び降りたのでしょう」

「何をいう！」マスターズは小声でいい、両の拳を振り上げた。「あんな老人が、暗がりで四十フィート下へ飛び降り、それから立ち上がって歩き去ったというのか？」

サンダースはその様子を思い描こうとしたが、できなかった。オールドミスのように小さいことにこだわり、急に非難を始める陰気な事務員が、これまで以上に謎めいて、すべての事件の中心になったかに思えた。

「それも難しいと思います」ポラードはいった。「もし飛び降りたとしても、着地するはずの濡《ぬ》れた地面には、何の跡も残っていませんでした。しかし、裏口のドアは中からかんぬきがかけられ、鎖が巻かれていますし、正面玄関にはライトがずっと張りついていました。ですから、飛び降りるしかないのです」

「まったくだ！」マスターズがいった。「この件はあとで話し合おう。その間――」

「それだけじゃありません」部長刑事は、またしても気持ちを奮い立たせようとした。「ファーガソンという人物は存在しないようなのです」

マスターズはまた帽子を脱いだ。病院のホールで小声で交わされる、この奇妙な会話のすべてが、首席警部には予想もつかないものばかりに思えた。

「彼を探そうと思って」ポラードは続けた。「地下室で寝ていた建物の管理人を起こしました。ティモシー・リオーダンというアイルランド人で、ひどく疑り深く、半分以上ウィスキーでできているような男です。あの大騒ぎでも起きてこなかったのは、酔っていたのだと思います。しかし

――」

「なあ、ボブ、いったい何がいいたいんだ？」

「こういうことです。管理人はミスター・シューマンの会社にファーガソンという人物はいないというのです。ミスター・シューマンのイギリスの事務所（彼はカイロにも事務所があります）には、助手がふたりいるだけで、そのうちひとりは十年前から働いているエジプト人だそうです。ファーガソンは存在しないのです」

四

サンダースが、首席警部と会う予定になっているグレート・ラッセル・ストリートに戻ってきたのは、翌朝の十一時近くだった。その夜は家に帰らなかった。ハリス研究所には、遅くまで仕事をするときに使うベッドがあったし、マスターズからは短時間で膨大《ぼうだい》な仕事を頼まれていた。持ち運び用の箱には、フェリックス・ヘイのフラットから持ち出されたグラスと瓶の驚くべきコレクションが入っていた。彼は夜から朝にかけて、その中身を分析し、結果をまとめたときには目を丸くした。

だが、疲れてはいなかった。とても気持ちのいい四月の朝で、ひんやりとした空気は春の香りがし、古い建物の上に太陽が大きく見えた。グレート・ラッセル・ストリートの建物では、いつもの日常が繰り広げられていた。一階と二階の、メーソン・アンド・ウィルキンズ公認会計士事務所とチャールズ・デリングズ・サンズ不動産は、周囲には無関心に営業していた。しかし、イギリス＝エジプト輸入商会は休業していて、ドアの前には警察官が立っていた。

ひげを剃ったばかりの、きびきびして愛想のよいマスターズが、フェリックス・ヘイのフラットで彼を迎えた。そこにいたのはマスターズとポラード部長刑事だけだった。通りに面した小さな窓から注《そそ》ぐ光で、フラットは明るく見えたが、秘密めいた雰囲気も残っていた。

「おはようございます」マスターズがいった。「よく来てくれました！ボブもわたしもあきらめかけていたところですよ。ずいぶん時間がかかりましたね？」

「皮肉をいいますね」サンダースは愛想よくいった。「警察が探偵小説から知識を得る悪い点は、こういうところです。警部は決まって科学者に〝これを分析してくれ！〟といい、お話の中の科学者は研究室に入るとすぐに出てきて、きわめて見つけにくい、ほんのわずかな毒物を、たやすく発見するのです。こうした作業にどれほど時間がかかるかご存じですか？」

「気を悪くしないでください」マスターズはなだめるようにいい、先に立って居間へ入った。食卓の周りには、硬直した人物はもう座っていない。「要は——いい知らせなのか、悪い知らせなのかということです」

「悪いといわなければなりません」

マスターズは顔を曇らせた。「ああ。そんな気がしていました。で？」

運搬用の箱から、サンダースはニッケル製のカクテルシェーカーを取り出した。このシェーカーから、ゆうべ酒が注がれている。フェリックス・ヘイが座っていた椅子のそばの予備テーブルで見つかり、まだ中身が半分ほど入っていた。

「三人は」サンダースは続けた。「このホワイト・レディを飲んでいました。成分は、ジン、コアントロー、レモンジュースです。しかし、ここにあるカクテルシェーカーに残った酒には——アトロピンは含まれていませんでした。何も入っていません」

首席警部は口笛を吹いた。

「というと、つまり――?」

サンダースはうなずき、三つのカクテルグラスを出した。「グラスに残った酒には」彼は続けた。「五分の一グレインから十分の一グレインのアトロピンが入っていました。内容から見て、シューマンが最も多く、ヘイがその次、ミセス・シンクレアが一番少なく摂取したようです。元の飲みものにも、それが入っていなくてはならないはずです」

続いて彼はタンブラーを出した。「デニス・ブライストン卿は、ご存じの通り、ライウィスキーとジンジャーエールを混ぜたアメリカ式のハイボールを飲んでいました。彼が飲んだのは半分だけで、残りには三分の一グレインのアトロピンが入っていました。最後に、キッチンにあった材料の酒の瓶からは、アトロピンは検出されませんでした。ジン、ウィスキー、コアントロー、さらにはレモン絞《しぼ》りに残ったかすからもね。

結論として、カクテルシェーカーや材料の酒に毒物が入っていないことから、アトロピンは四つのグラスそれぞれに入れられたということになります」

「すると、グラスに酒が注がれてから、何者かがこっそり毒を入れて回ったということですか?」

「ええ」

「率直にいって」マスターズは、少し間を置いてからいった。「これほど危険なことはないと思いますね。何者かが四つのグラスにアトロピンを垂らし、それを見とがめられないなんて。一度か二度なら、見つからないかもしれません。だが、四回とは!」彼はじっと考え込んだ。「ところで、先生、この薬物の致死量はどれくらいですか?」

「通常、半グレインです」

「そしてあのグラスには、飲み残しの中でさえ、三分の二グレイン入っていた？　何てことだ！　犯人は、アトロピンだけで四人全員を毒殺するという危険を冒していたのですか？」

「きわめて危険なことだと思います」

マスターズは、被害者がまだそこに座っているのを思い描こうとするかのように、食卓をじっと見た。細い窓から差す日の光が、羽目板と、暖炉の両側に描かれた壁画の色を引き立たせていた。壁画は十八世紀の見事な作品で、どこか扇情的《せんじょうてき》だった。池のほとりにいるニンフを描いたもので、水彩画に似た元の色彩を保っていた。

サンダースはぼんやりと、他人の家の最上階にあるこの部屋の、元々の用途は何だったのだろうと思った。暖炉の上には彫刻をほどこした炉棚があり、明るい色の表紙の小説が数冊、ブックエンドに挟まれていた。たくさんの予備テーブルのひとつには、蓋の開いた葉巻の箱が置かれていて、食卓には灰皿がふたつあった。紫檀の柄の傘が、今はそのテーブルの上に、剣のように横たわっている。

「大量の毒物が」マスターズが粘《ねば》り強くいった。「それぞれの飲みものに入っていた。それに、ミセス・シンクレアがゆうべいったことを覚えていますか？　彼女は、飲みものに毒を入れることはできないと、自分もほかの人たちも断言できるといった。なぜそういえるのでしょう？　なぜそんなに急いで、われわれにそう伝えたのでしょう？　全員が、知っていてアトロピンを飲んだとは思わないでしょう？」

「それはないと思います」サンダースはいった。「社交の楽しみ方としては危険です。ほかにわかったことはありますか？」

首席警部は皮肉そうにいった。

「指紋が出ましたが、何もわからないでしょうね。傘の指紋は駄目でした。あなたご自身が、ここへ来たときに台無しにしてしまったようです。それがヘイを刺した凶器なのは間違いありません。しかし、誰のものなのか、どこから持ち込まれたのかは、誰も知らないようです。証人に訊けばわかるでしょう。朝には退院していますし、わたしは公正無私にやるつもりです」

「ファーガソンのことはどうなりました？」

「いいでしょう。何度でも蒸《む》し返してください。ファーガソンについてわかっていることといえば」マスターズが険《けわ》しい声でいった。「消えたのに間違いないということです。ヘンリー卿に相談してみようかとも思っているのです。ボブのいった通り、彼は正面のドアからも、裏口からも出ていません。今朝、裏の壁を全部調べました。雨樋《あまどい》はついていましたが、窓の近くではありません。ファーガソンがゴリラの近親でもなければ、手は届かないでしょう。いいえ、その線はありません。飛び降りたに違いない――地面に跡を残さずにね。ひとつ手がかりがあります」

「何です？」

「彼は眼鏡を残していきました」マスターズはぶつぶついった。「それに指紋が残っていたのです。とはいえ、あまり役には立たないでしょうね。ロンドン警視庁のファイルにない限り、状況は変わらないし、ファイルにある可能性は少ないでしょうから。一方で、ヘイの弁護士の住所を手に入れたので、部長刑事を向かわせています。わたしのほうは、ミセス・シンクレアにもう一度当たってみようと思います。一緒に来ますか？」

サンダースは乗り気だった。自分にはその資格があると思った。ふたりはパトカーでチェルシーへ向かった。川沿いの通りに沿って走ると、春だというのに秋のような色彩に見えた。ボニータ・シンクレアは、想像通りの家に住んでいた。コテージか人形の家《ドールハウス》に似ている。黒っぽい煉瓦の間の白いモルタルが、きっちりとした線を描いていた。たくさんの植木箱があり、夏には薔薇の花がいっぱいに咲くのだろう。緑色のドアには、猫の形をした真鍮のノッカーがついている。

だが、マスターズが乱暴にサイドブレーキを引き、車を停めたのは、それを見たからではなかった。春の訪れで木々は芽吹きはじめていたが、ドアの右側にある細長い窓には、暖炉の明かりが反射しているのが見えた。そして、窓のひとつを、思案げに歩く男の影がよぎったのだ。

「あれは」サンダースはいった。「デニス・ブライストン卿のようですね」

「デニス・ブライストン卿だ」警部は馬鹿にしたようにいった。「あいつめ！　とんでもないことだ——サグデンには、あの男から目を離すなといったのに！　わたしがここへ来るまで互いに連絡を取り合わないよう、全員を見張らせておいたのです。なのに、このありさまですよ！　どうにかして監視をかいくぐったのです。行きましょう」

きちんとした服装のメイドがマスターズの名刺を受け取った。ふたりは、婦人用の私室のような居間に通された。そこではボニータ・シンクレアとデニス卿が、暖炉を挟んで座っていた。

それは家庭的な眺めだった。女性はゆったりとした青い化粧着に身を包み、朝のシェリーを飲んでいた。その美しさを際立たせているのは、暖炉の明かりか、どこか劇場のような雰囲気だった。

ブライストンが、椅子から不意に立ち上がった。

「おはようございます、ミセス・シンクレア」マスターズがいった。「おはようございます、デニス卿。すっかり回復されたようですね」

「ええ、幸いにもね」

ブライストンは、強引さとためらいを同時に感じさせる人物だった（言葉は矛盾しているが、それ以外に表現できない）。背が高く、やや尖った顔が印象的で、信頼できそうな澄んだ目をしていた。近づけば、入念に仕立てられた服に気づくだろう。それはどこか、入念に調整されたしぐさに似ていた。いずれも控えめで、いずれも信頼感と安心感を誘うものだった。サンダース医師は、たちまち彼に好感を持った。

「しかしながら」マスターズは続けた。「今朝はどなたも家を出ないようにとお願いしたはずですが」

ブライストンは重々しくうなずいた。

「その通りです、警部。だがあいにく――知らなくてはならなかったので」

彼は思い出し笑いをした。薬の後遺症でまだ少し震えていたが、それをうまく隠している。今では気取らない、自信を感じさせる口調になっていた。

「記憶をなくすことはめったにないのです。最後にそうなったのは大昔のボートレースの夜でした。今も覚えています。翌朝目が覚めたとき、前の晩に何をしていたか、言葉にできないほど頭を悩ませましたよ、警部。友達全員に会って、どんなささいな行動でも聞かせてほしいと小一時間しつこく尋ねるまで、気が休まりませんでした。知らなくてはならなかったのです。ゆうべ自分が何をしていたかを」

マスターズは態度をやわらげた。「でしょうね。さて、あなたはミスター・ヘイを殺してはいませんよね？」

「わたしの知っている限りでは」ブライストンも笑みを返していった。

全員が腰を下ろした。

「さて、そこでです」マスターズがさらに続けた。「問題は皆さんに、どんなささいな事実さえ、認めてもらえないことなのです。しかし、否定できない事実がひとつだけあります。ミスター・ヘイが死んだことは否定できないでしょう？」

「そうですね」

「となると、誰かが彼を殺したことになります。そして、否定しても仕方のないことですが」マスターズは入念に、さりげなく、罠を仕掛けた。「彼があの部屋にいた三人のうちの誰かに殺されたと、われわれはほぼ確信しています」

それ以上続ける必要はなかった。すでに効果は出ていたからだ。ボニータ・シンクレアは、シェリーのグラスをそばのテーブルに置き、恐怖に目を見開いて彼を見た。ブライストンは、マスターズの話を注意深く聞いているかのように、わずかにうなずきながらも、彼を制した。

「いい換えれば、ミセス・シンクレア、シューマン、わたしということですか？」

「そうおっしゃりたければ、そうです」

「警部、それは馬鹿げています」

「なぜです？」

「まったく筋が通らないからです」ブライストンは常識だろうといわんばかりに鋭く反論した。「わたしたちの誰ひとり、彼を殺す理由はありません。彼はわたしたちの友人だといえますし、それは全員の意見の代弁でもあります」

「なぜ、全員の意見を代弁しなくてはならないのです?」マスターズが静かに訊いた。

ブライストンは厳《いか》めしい皮肉を込めて彼を見たが、答える前に一瞬間があった。

「いちいち言葉尻をとらえる必要はありませんよ、警部。最初は自分のためにいったのですが、まずミセス・シンクレアのために代弁したほうが礼儀にかなっていると思ったのです。それだけのことです」彼は口ごもったが、いいわけはやめようとばかりに、突然大声をあげた。「いいですか。はっきりさせておいたほうがいいでしょう。ヘイは、不愉快に思えることもあったし、彼をよくいる成り上がり者だという人もいます。だが、いい友達でした。わたしにとてもよくしてくれました。いつも愉快で——彼を殺した人物が絞首刑にならなかったとしても、わたしの協力不足のためではないはずです」

感情を爆発させたあと、ブライストンは少し恥ずかしくなったように、医師らしい態度を取り戻して椅子にもたれた。

「わかりました」マスターズは明るくいった。「そういう話が聞きたかったのです。さて、ゆうべ、十一時という遅い時間にミスター・ヘイのフラットに呼ばれて驚きませんでしたか?」

「いいえ、特に」

「しかし、娘さんはあなたがパーティーに出かけたことは一度もないといいましたよ」

「娘は何の関係もありません」ブライストンは、急に苛立ったようにいった。「娘がゆうべ、ご迷惑をおかけしたと聞いています。それについてはお詫びします。それに、娘がいっていることもよくわかりません。わたしは巷《ちまた》でよくいわれる〝明るく陽気な若者〟ではありませんが、まだ車椅子に乗るほどの老人だとも思っていません」

「たとえば」マスターズがいった。「ミスター・ヘイが、家に来れば何らかの情報を明かすといったりはしませんでしたか？」

最後の意見を述べたあと、ブライストンはボニータ・シンクレアのほうを見ていた。彼女は謎めいたほほえみを返していた。だが、マスターズの質問を聞いて、ブライストンは鋭く振り返った。

「情報？　いいえ。何のことだかわかりませんね」

「彼はよくしてくれたといいましたね。どういったことですか？」

「わたしに何度か投資をしてくれ、常に成功しました。それに何度も――外部からのアドバイスをしてくれました」

「ほう？　彼はあなたにも投資していましたか、マダム？」マスターズは女性のほうを見ていった。

彼女はゆうべと同じような熱意を見せた。黒髪は今は結《ゆ》われ、両耳の上で、三つ編みを車輪のように巻いていた。暖炉のほうへ身を乗り出し、片手をしっかりと膝の上に置いているさまは、古い女優の写真のようだ。しかし、そこには堅苦しさも、芝居がかったところもなかった。誠実なまなざしと同じくらい自然だった。

「ええ、たびたび。わたしは商売についてはまったく不得手で、ミスター・ヘイはいつでも進んで助けてくれました」

「では、マダム」マスターズは猫のように狡猾《こうかつ》に続けた。「ゆうべの話の続きを聞かせてください。医者に中断されたところからね。つまり、アトロピンのことです。あなたがた全員が、何かに混ぜられたアトロピンを飲まされています。しかしゆうべ、あなたは、誰かが飲みものに毒を入れるのは不可能だとおっしゃいました。それはどういう意味です？」

彼女は当惑した様子だった。「わたしのいったことを誤解なさっているようですわ。それとも、わたしが薬物の影響を受けていて、はっきりといわなかったのかもしれません。ごめんなさい。わたしがいいたかったのは、わたしたちの誰も、お酒に毒を入れることはできなかったということです」

「わたしたち？」

「ミスター・ヘイのフラットにいた四人のことです」

マスターズは彼女をじっと見た。「失礼ながら、マダム、ゆうべはそうはおっしゃっていませんでしたよ！　誰にもできなかったといいました」

「あなたの誤解じゃありませんか？」彼女の率直な真剣さに、マスターズは少したじろいだ。「何があったかお話ししましょう。

ミスター・ヘイのフラットに着くとすぐに、わたしはカクテルを作るようにいわれました——そのお話はしましたよね？　ええ。もちろん、わたしが毒を入れたと思っていらっしゃらないのはわかっています。でも、仮にそうしようと思っても、できなかったのです。ほかの人たちも同じです。全員がキッチンにいて、わたしを見ていました」

「三人の男性全員ですか？」

「三人全員が、わたしを囲んでいました」

「続けてください、マダム」

「最初に、デニー——失礼——デニス卿が、カクテルシェーカーをお湯ですすぎました。それからグラスも、わたしたちが見ている前ですすぎました。わたしはカクテルを作り、ミスター・ヘイがシェーカーを振りました。デニス卿は、ウィスキーとジンジャーエールで自分のハイボールを作りました」（マスターズの問いかけるような視線に、ブライストンはきっぱりとうなずいた）「それからミスター・シューマンが、シェーカーとハイボールの入ったグラス、空のカクテルグラス三つをトレイに載せて、居間へ運びました。わたしたちは、彼がそれを小さなテーブルに置き、戻ってくるのを見ていました。ミスター・シューマンが飲みものに細工をしていないのは確かです。わたしたちが証言できますわ。それに、その時点で飲みものに異常がなかったのはわかっています」

「どうしてわかるのです、マダム？」

「味見をしたからです」彼女は勝ち誇ったようにほほえみながら答えた。「みんなそうするでしょう。つまり、カクテルを作ったら、ちゃんとできているか味見をするはずです。ホワイト・レディを作ったとき、わたしはひと口飲んでみました。シェーカーから直接」彼女は慎み深さを傷つけられたように顔をしかめた。「それに、デニス卿のハイボールも味見してみました。それまで〝ハイボール〟というものを飲んだことがなかったので、どんな味か知りたかったのです」

マスターズはますます居心地が悪くなった。彼は咳払いした。

「ちょっと待ってください、マダム。ミスター・シューマンがすべてのものをキッチンから居間へ運び、〝戻って〟きたとおっしゃいましたね。みんなして居間へ行ったのではなかったのですか？」

「ええ、それをいいたかったのです。わたしたちはキッチンに残っていました。ミスター・ヘイが、オレンジで芸をしてみせたからです。オレンジの皮をうまく切って、よじったりすると、赤ちゃんが笑ったり泣いたりしているように見えるのです」静かな忍耐強さと、哀れみ甘やかすような表情が、彼女の顔をよぎった。「ミスター・ヘイほど、いたずらや、冗談や、あらゆる仕掛けに夢中だった人はいないでしょう。湯気で曇らない浴室の鏡とか、封筒から消える十シリング札といった新しい発明品を手に入れると、小学生のように喜んでいました。彼がキッチンの冷蔵庫の前に立って、オレンジの赤ん坊に〝ママ〟といわせ、顔じゅうで笑っていたのを、決して忘れないでしょう」彼女は言葉を切り、身震いしてから、さりげない口調でいった。「あの恐ろしい仕込み傘が、彼のものだったのはご存じですよね」

沈黙が訪れた。

「知りませんでした、マダム」マスターズは険しい顔でいった。「ゆうべ、彼のフラットにそれがありましたか？」

「ええ。ずっと前からありました。玄関ホールの、普通の傘立てに立てられていました」

「しかし、毒物の件ですが、ミセス・シンクレア、誰も飲みものに細工をしていないと断言できるのですね？」

彼女は両手の指を組んだ。「ええ、断言できます。わたしたちの誰にもできないのはわかっています。わたしたちはずっとお互いを見ていました。おわかりでしょう、ミスター・マスターズ、できるはずがないのです。でも、もちろんあとからやることはできたでしょう。ミスター・シューマンはすべてを小テーブルに置き、キッチンに戻ってきて、ミスター・ヘイがオレンジの赤ん坊を披露するのをわたしたちと一緒に見ていました」彼女は印象づけるように間を置いた。「わたしたち全員、キッチンにいたんです――どれくらいの間だったかしら？」

一秒まで正確に割り出そうとするかのように、彼女はブライストンにいった。

「少なくとも三、四分はいたでしょう」ブライストンは鋭い目でマスターズを見ながらいった。

「そして、その間ずっと」ミセス・シンクレアが続けた。「飲みものは別の部屋で、テーブルの上に出しっぱなしになっていました。おわかりでしょう――もちろん、おわかりですわね――キッチンと居間は直接つながっていません。キッチンから廊下に出る戸口は、ほぼふさがっていました。ミスター・ヘイがその前に立っていたからです。ですから、廊下を見ることはできませんでした。恐ろしいほどはっきりしているじゃありませんか？　その間に、誰か――外部の人間――があの居間に入り込んで、薬を入れたのです」

マスターズはまたメモを取った。危険なほど温厚で、愛想よくなっている。舞い上がっているように見えた。

「なるほど、マダム」首席警部は興味深そうにいった。「しかし、ひとつ聞かせてください。ミスター・シューマンが飲みものを居間に運んだとき、薬を入れなかったのは間違いないのですね？」

ミセス・シンクレアとデニス・ブライストン卿は、いっせいに間違いないといった。

「廊下から彼を見ていました」彼女は説明した。「トレイが少し濡れていたので、ミスター・ヘイの高級な家具の上に置かないでほしいと思いました」

「わかりました。居間に運ばれたときに、カクテルが注がれたのですか？」

「いいえ。注がれたのはあとからです。グラスに入っていたのは、デニーのハイボールだけでした。ねえ、警部、単純な話ではありませんか？」彼女は力説した。「誰かが居間に忍び込んで、カクテルシェーカーとタンブラーにアトロピンを垂らせばいいのですから――恐ろしいことですが、それが真相だったのです」

「なるほど。アトロピンは、カクテルシェーカーに入っていたに違いないということですね？」

「もちろんです」

「続けてください、マダム」

彼女は口ごもった。「実は、ほかにお話しすることは、あまりありません。その後、わたしたちは居間へ行きました。ミスター・ヘイがカクテルを注ぎ、グラスを回しました。わたしたちはテーブルを囲んで座りました。ミスター・ヘイは、スピーチをしたいといって、わたしたちを大きなテーブルの三方に座らせました」またしても、彼女は涙を浮かべそうになった。「彼は会議の議長のように立ち上がり〝友よ、ローマ人よ、同胞よ〟〔シェイクスピア『シーザーとクレオパトラ』三幕二場〕といいました。確かに――議長は普通、こんなことはいいませんが、それがミスター・ヘイの話し方で、こうした話をするときには、全身を揺すって笑いました。彼はまず、わたしのために乾杯しようといいました。〝われらがホワイト・レディに〟と彼はいいました。わたしたちは乾杯し、お酒を飲みました。それから彼は、話があるといいました。お祝いのようなものだと――」

「それで、話というのは何だったのです、マダム？」暖炉を見つめている彼女に、マスターズが訊いた。

「それだけでした。彼は最後まで話しませんでした。彼はまず、ふたりのスコットランド人の話を思い出したといいました。彼はその話をしているうちに興奮してきたようで、また別の話を思い出したので、忘れないうちに話しておきたいといいました。それは長い話で、終わりがないような気がしました。しかも、方言ばかりで――ミスター・ヘイは方言、特にランカシャー訛《なま》りを真似るのが大好きでした。

さて、最初はその話はそれほど面白いとは思いませんでした。けれど突然、わたしは吹き出してしまったのです。わたしたち全員が笑っていて、その笑いは次第に激しくなりました。奇妙な、体がひどく熱くなったような感じがしました。ミスター・ヘイも熱くなっているようで、顔を汗が流れていました。赤毛は逆立ち、笑いすぎて話もできないありさまでした。一番奇妙だったのはミスター・シューマンでした――聖人のような風貌の、あの通り華奢《きゃしゃ》な人が、両手を腰に当てて体を二つ折りにし、足を踏み鳴らしているのです。

最後に覚えているのは、ミスター・ヘイの顔が部屋を埋めつくすほど膨《ふく》れ上がり、髪と同様、火のように赤くなっていたことでした。彼は方言で〝イー、バー、グルーム！〔ヨークシャーで使われる「by God」を意味するいい回し「Ee bar gum」がこのように聞こえたと思われる〕〟といったようなことを口にしながら、わたしたちを指さしました。何もかも混乱し、ぞっとするような光景になって、それからあとのことは覚えていません」

彼女は夢見るような雰囲気で、暖炉とマスターズを交互に見ながら話した。だが、その話は異常なほど生き生きとしていた――芸術家としての審美眼から来ているのだろうか？――彼女はそれを、わずかな手ぶりで強調してみせた。

「考えるのも嫌なことです」彼女はいった。

首席警部は漠然とブライストンのほうを見た。「何かつけ加えることはありますか？」

「ないと思います」ブライストンは、あの奇妙な手を額に滑らせた。「もちろん、何か変だと気づきました。しかし、手を打つ暇はありませんでした。実は、わたしは歌を歌いたくなり、『岸に寄せてくれ、船乗りよ』を歌いはじめました。しかし、本当に歌っていたかどうかは覚えていません」

「あなたがたの誰ひとり、飲みものに毒を入れることはできなかったというのには同意しますか？」

「明白ではありませんか？」

「それに、あなたがた全員がキッチンにいる間に、外部の人間がカクテルシェーカーにアトロピンを入れたのは間違いないと？」

「ええ」

「しかし、あなたのハイボールを除いて、シェーカーから飲みものが注がれたのは、あなたがたが居間に来てからのことでしたよね？　カクテルが注がれるのは見ましたか？」

「もちろんです」

マスターズは、ぞっとするほど温厚な態度で、椅子にもたれた。

「さて！」彼はいった。「正直なところ、この回り道を楽しませていただきました。しかしおふたりとも、そろそろ本題に戻って、本当のことをいってもらわなければなりません。問題は、カクテルシェーカーにアトロピンは入っていなかったということなのです。おわかりになりますか？　つまり、アトロピンはカクテルが注がれたあと、それぞれの飲みものに個別に入れられたのです。あなたは、全員が居間のテーブルを囲んでいたとおっしゃいました。わたしが知りたいのは、そのうちの誰が飲みものに毒を入れたかです。また、あなたがなぜポケットに四つの時計を入れていたのか、そしてマダム、あなたがなぜ生石灰の瓶と燐の瓶を持っていたのかも知りたいのです。いかがです？」

五

サンダース医師は待っていた。この女性の気高い誠実さと、ブライストンの頑固《がんこ》な楽観性が、果たして耐えられるだろうかと思いながら、そのときが近づくのを見守っていた。だが、結果はマスターズの勝利とはいいきれなかった。ふたりは彼をじっと見ていた。一瞬、まるでカーテンを開いたように、見開かれた目から彼らの心の中が見えたような気がした。そこにあったのは、心からの驚きだったとサンダースは断言できた。

デニス・ブライストン卿は、椅子から立ち上がった。驚きが、ゆっくりと疑惑に変わっていったように見えた。

「警察らしく鎌《かま》をかける必要はありませんよ」彼は鋭くいった。「われわれは、あなたがたに協力しようとしているのですから」

「鎌をかけているのではありません」首席警部はいった。「絶対的な事実をいったまでです。わたしのいうことが信じられないなら、ここにいるサンダース先生にお訊きください。カクテルシェーカーにアトロピンは入っていませんでした」

ブライストンは彼をしばらくじっと見ていたが、そのうちに、マスターズの一歩も譲らない率直さに含まれた意味が、徐々に彼自身の頭に毒のように浸透してきたようだった。

「何ということだ、ボニー」彼の口調は変わっていた。「何があったというんだ？」

「思い出していただきたいのです。さあ！　悪意は抜きにして、ただ事実を認めましょう。この意味がおわかりですね。全員が居間に戻る前にカクテルが注がれていたとしたら、全員がキッチンにいる間、そこに放置されていたとしたら――あなたがたの説明は納得できます。しかし、そうではなかったといっています。あなたがた（というより、こちらのご婦人）は、カクテルが作られたときには何ともなかった。それはミセス・シンクレアが味見をしたからです。いいでしょう。グラスに注がれるまでは、飲みものは何ともなかった。シェーカーからアトロピンは検出されませんでした。しかし、乾杯のため注がれたあと、何者かがそれぞれのグラスにこっそり毒物を入れた。全員がテーブルを囲んでいたのですから、誰がやったかわかるはずです。さて、何かいうことはありませんか？　供述を変えたいですか？」

ブライストンは両手を上げ、それから下ろした。

「供述を変えるつもりはありません」彼はいった。「明白な、掛け値なしの真実なのですから」

「そんなことをして何になります？」マスターズが、じりじりしたようにいった。「カクテルに毒が入っていたことは、否定しないでしょう？」

「ええ」

「いいでしょう。しかし、そのような主張を続けていれば、飲みものに毒を入れるのは不可能だといっているようなものです」

ブライストンは、いかつい眉《まゆ》の下から彼をちらりと見た。「まさしくそういっているのです。たとえ死の間際《まぎわ》でも、テーブルに置かれたあの飲みものに、誰ひとり細工《さいく》ができなかったと誓えますよ。あなたはわたしに――わたしたちに――目がないとでもお思いですか？　テーブルについていながら、飲みものに薬が混ぜられたのに気づかないことがあるとでも？」

首席警部は腹立たしい思いで、相手を交互に見た。ボニータ・シンクレアは、スリッパでゆっくりと絨毯を叩いていた。今は思慮深い表情をして、聖母のような女性教師に見える。

「聞いてください」彼女は口を挟んだ。「その〝アトロピン〟とは、どういうものです？　つまり、固体なのですか、液体なのですか？　色はあるのでしょうか？」

「どうです、先生？」首席警部がサンダースを見て促した。

「無色の液体です」サンダースはいった。「おそらく、知らないうちに何度も目にしているでしょう。アトロピンはベラドンナから抽出されるもので、ベラドンナはごくありふれた目薬にも使われています」

彼女は驚いたようだった。

「目薬？　でも、わたしは――」彼女は言葉を切った。「それで、人の意識を失わせるには、どれくらい必要なのでしょう？」

「純粋なアトロピンなら、ほんの数滴でしょう。ちなみに、検出されたのは純粋なアトロピンでした。効果の弱い調合薬剤ではなく」

「でしたら、問題は解決できると思いますわ」ボニータがいった。そこには（サンダースから見て）ぞくりとするほどユーモラスな雰囲気があり、彼は何もかも間違っているような印象を受けた。

「しかも、ごく単純なことです。わたしたちが思った通り、外から何者かが入ってきたのです。でも、その人物はカクテルシェーカーにはアトロピンを入れなかった。どれくらい入れればよいかわからなかったし、入れすぎて全員を殺してしまう恐れがあったからです。だから、それぞれのグラスの底に、自分が測れる量を少しずつ入れたのです。それは無色とおっしゃいましたよね。ですから誰にも気づかれなかったのです。どのみち、カクテルグラスはほとんど濡れていましたし、気づいたとしても、洗ったときの水だと思って気にもしないでしょう――わたしって頭がいいと思わない、デニー？」

彼女は最大限の魅力をブライストンに向け、ブライストンは少し顔を赤らめた。だが、彼は前を見たままだった。

「あなたはこうしたことに目がきくようですね、マダム」マスターズがむっつりとしていった。

「あなたが毒殺好きでないことを祈りますよ。さもないと、ほとんどの人が役員会から手を引くでしょう」

今度は彼女が赤くなる番だった。彼女は目を伏せ、息づかいが速くなった。

「あいにくですが、ミスター・マスターズ、わたしはそれほど奇妙なことだとは思いません」

「わたしもです」彼は同意した。「先生はどう思われます？　そういうことがありうるでしょうか？」

「いいえ」サンダースはいった。

それは軽い動揺を巻き起こした。ボニータもデニス卿も黙りこくってしまった。

「つまり」サンダースは続けた。「あまりありそうには思えないということです。カクテルグラスはどこに置いてありました？」

「食卓の真ん中です」少したためらってから、ボニータがいった。「ミスター・ヘイが身を乗り出して、飲みものを注いだのです」

サンダースは考えた。「いいですか、毒物がもっとも多く含まれていたグラスには、飲み干せば死に至るほどの量が入っていました。合計すれば小さじ一杯から大さじ一杯というかなりの量です。小さなグラスが三つあって、底にそれほどの液体が入っていたら――少なくとも誰かが気づいたのではありませんか？　誰か気づいた人はいますか？」

「わ――わたしは気づいていたと思います」女は熱心にいった。「でも、当然ですが、証言したくはありません」

マスターズはひどく立腹していたに違いないが、それを表に出すまいとしていた。彼女の落ち着き払った顔と、デニス卿の顔に浮かんだ、意地悪な喜びに似た表情をにらみつけたあと、また手帳を開いた。

「この件は少し置いておきましょう」彼はいった。「あなたがたが思い出せそうになるまでね。それまで、デニス卿、この四つの時計で何をしていたのかお聞かせ願えますか？」

ブライストンは頭をのけぞらせて笑った。ちょうど煙草に火をつけようとしたところで、笑いという静かな暴力のためにマッチの火が消えた。笑いによって彼の表情は変化し、明るくなった。人格全体にいい影響をもたらしたかのようだ。

「失礼」彼は重々しく態度を改め、煙草をマントルピースの上に置いた。「しかし、謎はすべて、簡単に解決できますよ！　四つの時計のような単純なことが、警察のひどい頭痛の種になるのはわかります。説明をお聞きください。ところで、ミセス・シンクレアはゆうべ、あなたにヒントを与えました――あなたは見過ごしていたようですが。ボニー、きみはわたしが、ヘイの家へ行く前にきみを家まで迎えに行ったことを警察にいわなかったかね？」

「ええ、彼女はそういいました」マスターズがいった。「それが何か？」

「それに、彼女はこうもいったと思いますよ。ばらばらな時間に、非常に大事な電話を三件かけなくてはならなかったと。一件はニューヨーク、一件はパリ、もう一件はローマにと？」

マスターズは目を見開き、また細めた。

「もうおわかりでしょう、警部」ブライストンは上機嫌でいった。「これらの都市はグリニッジ時間で動いてはいません。たとえばニューヨークでは、時差が五時間あります。ここでの午前零時は、あちらでは午後七時になるのです。パリとローマにも同じく時差があります。しかし、こうしたさまざまな都市から、相手が指定した時間に電話をかけろといわれたら、ひどく混乱してしまい、頭がごちゃごちゃになってしまうでしょう。ボニータはきっとそうなったはずです。

そこで、解決法を見つけました」彼は楽しげに説明した。「四つの時計のひとつ、わたしの時計は、通常のイギリス時間にしておきます。ほかの三つの時計は、それぞれニューヨーク、パリ、ローマ時間に合わせるのです。それらの時計をひと目見れば、四つの都市が今何時なのかわかるという寸法ですよ。これは非常に役に立ちました。そして、答えを聞けばごく簡単なことなのです」

マスターズが称賛にきわめて近い表情で彼を見たことは、記録に値《あたい》するだろう。

「それが真相だとおっしゃりたいのではないでしょうね？」首席警部はいった。「あなたのいうように、答えを知ってしまえばごく簡単なことだと。生石灰と燐についてはは答えはありますか？」

今度は女性のほうが笑い声を立てた。

「それに頭を悩ませていたわけではありませんでしょう？　でも、ある意味、答えはあると思います」彼女はよく考えながら指摘した。「ゆうべ、わたしはハンドバッグを間違えて持ってきてしまったのです。もちろん、普段そのようなものは持ち歩きません。生石灰と燐は、絵の下に非常に貴重な別の絵が描かれていると考えられるときに、カンヴァスから絵の具をはがすために使うのです。聞いたことはおありですか？　これらはいずれもカルシウム――酸化カルシウムとリン酸カルシウムです。これらを用意しておくことをぜひお勧《すす》めしますわ、ミスター・マスターズ」

「化学にとてもお詳しいようですね、マダム。それに、遠慮なくいわせてもらうと、これが真相でなかったとしても、あなたの創意を人に勧めることはできますよ」

「わたしたちの話を疑っているのではないでしょうね？」ブライストンが鋭くいった。

「まあ、とどのつまり――それがわたしの仕事ですから。そうでしょう？」そういったマスターズは、今では楽しんでいるようだった。「わたしが何も疑わなければ、警察の存在意義はどこにありますか？　ええ、わたしはあなたがたを信じますよ」彼は疑わしげな顔でいった。「しかし、ミスター・シューマンがあの目覚まし時計の仕掛けで何をしていたかは、説明がつかないのではありませんか？」

ブライストンはためらった。顎を撫でた手は変わっていて、人差し指と中指がほぼ同じ長さだった。見方によっては、奇形ともいえる特徴だった。

「目覚まし時計？」彼は繰り返した。「わかりませんね。何のことです？」

マスターズは見つかったものについて説明した。

「すると、全員がお宝を持っていたということですか」相手は宙を見ながらいった。「ええ、それについては何もいえません。シューマンに訊くしかないでしょうね」

「口を挟んでもよろしければ」ボニータが穏《おだ》やかに割って入った。「その恐ろしい秘密を解明できると思いますわ。男の方というのはとても素晴らしいけれど、ずいぶんと頭が悪くなるときもあるものですわね。ミスター・マスターズ、アンドリュー・J・ボーデンという名前は聞いたことがありますか？」

「わたしの知る限りでは、ありませんね」

「そうですか？　本当はこんな話はしたくないのです。身の毛もよだつような話ですから。でも、アンドリュー・ボーデンというのは、五十年近く前にアメリカで起こった重大な殺人事件の被害者なのです。彼とその妻は、ある夏の昼日中、自宅で斧《おの》で殺されました。彼らの娘リジー――フォール・リバーのリジー・ボーデン――は、その事件で裁判にかけられ、無罪となりました。さっきもいったように、このような話をするのは本当に嫌なのですが――」

「でしょうね。でも、その話がどうしたのです？」

「ミスター・ボーデンのポケットからは」彼女は夢見るように続けた。「古くて錆びた、捨てられた錠の仕掛けが見つかったのです。その朝、道端で拾ったものでした。なぜそれがポケットにあったのか誰も知りませんでしたが、やがて、彼がそうしたものを拾う癖があったことが判明しました。興味を引かれたものや、役に立つかもしれないと思ったものをね。ミスター・シューマンの場合も、それとよく似ていると思います。ミスター・マスターズ、あなたは人の性格を読んだりはしないのですか？」

「おや、たった今、読んでいるといっていいかもしれませんよ」マスターズは重々しくいった。

「それに、とても興味深い。しかし、今のところはこれ以上ご迷惑をかけないことにしましょう。あとひとつ、あなたがたが知っておいたほうがいいことがあります。ご存じでしょうか？」首席警部は、証人席にいるような態度を最大限に発揮していった。「あなたがた三人とも、犯罪者として告発されていることを」

ボニータ・シンクレアははっとした。驚きで口もきけない様子だ。デニス・ブライストン卿は、急に後ろに手を回した。

「それも、さほど奇妙なことだとは思いません」女性がとがめるようにいった。「誰に聞いたのです？」

「情報をありがとうございます、マダム。非常に役に立ちます。それは本当ですか？」

「まったく馬鹿げたことです。殺人者としても告発したらいかがです？」

マスターズはうなずいた。「ええ。それも考えています」

「何ということだ！」ブライストンが、恐れおののいたように大声をあげた。「誹謗中傷《ひぼうちゅうしょう》の域を超えている。驚きのあまり、否定しようという気にもなりませんよ」ついに彼は笑い出した。「われわれの職業は、ひどく邪悪な印象を与えるのかもしれません。おとぎ話が役に立つでしょう。もちろんボニータは贋作《がんさく》を売っています――」

「そんなことはしていないわ！　冗談では済まないわよ」

「――かたや、わたしは薬物を売ったり、違法な手術をしたりしている。こうした観点からわれわれを調べたほうがいいですよ。シューマンはどうだろう？　あなたの中の作家は、彼が人を殺して棺《ひつぎ》に入れ、ミイラとして売っているという結論に飛びつくでしょうな。われわれの罪に比べたらずっと派手だが、やはり本当です。いいや、真面目な話、誰があなたにそんなたわごとを吹き込んだのです？」

マスターズは冷静な表情を崩さなかった。

「情報をありがとうございます。さて——」

「誰がこんなたわごとを吹き込んだのです？」

「ずいぶん気になるようですね」

「もちろん気になりますとも」ブライストンは苛々《いらいら》していった。「誰かがロンドン警視庁のあなたの事務所にやってきて、あなたが賄賂《わいろ》を受け取っているのはよく知られているといったら、気になりませんか？　自分が非難されていると知ったら、なぜ非難されているのか、誰に非難されているのかを知る権利があるはずです」

「あなたはなぜ非難されているのです？」

「まったくもって、それが知りたいんですよ！　警察の沈黙も、度を越しているのではありませんか？」ブライストンの大いなる威厳が、またしても崩れた。「あなたの楽しみが、われわれをそう——娘なら橇滑《そりすべ》りというでしょうが、そんな状態に追い込むことだとすれば——」

マスターズは首を振った。「確かに、あなたとお話ししているとき、橇の鈴の音が聞こえた気がします。ふむ！　それはともかく、別の質問をすることで、あなたのご質問に答えられるかもしれません。あなたとミセス・シンクレアがゆうべミスター・ヘイのフラットを訪ねたとき、ミスター・シューマンはもう来ていましたか？」

「どこにです？　ヘイのフラットにですか？　来ていましたが、それがどうか——」

「ミスター・シューマンの事務所は閉まっていましたか？」

「ええ。いいえ、考えてみれば、奥の事務所に誰かいました。事務員か何かでしょう。特に気にも留めませんでした。どうしてです？」

「事務員の名前は、ファーガソンというようです」マスターズが説明した。「非常に興味深い男です。ではごきげんよう。おふたりとも、ありがとうございました」

彼の退場は、悪意のこもった威厳に満ちていた。だが廊下に出ると、マスターズは皮肉な笑みを浮かべ、低い声でサンダースにいった。

「はてさて、どちらが有利な立場に立っているだろう？　疑わしいところです。しかし、賭けてもいいですよ。ふたりとも震え上がっています。それが狙いだったのです。彼らにはすぐに尾行がつけられます。ファーガソンを知っていれば、きっと連絡を取ろうとするでしょう。そうすれば、すぐにその男の居場所がわかります」

彼は皮肉めかして、得意げに顔をしかめた。

「しかし、今日耳にしたことを心に留めておいてください、先生。ファーガソンが、彼らのことを口のうまいやつらだといっても不思議ではありません。ずる賢さを発揮して、彼らがうまいこと逃げるのに使ったいいわけは、これまで聞いたどんなものより見事なものでした。ああ、彼らはずいぶん熱心でしたね！　時計に関する説明を聞いたでしょう」

「信じていないのですか？」

「信じる？　まさか！　問題は、わたしの考えをどうやって証明すればいいかわからないことです」

「四つの時計について、別の理由があるというのですか？　それをいったら、生石灰と燐にも別の説明があると？」

「もちろんです」マスターズは明らかに疑わしそうにいった。「問題は、あの女性を除外できないことです。ふむ」彼は、語りすぎてはいけないという生来の用心深さと戦っていた。「わたしにいえるのは、生石灰と燐が彼女にどう当てはまるかがわからないということです。犯罪に関して、新しい妙案を思いつかない限りね。断言できるのは、彼女の肩に乗っているのは、第一級の頭だということです。それに、でたらめやありがちな幽霊話を思いつく第一級の想像力がある。彼女には――そう――可能性があります。頭のよさでは、デニス・ブライストン卿は彼女の足元にも及ばないでしょう。たぶん、ほかの点でもね。しかし……おや！」

　彼はごく小さな声でいった。ふたりは玄関まで来ていたが、マスターズはドアを開けようとする手を止めた。狭い玄関ホールの壁に沿って、彫刻をほどこしたチェストが置かれていた。フェリックス・ヘイのフラットの玄関ホールにあったものと似ている。蓋がわずかに開いているのにサンダースは気づいた。そして、その隙間の片隅から覗いているのは、グレーの手袋をした指のように見えた。

　ホールはほこりっぽく、フリルの付いたカーテンが、ドアの両側のガラスにかかっていた。壁には、描きはじめたばかりのような未完成の奇妙なスケッチが飾られていて、ダンテ・ゲイブリエル・ロセッティとサインが入っていた。サンダースが驚いたことに、首席警部はその絵を注意深く眺めてから、身をかがめてチェストの蓋を開けた。

　ちりひとつない外観と比べて、ミセス・シンクレアは家の中のことはずさんなようだった。チェストには古いがらくたが人目につかないように押し込められていた。傘が数本と、ばらばらになりかけたテニスのラケット、汚れたセーター、レインコートが二着。

そして、その一番上に、男の腕が置いてあった。

サンダースは不愉快な驚きを覚えたが、やがて作りものの腕だと気づいた。それはウールを詰めた黒い上着の袖と、白い袖口、グレーの手袋に詰め物をした手でできていた。気味が悪いほど自然な眺めは、薄暗いホールで見るとさまざまなイメージを呼び起こした。

「ほう」マスターズはそういって、蓋をまた下ろした。

ふたりしてドアへ急ぎながら、サンダースが小声でいった。

「首席警部、いったいここで何が起こっているのです？　彼らは何をもくろんでいるのでしょう？　それに彼女は、なぜ詰め物をした腕をこんなところに――？」

「簡単なことです！」首席警部は、あたりにメイドがいないのを確かめてからつぶやいた。「すぐにわかりますよ、先生。それに、腕は彼女のものではないと思います。それがどこから来て、なぜここにあるのか、あなたにも想像がつくかもしれません。どうです？　とりあえずはハムステッドへ向かい、ミスター・シューマンと会うことにしましょう」

六

ハムステッドの険しい通りを越えても、延々とカーブを描きつづけるように感じる上り坂は、ハムステッド・ヒースを見下ろす高さまで来ていた。パトカーは装飾を凝《こ》らした広いプールを回り込み、ヒースを横切る道の入口に差しかかった。

起伏する広大なヒースとは対照的に、左手に建つ家々は平らで灰色に見えた。木々はようやく緑の芽を吹きはじめたところで、遠くの木は今も尖《とが》り、青みがかっている。曲がりくねった硬い茶色の道には、窪《くぼ》みやへこみがあった。強い風が吹き、捨てられた新聞紙を小道に転がしている。日の光に照らされたはかなげな空の下、ロンドンとは違う空気の中で、まるで世界のてっぺんに来たように感じられた。

マスターズは車を左折させ、シューマンの家のほうへ向かった。同乗者はまだ問題について考えていた。

「わずらわせるつもりはないのですが」サンダースはしつこくいった。「とにかくヒントをもらえませんか。四つの時計、生石灰と燐、目覚まし時計の仕掛け、そして今度は作りものの腕。率直にいってください。この無秩序が何を意味しているのか、お考えがあるのですか?」

首席警部はくすくす笑った。

「ここだけの話ですが――ありますよ」彼は認めた。「それに、今日ヘンリー・メリヴェール卿のところに立ち寄るのはいい考えだと思っています。彼をご存じですか？」

「見かけたことがあります。殺人容疑をかけられたアンズウェルを彼が弁護したとき、ぼくも法廷にいたのです。しかし、彼に会いたいというのはどういうわけです？」

「ああ！　あのアンズウェル事件は、なかなかのものでしたね」マスターズは認めた。「われわれの敗北に終わりましたが。しかし、彼に会うのは大いに楽しいことでしょう。これは、あの御仁《ごじん》が怒り狂うに違いない事件ですからね。あの人の専門外なのはわかるでしょう。何が何やらさっぱりわからないに違いない。だが――わたしにはわかります。楽しいかって？　ええ、楽しいですとも」

「もうひとつ。ミセス・シンクレアの家の玄関ホールに掛かっていた絵に、なぜあれほど興味を引かれていたのです？」

マスターズは真顔になった。

「ええ、わたしはいわゆる目利きではありません。〝孔雀《くじゃく》の羽根〟事件でもいったのですが、美術品《オブジェ・ダール》はわたしの専門ではありません。しかし、何が警察の仕事に関係するかはわかっていますし、精神の向上のために、女房に一度か二度、ナショナル・ギャラリーに連れて行かれたことがあります。ミセス・シンクレアの家の居間には、暖炉に面して別の絵が掛けられていたのにお気づきでしたか？　オランダの帽子をかぶった少女の絵に？」

「気づかなかったと思います。暗かったものですから」

「ふむ。おそらく、わざとそうしているのでしょう」首席警部はいった。「ともかく、わたしはあの絵とまったく同じものを、ナショナル・ギャラリーで見たと断言できます。レンブラントという男の絵ですよ。その名前を覚えているのは」マスターズは打ち明けた。「とんでもなく素晴らしい画家だと思ったからです。誰もがそう認めるでしょう。わたしが絵が好きだといえば、それは堕落で、ブルジョワ趣味の表れだといわれるに違いありませんがね。それで覚えているのです」

サンダースは彼をじっと見た。

「レンブラントの贋作は山ほどあるでしょうね」彼は指摘した。「待ってください！　つまり、それは事実なのでしょうか――」そういいながら、彼は失望を感じた。「ミセス・シンクレアが贋作を商《あきな》っていたというのは？」

「まさか！」首席警部は熱を込めていった。「あのミセス・ボニータ・シンクレアに、わたしが思っている知性の半分でもあれば、そんな幼稚なことはしないでしょう。新しい手口があるのですよ、先生。きっと楽しめるでしょう。――ここが目当ての家のようです」

彼は小道に面した低い壁の前で車を停めた。バーナード・シューマンは、ヴィクトリア時代のどっしりとした二戸建住宅に住んでいた。灰色の煉瓦造りで、角と窓の縁は白石でできている。そして、小道からステップへ向かう彼らを、張り出し窓から見ている者がいた。

家政婦の格好をした、いかめしい顔の老婦人が、息の詰まるような玄関ホールにふたりを通し、マスターズが差し出した名刺を手ぶりで退けた。

「あなた様のことは存じております」彼女はいった。「いわせてもらえれば、この家に来ていただきたくありませんでした。お医者様からもいわれていますし。しかし、ご主人はお会いするとおっしゃっています。こちらへ」

居間で赤々と燃える石炭の前に、古めかしい模様の馬巣織《ばすお》りのソファが、不快にならないぎりぎりの近さに置かれていた。シューマンは化粧着をまとい、ソファにもたれ、キルトをきつく巻きつけていた。

彼はあの高い張り出し窓のところにいた人物に当てはまった。六十年前のがらくたが、ジャングルのようになっている。シューマンのウールのシャツ寝巻は、首元まできっちりとボタンが留められていた。黒っぽい眉根を寄せ、小鼻から口元にかけて薄いしわが刻《きざ》まれた学者のような顔には、聖職者か小物の政治家のような雰囲気があり、ごわごわした白髪頭も、その印象を大幅に損ねることはなかった。それは磁器についた傷のようなものにすぎなかった。まっすぐな淡いブルーの目をしているが、よく見えないようだ。ひどく繊細な手を、膝に乗せた本の上で重ねている。

だが、この部屋にサンダースはヴィクトリア朝よりもさらに古い雰囲気、あるいは文化とさえいえるものを感じた。ありふれた、見掛け倒しの家具の中に、細長いガラスケースがあり、中にはありふれているとはいえない装飾品が収まっていた。青いカノプス壺〔古代エジプトでミイラの内臓を収めるのに使用した壺〕、灰色になるまですり減った小塑像《しょうそぞう》、粘土の印章、印章付き指輪やペンダントに使う、つや出しをしたスカラベ。そして窓のそばの片隅には、高さ七フィートほどのミイラの棺が立てかけられていた。

「おかけください」シューマンが、丁重ともいえる手ぶりとともにいった。その声は外見に似つかわしかったが、最初のうちははっきりと話すのが難しそうだった。「おいでになるのではないかと思っていました。目覚まし時計について、お尋ねになりたいのですね」

彼の口調は驚いたようでも、明らかに場違いなものでもなかったが、ひっきりなしに咳払いしていた。

「そうです、ミスター・シューマン」マスターズもまた、驚くことなく認めた。「どうしてご存じなのです？」

相手はほほえんだ。「デニス・ブライストン卿から電話があったのです」

それから、彼はソファの上で少し背筋を伸ばした。「正直に話をさせてください。お互いの立場をはっきりさせましょう。わたしたちが互いにやり取りするのを望まないのはわかっていますし、おそらく、あなたから見ればそれは正しいことなのでしょう。しかし、わたしたちの立場も考えていただきたい。あなたと同じくらい、わたしたちも何が起こったかを知りたいのです。当然でしょう。これも正直にいわせてもらえれば、あなたはわたしたちが話をでっち上げようとしていると疑っておられるのでしょう。全員が実際とは逆の話で口裏を合わせると。こんなふうにいうと思っておられるのですね。〝これがわたしたちの説明であり、これを変えるつもりはない〟と」

マスターズは首を振った。

「よろしければ、質問をさせていただきたいのですが」

「何なりと」シューマンは丁寧にいった。「しかし、先にいっておきますが、友人たちの話につけ加えることは何もありません。彼らは真実をお話ししたのであり、それはまったくの真実なのです」

「整理してみましょう」マスターズが提案した。「最初に、あなたから話が出たのでお訊きしますが、あの目覚まし時計は何なのです？　それで何をしていたのか、説明してもらえませんか？」

「何もしていません」

「何もしていない?」

「これまでそんなものを見たことがないのです」

またしても、シューマンは乾いてひりひりする喉《のど》に耐えているようだった。彼は生真面目な魅力のある笑みを浮かべてマスターズを見た。

「それはあいにくですね」マスターズはいった。「それを持ち歩いていたもっともな理由を聞かせていただけると思っていたのですが。ミセス・シンクレアとデニス卿は、もっともな理由をお持ちでしたよ」

「でしょうね。わたしには自分のことしかいえません」

「では、今後〝わたしたち〟の代弁はしないということですね?」

「一体全体」シューマンはどこから見ても率直な態度でいった。「わたしに何をいえとおっしゃるのですか? 前もって用意した話などないと断言できます。もしあれば、あなたに対して嘘のいいわけを用意しておいたでしょう」

「目覚まし時計の仕掛けが、どうやってあなたのポケットに入ったと思いますか?」

「わかりません。誰かが入れたのでしょう」

「あなたが意識を失っている間に? ということは、デニス卿のポケットとミセス・シンクレアのハンドバッグから見つかったものも、やはり意識を失っている間に入れられたとおっしゃりたいのですか?」

「とんでもない。あの人たちが本当のことをいっているのは間違いありません」

長い時間をかけて、マスターズは昨夜起こったあらゆることについて、注意深く訊き出そうとした。しかし、ほかのふたりの証人がすでに供述したものと取り立てて変わったところはなかった。シューマンの滑らかな声が続くうち、サンダースは注意がそれていくのを感じた。

その注意がもっとも頻繁に向けられたのが、窓際の隅に置かれた大きな石棺だった。時の流れによって、かすかな色にまで薄れてしまったミイラの棺の塗装は、空がどんよりとするにつれ薄暗くなった部屋に溶け込んでいる。石棺の背景は黒く、赤いヒエログリフが帯状に描かれていた。仮面または顔の部分には金箔《きんぱく》が貼られ、胸にはハゲワシが描かれ、その上で腕が折り重ねられている。その正面、わずかに右寄りに、ヴィクトリア朝の三脚が置かれていて、その上に植物を植えた真鍮の植木鉢が載っていた。

ただの連想なのか、そうでないのかはわからないが、サンダースは部屋にかぐわしい香りが漂っているような気がした。そんなはずはない、と彼は思った。

「——それに、何度でもいうしかありません」シューマンは苛立った気配も見せずに話しつづけていた。「ヘイのフラットでの集まりに、隠れた意図などないと。少なくとも、わたしたちの知っているものは」

「わたしたちの知っているもの？」

「こういったほうがよければ、わたしの知っているものはありません。ほかの客が誰なのかも知らなかったのです」

「フラットに着いたのは何時頃です？」

「十時四十五分頃です」

「ミスター・ヘイはもういましたか？」

「ええ。今来たばかりだといっていました」

「彼の――ふるまいはどうでしたか？　どんな態度でした？」

「ええと、建物の管理人に腹を立てているようでした。ティモシー・リオーダンが、彼のフラットをちゃんと掃除していなかったのです。夕方、そうするようリオーダンにいっていたようです」シューマンはほほえみ、表情を変えた。「それ以外では上機嫌でしたよ。ドラゴンに関する冗談をいくつか口にしていました」

マスターズはまばたきした。「えっ？　ドラゴンですか？」

雰囲気が一変したように感じられた。車輪が横滑りしたように。だが一瞬、サンダース医師は、家の主《あるじ》がほとんど喉を詰まらせそうになりながら、何かいおうとしていたのを感じた。しかしシューマンはそれを引っ込めた。

「おそらく」彼は説得力のない口調でいった。「ティモシーがドラゴンに関係すると思われていたのかもしれません。ところで、何をお訊きしたいのでしたっけ？　どうぞ訊いてください」

「ゆうべ、事務所の前を通ったとき、事務所は開いていましたか、ミスター・シューマン？　誰かがそこで働いていましたか？」

「いいえ、絶対にそれはありません」

マスターズは身を乗り出した。「それでも、ゆうべあなたの事務所に人がいたのはわかっているのです。その人物はファーガソンと名乗り、あなたの下で働いているといいました。勝手を知っている様子でしたし、あなたのファーストネームを知っていました。あなたが誰だか知っていましたし、そこで手を洗うほどくつろいでいました」

それを聞いている間のシューマンの表情の変化は、外で暗くなりつつある空を反映しているかのように見えた。彼はソファの上で無理に背筋を伸ばし、ヴィクトリア朝の化粧着から弱々しい腕の輪郭が見て取れた。しかし、彼はごく小さな声でいった。

「頭がどうかしてしまったのですか？」

「もちろん、そのような人物がいないのはわかっています――」マスターズはいった。

「おっしゃることがよくわからないのですが」シューマンが口を挟んだ。「そのような人物は確かにいます」

初めて、マスターズは心底驚いた。実際に椅子から飛び上がらなかったにせよ、彼の姿勢からはその寸前だったのがうかがえた。予想外の展開だった。

「待ってください！　あなたはファーガソンという事務員を雇っていたというのではないでしょうね？」

「今は雇っていません。それが普通ではないところなのです。しかし彼は、あるいは、あなたが説明したような男は、八年から十年ほど前にわたしのところで働いていました。彼は――辞めたのです。ちょっとしたトラブルがありましてね。彼は死んだと思っていました。真面目な話ではないのでしょう？」

まっすぐに前を見たマスターズは、明らかに考えを整理し直しているようだった。

「何てことだ。これで多くのことが説明できる！」首席警部はつぶやいた。「なぜあそこでくつろいでいたのか、なぜあなたのことを知っていたのか、鍵がかかっているのに、どうやって事務所に入ったのかまでも……。だが、どうやって出て行ったのかは説明がつかない」

「出て行った？」シューマンが繰り返した。

「あなたにもお知らせしておいたほうがいいでしょう。われわれが駆けつけたとき、ファーガソンは裏口も玄関もふさがった建物から消えてしまったのです。どうやったのでしょう？」

そんなことがあるとすればだが、シューマンの目に、それまで以上に当惑した表情が影のようによぎった。まぶたがわずかに震える。サンダースは、議会でそんな表情を見たことがあった。立場を明らかにせず、問題に対処しようとしている男の顔に。

「あいにくですが、説明できそうにありません」彼はややユーモラスにいった。「わたしの知っているファーガソンは奇術師ではありませんから」

いい逃れの気配を嗅《か》ぎつけたマスターズは、猟犬のようにそれを追った。

「ああ！　おっしゃる通り、奇術師ではないかもしれません。しかし、事務所でトラブルがあり、ファーガソンが〝辞めた〟とおっしゃいましたね。何があったのです？」

「あなたが興味を持つようなことではないと思いますが」

「ファーガソンのことなら、何にでも興味がありますよ」マスターズは断固としていった。「ファーガソンが何者で、何が目的なのか、さらにはこの事件にいったいどんな関係があるのかがわかれば、解決にずいぶん近づいたと感じることでしょう。よければ聞かせてください」

「金を持ち逃げしたのです」シューマンは、どこか潔癖な嫌悪感を漂わせていった。

「訴えなかったのですか？」

「ええ。国外へ逃げてしまったので。ゆうべ事務所で何をしていたのか、何が目的で、何がほしいのか、わたしにはさっぱりわかりません」シューマンの目が細くなった。「盗難に遭ってもいないし、荒らされてすらいないのはわかっています。今朝、事務員と話しましたから。何もかも筋が通らない。どうかしている。よく考えてください。わたしたちのは、ただの――ありふれた社交の集まりだったのです」

声が詰まったようだったが、それは喉が渇《かわ》いていたせいかもしれなかった。

「わたしたちは薬を盛られました。気の毒なヘイは刺殺されました。奇妙な品がわたしたちの――わたしのポケットに入れられました。元事務員が階下の事務所をうろつきながら、何もせず、何も盗まず、意味のないごまかし以外には何もしませんでした。それからその事務員は、あなたの話では、鍵のかかったドアを通って消えてしまいました。それを信じるしかないでしょう。自分の目で見て、耳で聞いたことは信じるしかありませんからね。しかし、あなたがこのことをどうお考えなのか興味があります。ファーガソンは――たとえば、わたしについて何かいっていましたか？」

マスターズは身を乗り出し、催眠術にかかったような目で彼を見た。

「ええ、ふたつほど。あなたが、どんなものかは知りませんが第十九王朝の防腐処理技術を再現できることで、エジプト政府から勲章を受けたと。それから、あなたは犯罪者だといっていました」

「最初の話は本当です。ふたつ目は違います」

間があった。

「しかし、ほかに何かいいたいことはありませんか？」マスターズが訊いた。「明らかにしておきたいことは――？」

「わたしの人生すべてを明らかにしてもいいですよ」シューマンは静かにいった。「それは、わたしが起訴しそこなった逃亡中の盗人、あえてとどまり、面と向かってわたしと話す勇気もない盗人に比べて、引けを取らないと思います」

これほど説得力のある演説、またはこれほどもっともらしく語られる演説を聞くのは、人生でもめったにないことだとサンダース医師は思った。だが、それだけではない。シューマンが頭を低くしたとき、またしても何かを語りたいという無言の葛藤が感じられた。

するとマスターズが、ヘンリー・メリヴェール卿に褒められたことは一度もない洞察力を発揮した。

「ミスター・シューマン」彼はいった。「誰がヘイを殺したのです？」

「知りません。

アトロピンというのは奇妙な薬物です」シューマンは無関心な様子で続けた。「今朝、その特性について調べました。わたしはゆうべ、それがもたらす幻覚を体験しました。ゆうベテーブルについていたとき、わたしの正面には壁画と、暖炉の上の棚に置かれた、けばけばしいタイトルの派手な表紙の本がありました。とてつもなく滑稽《こっけい》な感じでした。壁画に命が吹き込まれ、タイトルがネオンサインのように光ったのです。人々が、いるはずのない人々が、ドアを出入りしていました
――」

「ミスター・シューマン」マスターズがいった。「誰がヘイを殺したのです？」

「知りません」家の主は、怒鳴らんばかりにいった。

マスターズの口調が勢いをなくした。「いいでしょう。では、さまざまな飲みものに入っていた薬物についてうかがいます。あなたの説明は、ほかの人たちの説明と一致しているといわざるをえません。しかし、少量のアトロピンが外部の人間によってフラットに持ち込まれ、皆さんが居間を

離れた隙《すき》にグラスそのものに入れられたという説があります。これには同意しますか？」

「いいえ。グラスはまったくきれいでした。あとからヘイがカクテルを注ぐときに見ています」

「ああ！」マスターズは満足げにいった。「では、アトロピンはどうやって飲みものに入ったのでしょう？」

初めて、シューマンの顔が苛立ったようにけいれんした。彼は片手を上げ、目の上にひさしを作った。「わたしは頭の回転が速い人間ではありません。あなたに信じてもらえるような巧みな説明を作り出すことはできない。しかし、わたしの素朴《そぼく》な頭では、単にあなたの態度が理解できない気がします。さて、あなたは、三、四分の合間にそれが行われたことを否定しています。なぜでしょう？　わたしの理解が正しければ、ただ単に、あとでカクテルシェーカーの中からアトロピンが見つからなかったからです。でも、もう一度考えてください。

外部の人間が入り込み、シェーカーの中身とデニス・ブライストン卿のハイボールに薬物を入れたとしたらどうでしょう？　わたしたちはそれを飲み、意識を失いました。部外者はフラットの中で好きなようにできます――そいつが傘立てから仕込み傘を取って、ヘイを刺したのは否定できませんからね。シェーカーを洗って、ふたたび無害なカクテルを半分ほど入れて、あなたが発見した場所に置いておくのを邪魔する者がいるでしょうか？

これなら、あなたのように、アトロピンはそれぞれのグラスに入れられたと思うでしょう。よって、疑いはわたしたちの中の誰かに向けられる。幸い、わたしたちは飲みものが作られるのをそばで見ていましたが、そうでなければわたしたち自身も、そう思ったかもしれません」

シューマンははっきり話そうと咳払いし、一言一言を強調しようとした。最後に、彼は心配そうな顔をした。

「あなたもきっと、そのことはお考えになったでしょうね？」彼は訊いた。

「ええ、考えましたとも」マスターズはぶっきらぼうにいった。「信じるかどうかは別にしてね。

「では、あなたはファーガソンが殺人者だと告発されるのですね？」

「とんでもない。わたしはファーガソンよりも慈悲深い人間です」

窓の外に広がるヒースの上で、空はますますどんよりと暗くなっていた。今では、隅に置かれたミイラの棺の色はほとんどわからなくなっていた。家具からも、カーテンからも、石棺のそばの三脚に置かれた真鍮の鉢からも、色が失われていた。マスターズは手帳に最後の書き込みをした。

「あとひとつだけ」彼はいった。「それで失礼します――今日のところは。あなたが最後に見たときのファーガソンについて、詳しく聞かせてもらいたいのです。住所、習慣、行き先など、どんなことでも。あなたなら、教えることができるでしょう？」

「すぐには無理です。少なくとも八年から十年前のことですし、わたしも少しぼうっとしていますから。しかし、詳しくご説明できると思います。ファーガソン！　ええ、詳細をお知らせしましょう。わたしもあなたと同じくらい興味を持っているので。おわかりでしょう、わたしは彼が死んだと思っていたのです」

「死んだ？」

「午後には詳細を送ります」シューマンはもう一度いうと、苦労してソファから立ち上がった。

「それまで、失礼させてもらいます」

この急な解散の理由が、サンダースにはわからなかった。シューマンの体力が尽きてしまった以外には。彼は、ふたりが部屋に入ったときよりもいくぶん青ざめて見えた。綿入りのキルトを巻きつけた体は小さく、だが思ったよりも洗練されているように見えた。差し出された手を無視することはできなかった。シューマンの目と、ミイラの棺に描かれたうつろな目が、出て行くふたりを見送っていた。だが、サンダースが振り向いたとき、鈍感なマスターズ首席警部が不安げな様子を見せていたのは、厳然たる事実だった。

「何か問題でもありましたか？」サンダースは訊いた。

「うむ！」相手は空間がほしいかのように腕を突き出した。家を出ると、空気を求めるように深呼吸した。

「説明！　また説明！　これ以上、いまいましい説明を聞かされたら――」

彼が正門に手をかけたとき、すぐ外に潜《ひそ》んで煙草を吸っていたもうひとりの人物が、心配そうな様子で立ちはだかった。

「そんなことをおっしゃらないで」マーシャ・ブライストンがいった。「午前中ずっと、あなたがたをつけていたんです。わたしの話を聞いてください。わたしはミスター・ヘイを殺したのが誰か知っていますし、薬物がどうやって飲みものに入ったのかも知っています」

マスターズは足を止め、目を凝らした。サンダース医師は、初めてマーシャを公平な目で見た。ゆうべのひどく張りつめた様子の女性よりも、活発で笑顔の多い女性に見える。茶色い目は勝ち誇ったような興奮に輝いていて、頬には赤みが差し、頭には鮮やかな色のスカーフを巻いていた。

「あなたもですか？」首席警部はいった。「ここで何をしているのです？」

「タクシーで出かけたんです」彼女は説明した。「それを帰してしまって。ですから、護送車《ブラックマリア》だか、パトカーだか、そのほかどんな呼び名でも構いませんが、それで家まで送ってもらわないと。あら、先生」

「あのねえ、お嬢さん。わたしは――」

「わたしをここに立ち往生させたまま、放ってはおかないでしょう？」

「もちろん、そんなことはしないでしょうね」サンダースが鋭くいった。「騎士道精神はどこへ行ってしまったのです、首席警部？　この女性が歩いて家へ帰るのは無理です。それに、彼女が重要な情報を持っているとしたら――」

マスターズは父親のような理性的な口調になろうとした。「ええ、もちろん喜んでお送りしますよ。しかし、これ以上の憶測は――」

「憶測じゃありません」彼女は冷静にいった。「事実です。少なくとも、一部は」注意深く訂正する。「助手席に乗っても構いません？　説明できるように」

煙草を投げ捨て、大きなスケッチブックを抱えて、彼女は首席警部の隣に乗り込んだ。サンダースは後部座席に乗りながら、にやりとしたのを首席警部に見られなければいいがと思った。マスターズは、ヒースを縁取《ふちど》る険しいカーブに、勢いよく車を走らせた。

「いいでしょう」彼はいった。「話を聞きますよ。アトロピンはカクテルシェーカーに入れられ、殺人犯があとから洗ったといいたいのでしょう？」

「いいえ、まさか」マーシャは明らかに驚いていた。「それよりもずっと巧妙なやり方です。殺人犯は――」

「でしょうね」マスターズがいった。「実をいうと、わたしもそう思っていたのです。しかし、話を整理しましょう。殺人犯は誰なのです？」

ごく慎重に、彼女はスケッチブックを開いてハンドルの上に置いた――両手でハンドルを握る堅実なドライバーのマスターズには迷惑なことだったが、彼はあえて目をやった。スケッチブックには、鉛筆で実に見事なボニータ・シンクレアの姿が描かれていた。ふたりの肩越しに覗き込んだサンダースは、彼も気づいた肉体的な特徴が強調されているのを見た。すらりとした柔らかそうな体の線と、すべすべした知的な顔の輪郭。描き手が風刺を込めて描いた、切望するような表情を浮かべている。

マーシャはぶっきらぼうにつけ加えた。

「このあばずれ女です」

「お嬢さん」首席警部が大声を上げた。「すみませんが、こいつをどけてもらえませんか――とにかく、なぜ彼女がやったと思うのです？」

「彼女は夫を殺しています」マーシャがいった。「そして、わたしはその証拠を握っています」

次に起こったことに関しては、マスターズは今日に至るまでこういい張っている。彼女が勝ち誇った興奮とともに、スケッチブックをハンドルに置いたまま、彼の足を踏んだのだと。パトカーが弾丸のように、長い下りカーブを疾走するのも当然だ。一方マーシャは、もうひとつの乗り物――礼儀として乗り物というが――が正しい車線にいれば、何の問題もなかったと主張している。

道の真ん中を堂々と、果物を載せた巨大な手押し車が、きしむ音を立てて丘を登っていた。押している男の姿は、オレンジやリンゴ、レモン、ブラジルナッツ、セイヨウスモモ、バナナの小ピラミッド群のおかげでよく見えなかった。だが、衝突の一瞬前、絶望的な叫びが聞こえた。

ハンドルを鋭く切ったおかげで、マスターズは正面衝突を免れた。さもなければ、彼はこの上なく巧みなビリヤードのキャノンショットを放っていたに違いない。大きな衝突のあと、手押し車は回転し、持ち上がり、ダンサーのような旋回《ピルエット》を見せた。同時にオレンジやリンゴ、レモン、ブラジルナッツ、セイヨウスモモ、バナナが散乱した。手押し車から飛び出しただけでなく、飛び散ったのだ。手押し車を押していた男はその重みからは逃れたが、オレンジ、リンゴ、レモン、ブラジルナッツ、セイヨウスモモ、バナナの雪崩《なだれ》を受けて、側溝《そっこう》にはまり込んでしまった。

車輪が壊れた手押し車は、媚態《びたい》を振りまくようにひっくり返り、そこで止まった。だが、押していた男はそうはいかなかった。怒りの権化《ごんげ》は苦労して身を起こしたが、そのときでさえ、彼らはその人物が大きな体をして、派手な色のバスローブにランニングパンツを身につけ、眼鏡をかけているのを見て驚いた。

「一体全体、何のつもりだ?」聞き慣れた怒鳴り声が、木に止まっていた鳥を追い散らした。「わしを殺すところだったぞ! ああ、息をさせてくれ。きさまの首を絞める力を与えたまえ――」

眼鏡が鼻にずり落ち、卒中を起こすくらいでは済まない怒りに歪《ゆが》んだ表情で側溝から見上げていたのは、ヘンリー・メリヴェール卿の悪意に満ちた顔だった。

七

実に印象深い眺めだとサンダースは思った。太った体で、フリースタイルレスリングの選手のように側溝の縁に両足をかけて、禿げ頭を邪悪に光らせ、派手なバスローブをひらめかせながら、H・Mはわけのわからないことをしゃべっていた。実際、彼はオレンジ、リンゴ、レモン、ブラジルナッツ、セイヨウスモモ、バナナと戦って判定負けを食らったフリースタイルレスリングの選手のように見えた。

「反対車線で何をなさっていたんです？」マスターズが怒鳴った。「それを教えてください。いったい何を――」

「何をだと――」大声を上げたあと、H・Mはじっと相手を見て、感じ入ったような声になった。「マスターズではあるまいな」彼はいった。「マスターズではなかろう？」

「仕方がなかったんです！　この若い女性がわたしにスケッチを差し出し、わたしの足を踏んだもので――」

H・Mは目を見開いた。

「すると、またやらかしているのか」首を絞められたような声で彼はいった。「けしからんな、マスターズ、おまえさんは礼儀を知らない。孔雀の羽根事件でミセス・ダーウェントと会って以来、女性はおまえさんの前では安心できなくなった。白昼堂々、パトカーの中で女性に襲いかかるとは――」

大変な努力で、マスターズは自分を抑えた。「いわせておきましょう」彼はマーシャに小声でいった。「これがそのご老人ですよ。ヘンリー・メリヴェール卿です。それで、卿、ハムステッド・ヒースのど真ん中で、バスローブとパンツだけの格好で、盛大に果物を積んだ車で坂を上がりながら、いったい何をしていたのか教えていただけませんか？」

「運動をしておったのだ」H・Mは威厳たっぷりにいった。

「何ですって？」

「減量だよ、くそったれ」H・Mはバスローブを、ローマ人のトーガのように体に巻きつけた。「ホワイトホールの連中は、酔っ払いどもから専属タイピストまで、わしの腹がどれほど出てきたか飽《あ》きもせずにいい立てる。そんなことをいわれる筋合いはない。見ろ！　鉄のようにたくましいではないか！」彼は勢いよく腹を叩いた。「だが、文句をいわれるのにはもう飽きた。目にもの見せてやる」

彼は鼻をくんくんさせながら、敵を探そうとしているかのように道を見た。

「しかし、果物の車は――」

「ジョヴァンニという友人がおってな、この先に体育館を持っているのだ。それに、果物車を持っている、アントイネッリという友人もいる。そいつはわしがこいつを押して坂を上がることはできまいといったが、その通りだった。どこまで行けたと思う？　たったの二十九歩だ。そこへ、楽しいドライブ中の警官がやってきて、手押し車を粉々にしてしまった。ああ、何たることだ。これを見ろ。こんな光景は、ボリビアの地震以来だ。これは迫害だ。まったく。わしは——」

「お怪我はありませんでしたか？」

「今頃になってそれを訊くとはな。ああ、怪我したとも。大怪我だ。たぶん——」

「それでしたら」マスターズがなだめるようにいった。「この車に乗るといいですよ。手押し車は放っておきましょう。自動車協会の電話ボックスが見つかり次第、被害に対応してもらいますよ。今日はこれ以上、運動は必要ないでしょう？」

「ああ……まあな。今日のところは十分絞れたと思う」H・Mは誰もがやるように、期待を込めてウェストを見た。「今日はこれ以上の運動は必要ないというのは、まったくもって正しい。ダンベルやロードワークもいとわないがな、パトカーに轢《ひ》かれそうになるたびにとんぼ返りして側溝に落ちるのはごめんだ。それに、わしの被害が電話ボックスで対応できると思っているなら、怪我の場所や程度について何もわかっていないに違いない。ふん！　見せてやろう——」

バスローブを肩のあたりでかき合わせ、彼は散乱するオレンジやリンゴ、レモンなどの間をよたよたと横切り、車に近づいた。ときおり怒りを爆発させそうになりながらも、少しは機嫌が直ったようだ。果物の残骸を見ると、車のステップに腰を下ろしてバナナを拾い上げ、皮をむき、悪意を込めて食べはじめた。

「それを全部元に戻そうというんじゃないでしょうね？」マーシャがいった。

「ああ——失礼」マスターズが割って入り、紹介を始めた。サンダースの名前を聞くと、H・Mは興味を引かれたように顔を上げた。

「ほう？　内務省の分析官をやっている、あんたの上司を知っているよ。確か、あんたは『大腸に関する死因分析』なる本を書いた人ではないかな？」

「ずいぶんロマンティックね」マーシャが喉を鳴らしながらいった。「本当ですの、先生？」

若いサンダースは、この著作について触れられて有頂天になったが、その情熱が薄れるのを感じた。彼がもっとも大切にしているその著作は八十ページあり、十一冊が売れ、おそらく記録天使〔人の善悪の行いを記録するとされる天使〕にすら知られていないだろう。だが、彼はたびたび読み返しては、良書だと思っていた。それに、マーシャ・ブライストンを感心させられるだろうと期待してもいた。

「あれはいい本だ」そう断言したことで、H・Mはサンダースの生涯の友となった。「とてつもなくいい本だ。誰かが書くべき本だよ、お嬢ちゃん。人生、楽しいことばかりではないのだ」

「とにかく、大腸に関してはね」マーシャがいった。

「無作法なことをいうでない」H・Mが怒鳴った。「ともかく、どうしてこうなった？　何をいおうとしていたんだったかな？　ああ、そうだ。いいかね、マスターズ、わしは前兆を見た気がする。卑劣なたくらみがあるのをな。あんたたち三人は、ヘイの事件の相談をしていたんだろう？」

マスターズは、ひどく形式ばった態度で背筋を伸ばした。

「なぜそう思ったのか、お尋ねしても？」

「ほ、ほう」H・Mはいった。「そうなんだな？」

「かもしれません。実は午後にも、お宅に伺おうと思っていたのです――」

「マスターズが白状したぞ！　うちへ来て、わしを猛烈に笑い者にし、すべてのカードを握ってにやにやしながら気取って歩くつもりだったのだろう。そうだろう？　まったく、わしを騙《だま》して何が面白い？　みんなして、わしを騙して何が面白いのだ？　よろしい、手間を省《はぶ》いてやろう。なぜなら――」

「なぜなら？」

「わしはすでにその相談を受けているからだ」H・Mは辛辣《しんらつ》な威厳とともにいった。「そしてわしは、おまえさんが知らないことをひとつふたつ知っている」

「相談を受けた？　誰からです？」

「ドレーク・ロジャース・アンド・ドレークという事務所を知っているか？」

「ミスター・フェリックス・ヘイの弁護士ですね」マスターズがいった。「今朝、ポラード部長刑事を行かせましたが」

「なら、たっぷり報告してもらえるだろう。そのドレークが、わしのところに来たのだ。九十になんなんとする老人だが、ゆうべドレーク・ロジャース・アンド・ドレーク弁護士事務所で起こったような出来事は、百五十年ぶりだったろうな。ドレークはすっかり憤慨《ふんがい》して、何としても警察の特別な助けを借りねばならんと考えたのだ」

「それで？」

「泥棒が入ったのだ」H・Mはいった。「ヘイは、そこにあるものを預けていたが、それが盗まれた」

「金ですか？　価値のあるものですか？」

「いいや、価値はない。つまり、金銭的な価値はな。五つの小さな箱にすぎん。五つの小箱は、ヘイが死んだときに弁護士によって開けられることになっていた。弁護士には、それを開ける機会がなくなったわけだ。そして、マスターズ、そこには殺人の動機が五つ、ずらりと収められていたのだと思う」

H・Mはバナナの皮を捨て、指を舐《な》めて、別のバナナを拾い上げた。陸軍省情報部長が車のステップに座り、一心不乱にバナナをむさぼっている。マスターズのほうは仏頂面をしていて、それは真剣であることを意味していた——それに、警告の意味もあった。

彼は注意を促すようにいった。「なるほど。ここにいるミス・ブライストンは、デニス・ブライストン卿のお嬢さんです」

「ああ、知っておる」H・Mは顔を上げた。「今朝、新聞の〝追加記事〟でヘイの死を知ったとき、ボコに電話して事の次第を尋ねたのだ。ボコが警視につなぎ、詳細を知った。気に入らんな、マスターズ。気持ちいい感じがしない」

「この件について、今話し合ったほうがいいとお考えですか?」

「マスターズ」H・Mは不満げにいった。「わしはおまえさんのように、この世のあらゆるものに、たちの悪い疑いを持ったりはせん。隠し事をして、証人の前で謎めいた顔をしたがるところは、まったく理解できんよ! 嘘をつくやつはつく。本当のことを話すやつは、嘘はつかない。なぜこのお嬢さんの前でいわんのだ? いい娘さんのようじゃないか。それに、力になってくれるかもしれん」

首席警部はにやりとした。

「あなたの友人の手押し車が壊れたのは、好都合だったといっていいでしょうね。ミス・ブライストンはちょうど、誰が殺人を犯し、どうやって薬物が入れられたのかを話そうとしていたところです――」

「あら、今はそんなことどうでもいいわ」マーシャが大声でいい、車を降りた。「五つの小箱というのは、どういうことなんです？」

「それだ。ヘイは五つのボール箱を茶色い紙で包み、紐で縛って、蠟で封印していた。それは彼が死んだときに開けられることになっていた。それぞれの箱には、特定の人物の名前が書かれていた」

「名前って？」彼女がすかさず訊いた。

「それが……わしはその名を書きつけたのだが、メモはジョヴァンニの体育館に置いてきたズボンの尻ポケットの中にあり、すぐには思い出せんのだ。だが、あんたの父親の名前はあった」

「信じられません」

「なぜだね？」H・Mは好奇心を隠して訊いた。

彼女はすっかりおとなしくなっていた。「あなたの考えていることがわかるからです。雰囲気には敏感なの。いろいろなことを感じ取れるし、わかるんです。あなたは父が犯罪者だと思っているんでしょう。ゆうべ、ミスター・ヘイのフラットで、一種の――詐欺師の役員会が開かれていたと。でも、あなたは父を誤解しています。わたしには証言できるからです。

ゆうべ、父があそこにいたのは、ミセス・シンクレアが一緒だったからにほかなりません。母は何も知りません――そう願っています。わたしも今朝になるまで知りませんでした。でも、ステラ・アースキンは、ロンドンで知っておくべきことは何でも知っているんです。そして、父があのシンクレアという人と不倫をしていることが公然のスキャンダルだったのは本当です」

彼女は深く息を吸い、顔を真っ赤にした。

「ふむ」マスターズがいった。「実のところ、それを聞いても驚きませんよ。それで？」

「彼女は悪名高い女です」マーシャがいった。「ヨーロッパじゅうに知られています。確かに、絵画の権威には違いないでしょう。でも、専門としているのはそれだけじゃありません。慎《つつし》み深く控えめな態度とは裏腹に、彼女はまぎれもなく下品な――」

「まあまあ！」H・Mが怒鳴った。「ほら、リンゴをお食べ。ほかのものでもいい。かっかしても仕方がなかろう――」

「かっかしているんじゃありません。楽しいひとときを求める分別のある若い女性と浮気をするなら、何とも思わなかったでしょう。でも、父が笑い者になるのは見たくありません。それに、母と離婚して、あの――心ない女と結婚し、お金のために毒殺されるのも嫌です」

マスターズは口笛を吹いた。「いいですか。あなたは彼女が殺人者で、それを証明できるといいましたね。本気でいったわけではないのでしょう？」

マーシャは肩を張った。

「ええ、実際に彼女の罪を証明するものはありません。でも、ステラ・アースキンから聞いたんです。そしてステラは、醜聞《しゅうぶん》なら何でも知っていると請け合います。

三年ほど前、ミセス・シンクレアはモンテカルロに住む裕福なイタリア人男性と交際していました。ある晩、その男性は彼女と食事をしている最中に発作を起こし、亡くなったのです。問題は、ふたりが食事をとっていたのは〈スプレンディド〉のテラス席で、十人以上の客と鋭い目をしたふたりのウェイターに丸見えだったことです（本当に大胆なこと！）。男性が食べていたもので、彼女が食べなかったものはないことは、疑問の余地なく証明されています。男性が飲んでいたもので、彼女が飲まなかったものも――なぜなら、彼女は媚《こ》びるように、彼のグラスから飲みものを飲んでいたからです。この件はなぜかもみ消され、この経緯を除いては、細かいことは誰にもわかっていません。

　次に、彼女の夫の死があります。夫が何者なのか、昔も今も知っている人はいません。ある日、突然死んでしまったのです。ニースかビアリッツでの出来事でした。彼は速やかに埋葬され、ミセス・シンクレアの知り合いの老医師が死亡診断書を作成して、彼女は保険金を受け取りました。

　これは」心の内を吐き出したマーシャは、ほっとしたようにいった。「本物の醜聞です。あとは噂にすぎません。少しでも機会があれば話に尾ひれをつけるステラでさえ、あまり話せることはありませんでした。ただ、やはりもみ消されたようですが、彼女はニューヨークの美術館、パリの画商、それに数人の個人収集家といざこざがあったようです。彼女はうまいこと逃れているんです」

　沈黙が訪れた。H・Mはバスローブを大きな体にさらにきつく巻きつけ、食べかけのバナナをにらみつけた。

「ふーい！」H・Mは曖昧にいった。

「ただの噂でないという確信はあるのですね、ミス・ブライストン？」マスターズが尋ねた。「もしそうなら――」

「みんながそういっています。わたしにいえるのはそれだけです。モナコとフランスの警察に電話をかけて、確かめてみてはいかがです？」

「ああ、そうですね。そうしましょう。しかし、そのモンテカルロのイタリア人の件ですが、毒殺されたことが明らかになっているのですか？　それなら話は簡単でしょう」

「何も明らかになってはいません。さっきもいったように、もみ消されたのです」

「それでも――状況から見れば、毒殺のはずがないのでは――？」

「彼女はイタリア人を毒殺しました」マーシャが答えた。「ゆうべ、飲みものに薬物を入れたのと同じやり方で。午前中、ずっとあなたがたのあとをつけていたといったでしょう。彼女の家へ行きましたね？　そして、そこにはわたしの父がいた。あなたがたが家を出たとき、わたしは入れ違いに入って行ったんです。あれほど恐ろしかったのは生まれて初めてですが、わたしはそんなことも気にならないほど怒っていました。騒ぎを起こしてしまったかもしれないけれど、事実がわかったんです。思い出してください。彼女がイタリア人と夕食をとっているとき、相手のグラスから飲みものを飲んでいるといいましたよね？」

「ええ」

「そして、ゆうべ彼女は、父のグラスからハイボールを飲みましたね？」

「ええ、彼女はそういっていましたが」マスターズが低い声でいった。

「しかも、彼女はカクテルを作った直後に、味見をしました。でも、シェーカーからじかに飲んだ。そうでしょう？」

「ええ」

「それは不自然です」マーシャはまた深呼吸をしていった。「蓋の開いたカクテルシェーカーを手に取って、それを傾け、縁からじかに飲む人を見たことがありますか？　特に、ボニータ・シンクレアのように、上品で、脚の長い、潔癖《けっぺき》そうな人物が」

「わたしはカクテルを飲まないのです。必ずビールで。しかし――」

「もちろん、彼女には理由があったんです。うがい薬で試してみましたが、うまくいきました。液体を少し、舌の裏側の隙間に含むんです。長く含んでおく必要はありません。ボトルか何かを探して食器戸棚を見る口実で、口の中に入れればいいんです。


いいでしょう！　その後は、タンブラーやカクテルシェーカーを取り上げ、中身を飲むふりをします。でも、実際には飲んでいません。カクテルに何かを加えるんです。この場合は、口の中に隠していたアトロピンです。こうして、数人の証人が見ている前で、飲みものに薬物を混ぜたのです。誰もが、いかなる方法でも薬物を入れることはできないと断言できるやり方で」

今となっては少し恐ろしくなったように、演説を終えたマーシャは、車のドアをしっかりとつかんだ。果物の残骸の中、沈黙が流れた。


H・Mの無表情な顔に、一瞬愉快そうな表情がよぎった。

「それはまずいな」彼はいった。「マスターズはショックを受けているが、気にするな。不衛生だと思っているのだ。それに、あの女にしてはレディらしくないと思っている。どうやらあの女に好印象を持っているようだ。〝わがジュリアが絹をまとうとき――〔ロバート・ヘリックの詩より〕〟」

「レディらしくないかどうかは、関係ありません」マスターズが鋭くいった。「問題は、現実的かどうかです。どう思われます、先生？」

「あらゆる要素を考えれば――」サンダースは、しばらく考えてからいいかけたが、激怒したマーシャが割って入った。

「いい加減にして！」彼女は叫んだ。「ゆうべあなたに会って、わけがわからないながらも上の階へ行ってほしいと頼んだとき、あなたはとても冷静に前を歩いてくれたわ。何も訊かずに一切を引き受けてくれた。こんなに素晴らしい人には会ったことがないと思ったわ。ところが、あなたは語りはじめた。〝データ〟だの〝あらゆる要素を考えれば〟だのと！　どうして人間らしくなれないの？　どうして問題に対して、人間らしくイエスかノーで答えてくれないの？　見てごらんなさい！　誰かに率直な意見を訊かれると、あなたは顎を引き、指を立てて、デルフォイの神託をするように目を細くする――」

サンダースは髪の根元まで真っ赤になった。

「ぼくは」彼は食いしばった歯の間からいった。「きみと一緒に追求すべき問題について、意見をまとめようとしていたんだ」

マーシャは身を硬くした。

「あらそう」彼女はいった。

「ふたりとも、黙ってくれんか？」H・Mが厳しい声でいった。全員をねめつけた後、さらに続ける。「議会で問われるべき疑問がある。わしにはわしの意見があるが、同じく、あんたの意見も聞きたい。アトロピンのうがい薬のトリックは、うまく行くと思うかね？」

「まず無理でしょう」サンダースは答えた。「彼女が目的を果たすのに必要な量の純粋なアトロピンを、口の中に入れていられたかどうか疑問である以上は。それに、〝人間らしい〟反論がふたつあります。まず、仮にミセス・シンクレアがそのようなことをしたとして、なぜあとからカクテルシェーカーを洗い、アトロピンが見つからないようにしたのでしょう？　彼女自身、薬物はシェーカーに入れられたに違いないといっているのですから、なぜ自分が嘘つきになるようなことをしたのです？　ふたつ目に、この方法に対する強力な反論は、それが滑稽だということです。このようなことを法廷で証明しようと思えば、陪審員はにやにやし、被告側の弁護士には笑い飛ばされるでしょう」

　このほうがいい回答だと彼は思った。

　H・Mは苦労してステップから立ち上がり、車に乗り込もうとした。

「ズボンがほしい」彼は怒鳴った。「ズボンがあれば素晴らしいことだろう。おい、わしが肺炎にかかって、今ここで死んだらどうする！　そうなったら、この混乱から抜け出すことはできなくなるぞ。それにだ、マスターズ、おまえさんがはまっているのは恐ろしい混乱だ。どれほどひどいか、わかっているのか怪しいものだ」

「おや、わたしはそうは思いませんが」マスターズは自惚《うぬぼ》れているといってもいいほど、平然としていった。「現に、ほとんど解決しているといえましょう――ふーむ！――ほんのささいな事実を除いて。もちろん、あなたに解明できるとは期待していませんよ。少々専門外でしょうからね。新たな展開について、話してよいものかどうか」

　彼は今朝の出来事を手短に説明した。H・Mの、悪意に満ちた満足げな表情がさらに強まった。

「こういうわけです、ヘンリー卿。頭がこんがらがったり、理解できなかったりしても、責めはしません――」

「理解できない？」H・Mがいった。「誰が理解できないって？　とんでもない。虚勢を張っていると思うなら、証明してやろう。おまえさんが説明できることとできないことを、正確に教えてやる。説明できるのは、四つの時計、目覚まし時計の中身、拡大鏡、そして人形の腕だ。ミセス・シンクレアの家の玄関ホールに未完成のロセッティがあった理由や、居間にレンブラントがあった理由もわかっている。生石灰と燐の説明もつく。だが、それらが彼女とどう結びつくのかがわからないのだ。そのことで完全にやられている。それに、結局のところ本当にファーガソンがいたとして、この事件にどうかかわっているのか、どうしてもわからない。いうまでもなく、どうやって消えたかもな」

　彼は車のフロントガラスをぼんやりと見た。

「ふむ。ファーガソンとミセス・シンクレア。ファーガソンとミセス・シンクレア。そうだ、このふたりは歪んだパズルのふたつのピースなのだ。

　マスターズ、パズルを解くには古くからの戦略がある。多くのピースがぴったりはまるとする。そして、余分なピースがふたつあり、どちらも他と関連するパターンに当てはまらないとする。そうなったらどうする？　余分なふたつをくっつけて、合うかどうか確かめるだろう。仮定の話として、ファーガソンとミセス・シンクレアをくっつけてみるのだ」

「くっつける？　どうやって？」

　H・Mの小さな目が、サンダースのほうを見た。

「きみ。ボコからの情報によれば、殺人が発覚してから最初にファーガソンと話をしたのは、きみだそうだな？」

「ええ、ぼくの知る限りでは」

「ふふん。彼は何かいっていたか？　何か意見したかね？」

　サンダースは考えた。「ええ。こんなことになるのではないかと思っていたといいました。そして、バーナード・シューマンが上の階にいると教えてくれました」

「ほかには？　どういうわけか、非常に興味があるのだ」

「ええ、ありました」相手は驚いて答えた。「ひどく鋭い声で〝女性の様子は？〟といいました。ミス・ブライストンのことだと思ったのですが、彼は急に怒ったように、黒髪の女性、ミセス・シンクレアのことだとはっきりいいました。それから、急いで上階へ行きました」

　H・Mは目を閉じた。

「なるほど。結果として、マスターズ、すでにこのふたりのつながりが手に入ったぞ。それを期待していたのだ。それほど強いつながりではないかもしれないが、仮説を証明終わりに導くには十分だ。生石灰と燐について、おまえさんが知っていることを思い出してみたまえ。ファーガソンについて知っていることを。ミセス・シンクレアについて知っていることを。それから、すべてをソーセージのようにつなげ、ファーガソンとは何者か、どうやってこの建物から消えたのか、ただちに説明できるかどうか確かめてみたまえ」

　沈黙が訪れた。

「何てことだ！」マスターズが小声でいった。「わかりましたよ。この世に疑問はありません。明々白々だ」

　ジョン・サンダース医師は、彼らを順繰《じゅんぐ》りに見ながら、これまで知らなかった狂おしいほどの好奇心を感じていた。知性が爆発の危機に瀕《ひん》していた。

　しかし、彼とマーシャ・ブライストンを隔《へだ》てかけていた溝は、H・Mとマスターズが交わした謎めいた発言に対して連帯したことで、ふたたび狭《せば》まった。マーシャは文字通り、彼の側についたのである。今や彼のすぐそばに立ち、彼の腕に手を置いていた。彼女は見た目と同じくらい当惑しているのだろうか？　サンダースは疑わずにはいられなかった。なぜなら――ゆうべは何度か――彼女の表情が読めなかったからだ。感情を爆発させてからというもの、彼女の目はシューマンの家にあったミイラの棺に描かれた目のごとく表情を失っていた。しかし、彼女の言葉は連帯関係を裏づけた。

「失礼ですが」彼女はいった。「本当に、明々白々といえるのでしょうか？　わたしがここへ来たのは単なる儀礼上のことだとわかっていますが、もう少し、はっきり説明してもらえればありがたく思いますわ」

「いいとも」H・Mはぶっきらぼうにいった。「車に乗りたまえ」

しかし、車が走っている間、彼は黙ったままフロントガラスをにらみつけていた。マスターズが自動車協会の電話ボックスから、果物の残骸を処分するよう指示しているときも黙っていた。ガリバルディのジム兼フィットネススクールで着替えをしている間も黙っていた。さらには、果物車の持ち主からほとばしる悲嘆の言葉を紙幣でせき止めているときも。実際には、車が午後二時にグレート・ラッセル・ストリートにあるフェリックス・ヘイの建物の前で止まったとき、ようやく口を開いた。

「わしがこのような話し方をするのは」H・Mは、ここなら邪魔が入らないとばかりに、マーシャにいった。「真実を話してほしいからだ。さあ、ここまで来た。今なら真実を話せるだろう？」

「わたしが？　どうして？」

H・Mは指摘した。「あんたはあの街灯のそばに立っていたんだったな？」

「ええ」彼女は不思議そうに相手を見た。

「そして、ゆうべ先生が通りかかるまで、どれくらい待っていた？」

「たぶん、一時間と少しです」

「ふふん」H・Mは、相変わらず辛辣に、だが弁解するように辛抱強くいった。「すると、あんたは殺人者を見ているな？　見ているはずだ」

八

同じ日の午後のほぼ同じ時刻、ロバート・ポラード部長刑事は、マスターズ首席警部の指示により、グレイ法曹院の中にあるドレーク・ロジャース・アンド・ドレーク弁護士事務所に足を踏み入れていた。

ポラードは午前中、事件にかかわったさまざまな人々に関する情報を集めていた。結果として、彼は落胆し、どこか途方に暮れていた。フリート・ストリートの秘密の情報源によれば、デニス・ブライストン卿は非の打ちどころのない人物だった。もちろん、ミセス・シンクレアとの不倫は匂《にお》わされていた。しかし、彼は慈善活動に打ち込んでいたし、地に足がついていると評判で、少しも高慢なところがなかった。バスで事足りるときにタクシーを使うことはなかったし、ほかも同様の流儀だった。

ミセス・シンクレアとバーナード・シューマンは名の知られた実業家だったので、警視庁からもポラードのジャーナリストの友人からも、情報を提供してもらえた。どんなに猜疑心の強い画商でも、ミセス・シンクレアのことを大いに褒《ほ》めていたので、それが偽《いつわ》りでないことに疑いの余地はなかった。シューマンは正直者というだけではなさそうだった。カイロの倉庫で起こった火災で、保険をかけていない一万ポンド相当の在庫を失ったことのある、ひどく不幸な男でもあった。フェリックス・ヘイ自身も、町じゅうで高徳の誉《ほま》れ高い人物だった。

証券取引所の嘆きは尋常ではなかった。彼らのせいで部長刑事は悪態をつく羽目になった。ハーロー校からケンブリッジを経て、目立たずに警察組織に入ったポラードは、常に自分の仮説が首席警部によって不名誉に潰《つぶ》されるのを見てきた。だが、今でははっきりとした考えを持っていて、それがマスターズの考えと一致しないのは間違いなかった。

ふたつの手がかりに、マスターズはほとんど注目していないと彼は感じていた。それは（一）仕込み傘と（二）マーシャ・ブライストンという女性である。

その朝、ポラードはヘイのフラットの管理人に聞き込みをした。前日に目撃された、手足の節《ふし》くれだった小柄なアイルランド人である。ティモシー・リオーダンは今もウィスキー臭《くさ》い息をして、疑り深そうな様子だったが、少なくとも話は首尾一貫していた。ゆうべのことについては何も知らないと彼は断言した。ひと晩じゅう、何も見ていないし、聞いていないと。ヘイが生きているのを最後に見たのは午後六時過ぎで、ヘイが夕食に出かけたときだった。彼は階段でヘイと出くわし、ヘイは、今夜来客があるから、フラットの掃除をするようにいいつけた。

フラットの掃除はしたのか？　ええ、しました。この点になると、ティモシーはますます不機嫌で、疑り深そうになった。彼はすぐに掃除をし、それからまた地下の部屋へ戻ったという。十時半にはベッドに入っていたため、その夜、訪ねてきた客は誰も見ていない。

仕込み傘は？　彼は確かに仕込み傘のことを知っていた。ミスター・ヘイ自身の持ちもので、彼（ティモシー・リオーダン）は、ゆうべ掃除のためにフラットに入ったとき、それに気づいていた。

ポラードはそのことに興味を引かれた。マスターズはアトロピンのことで頭がいっぱいで、実際の犯行に使われた武器についてはほとんど考えていないようだ。殺人犯が、どのグラスにもアトロピンを入れることができたのなら、いったいなぜ仕込み傘を使ったのか？　なぜその仕込み傘だったのか？　それになぜ、殺害後にあのように目立つ形で階段に立てかけておいたのか？

マーシャ・ブライストンもまた、見過ごされていた。

「自分の好みじゃないな」彼女のことを調べたポラードは、そう判断した。ふたりの女性を見たところでは、ミセス・シンクレアのほうがずっと好感が持てた。ミセス・シンクレアは、フリート・ストリートの噂では、ふたりの夫と死別したという。二度目に死別した夫は年老いた実業家で、テニスコートでは驚くほど敏捷《びんしょう》だったこと以外、誰も覚えていなかった。彼女にはさらに、リヴィエラ一帯に多くの崇拝者がいた。そのうちひとりは裕福なイタリア人で、モンテカルロでの親密な夕食の最中に、彼女の魅力に興奮するあまり虫垂炎《ちゅうすいえん》の発作を起こし、それによって帰らぬ人となっている。

内心、ポラードはそれも納得できた。マーシャ・ブライストンには少年のようなところが多すぎる。そして部長刑事は、少年のような女性を毛嫌いしていた。マーシャが非常に美しいことは、完全に否定できないが、とぼけたユーモアや雰囲気、芸術家的な気性の持ち主と思われた。すらすらと嘘をつける女性なのは間違いない。

ファーガソンは目撃者なのだろうか？　警察が必死になって探している目撃者なのか？　そうだ。だが、マーシャ・ブライストンも同じだ。彼女はヘイが殺された建物の外をうろついていた。どれくらいの時間だった？　少なくとも一時間と彼女はいった。警察医はヘイが刺された時間を、十一時よりも前ではなく、十二時よりも後ではないということ以上に特定することはできなかった。さて、あの娘は何か見ているだろうか？　建物に入ったのだろうか？　そして、この事件にどうかかわっているのだろうか？

そこまで考えるうちに、ポラードは古い赤煉瓦造りのグレイ法曹院の急な階段を手探りで上っていた。ドレーク・ロジャース・アンド・ドレークはここに、ヴィクトリア女王生誕前から事務所を構えていた。常に三つ子のシャム双生児のように振る舞い、話す、ドレーク、ロジャース、ドレークの気味が悪いほどの一体性は、ポラードもよく知っていた。足を踏み入れたとたん、その雰囲気を感じた。年老いた秘書が、年下の共同経営者であるミスター・チャールズ・ドレークのところへ案内した。

共同経営者は不安げな様子だった。きびきびとした、押しの強そうな、ふざけたところのない五十がらみの男で、水兵のように揺れながら歩き、鼻眼鏡を鼻梁《びりょう》に挟んでいた。彼の態度は、顧客をおじけづかせるためにわざとやっているのかもしれないが、その裏にはフランス革命後初めて事務所を襲った大惨事に対する不安があるのを、ポラードは感じ取っていた。

「困ったことになりました」向きを変えるのが精一杯の狭い事務所でポラードを迎え、彼はいった。「父が一番よく知っていると思うのですが、まだ警察へは行っていないと思っていました。ええと――とにかく、今のところはね。いや、待ってください！」

鼻眼鏡越しのチャールズ・ドレークの目は、大きくて灰色をしていた。人間らしい思いやりは、ふたつの牡蠣《かき》ほどしか感じられない。しかし、驚愕の表情を見せる程度には人間らしかった。彼は交通巡査のように片手を上げて、ポラードを制した。

「あなたはヘイが亡くなった件で来られたのですか?」

「ええ、もちろんです。ほかに来る理由がありますか?」

「泥棒です」ドレークは短くいった。「しかし、彼の件だろうとも思っていました。待ってください!」

事務所の人間の過半数がいないと何もできなかった。一連の代理人を通じて、チャールズ・ドレークは副司令官であるミスター・ウィルバート・ロジャースを呼び出した。ミスター・ロジャースは、痩《や》せた威厳のある男性で、一度か二度しか口をきかなかったが、そこには強烈な重みがあった。

「ええ。そんなところだろうと思っていました」チャールズ・ドレークが続けた。「今朝、新聞で読んだのです。しかし、父にはまだ伝えていません。昼食前に動揺させるのはよくありませんからね。お尋ねしてよければ、ミスター・ヘイは殺されたのでしょうか?」

「ええ、殺されました」

「それも考えていました。いいでしょう、あなたはここへいらした。話をしなくてはならないでしょう。手帳をお出しください。事実をお話しします」

彼はまるで口述筆記を始めようとしているように、ごつごつした手を開いたり握ったりした。ミスター・ロジャースとうなずき合うと、椅子に深くもたれ、マシンガンのように話しはじめた。

「ミスター・フェリックス・ヘイ」彼はいった。「ミスター・ヘイは投資仲介人で、リーデンホール・ストリート六一四番地に事務所を構えていました。十一年前から当事務所のお客様です(間違っていたら訂正してください、ミスター・ロジャース)。独身で、カンバーランドに住むおばが、たったひとりの身内です。ちょうど一週間前の四月七日、ミスター・ヘイが訪ねてきて、誰かが自分を殺そうとしたと訴えたのです」

　ポラードはほっと背筋を伸ばした。ドレークの口調は、きわめて事務的だった。

「なるほど。誰が殺そうとしたかは、いっていませんでしたか？」

「ええ」相手はそういって、彼のほうにノートを差し出した。「互いに確認するために、彼は大瓶に半分ほど入ったユークショーのペールエール〔ビールの一種〕を取り出しました。それとともに、ボール箱、包装紙、添え状も持ってきていました。添え状はユークショーの印が入った便箋《びんせん》で、〝ホレース・ユークショー株式会社より謹呈〟とタイプで打たれていました。ミスター・ヘイは、この手紙が偽造だと信じる理由があるといいました。また、瓶には毒が入っていると」

「なるほど。昔ながらのやり口ですね」ポラードは経験豊富な刑事であるかのようにいった。

「おっしゃる通り、昔ながらのやり口です」ドレークは、さらに経験豊富な毒殺魔であるかのように、小馬鹿にした口調でいった。「彼はわれわれに助言を求めました。父は警察へ行くことを勧めましたが、わたしはその意見には同意できず、ミスター・ヘイも同じでした。彼はこの瓶を分析科学者に送ってもらえないかといいました。そして、毒が入っていることが証明されたら、信頼できる私立調査会社にこの件を委《ゆだ》ねてほしいと。おわかりになりましたか？」

「ええ」

「結構。わたしはその指示に従いました。二日後の四月九日、分析者からの報告が届きました。瓶にはアトロピンと呼ばれる麻酔性の毒物が十グレイン入っていたのです」

「アトロピン！」

「Ａｔｒｏｐｉｎｅです」ドレークが念を入れてスペルを教えた。

「ありがとうございます。その瓶はどうなりました？」

「お待ちください」弁護士がとげとげしくいった。「順を追って事実を聞いていただかなければ、何の役にも立たないでしょう。ミスター・ヘイはその日の午後、事務所を訪れ、われわれは分析者の報告を伝えました。彼は動揺していました。それから、考えがまとまったらまた戻ってくるといって出て行きました。

戻ってきたのは翌日、十日の朝です。父は普段、土曜日の午前中に事務所に来ることはありません。しかしミスター・ヘイは、われわれには父をブルームズベリー・スクエアの自宅から連れてくる義務があると主張しました。全員が代理人になるべきだと。

ミスター・ヘイは続いて、小さな小包か荷物のようなものを五つ取り出し、デスクの上に――そう――奇術師のように広げました。それぞれ、長さ六インチ、幅四インチほどのボール紙の箱です。ひとつひとつが厚手の茶色い紙に包まれ、丈夫な紐で縛られて、赤い蠟の封印がふたつほどこされていました。封印には彼自身の印章付き指輪による跡がつけられ、それぞれの箱には、インクで名前が書かれていました。これがその名前のリストです」

青いバインダーをデスクの引き出しから取り出した彼は、一枚の便箋に何やら書き写し、部長刑事に差し出した。ポラードはそれを見た。

一、ボニータ・シンクレア

二、デニス・ブライストン

三、バーナード・シューマン

四、ピーター・ファーガソン
五、ジューディス・アダムス

ポラードはよくわからないまま、便箋を手帳に挟んだ。ピーター・ファーガソン？ ピーター・ファーガソン？ つまり、本物のファーガソンということか？ だが、それよりも彼を悩ませたのは、リストの五番目に書かれていた名前だった。

「この最後の名前ですが。ジューディス・アダムスというのは誰です？」

「さあ。おそらく友人でしょう――つまり、彼の知っている人物ということです。時間をかけて調べれば、誰のことかわかるでしょう。わたしは知りません」

「今はお気になさらずに。ミスター・ヘイは何といいました？」

「われわれに箱を預けたいとおっしゃいました。そして、自分に万が一のことがあったら、開けてほしいと。われわれはそれを引き受けました。ところがゆうべ、何者かが事務所に押し入り、ひとつ残らず盗んでいったのです。これがすべてのお話です。残念ですが」

鼻眼鏡の奥で拡大されたドレークの大きな目は鬱血《うっけつ》し、その下に強烈な焦《あせ》りと好奇心が隠れていた。しかし彼は何も訊かなかった。代わりに鉛筆を取り、デスクを叩きはじめた。

「わかりました。しかし、ミスター・ヘイは、箱のことで何かいっていましたか？」

「ええ」相手は慎重に答えた。「ここには、彼の死を願う人物に関する証拠が入っているといっていました」

「不利な証拠ということですか？」

「彼は〝関する証拠〟といっていました。不利な証拠といいたかったのかもしれません。わたしには何とも」

「箱の中身をご存じですか？」

「さっぱりわかりません。いいえ、待ってください。ひとつだけ。ねえ、ミスター・ロジャース？」

「ええ」ミスター・ロジャースが厳しい表情でいった。「チクタク音がしていました」

「何ですって？」

「部長刑事」チャールズ・ドレークが、鉛筆を置いていった。「ミスター・ヘイのことをご存じですか？　話をそらそうとしているのではありません。要点を強調するためです。ミスター・ヘイは〝ユーモアのセンスの持ち主〟といわれていました。わたしはそのようなものは持ち合わせていませんし、なくてもうまくやっていけます。しかし、ミスター・ヘイにはユーモアがありました。安らかに眠りたまえ《イン・パーケ・レクィエスカト》！　たとえば、あるご婦人はこういいました。〝まるで大きくなった子供みたい――〟と」冷たい嫌悪感に、ドレークの顔が引きつった。「まあ、それ以上はいいませんが」

「チャールズ！」ミスター・ロジャースが鋭くいった。「やめたまえ！」

　チャールズ・ドレークは、たしなめられてはっとした。

「とにかくです！　秘書のミス・ローリングが、ここにあるミスター・ヘイの証書箱にしまおうと、箱を取り上げたのです。すると、小箱のひとつがチクタクいいはじめたのですよ。チクタクとね。ミス・ローリングは取り落としそうになりました。気の毒な彼女は、爆弾を手にしたと思ったのでしょうね。ミスター・ヘイは面白がっていました。彼は次のような趣旨のことをいいました。〝時計のひとつが動きはじめたんだな。中には四つの時計が入っている。とうの昔に動かなくなっているはずだが〟」

「どの箱か覚えていますか？」

「ええ。デニス・ブライストンの名が書かれた箱でした」

「わかりました。続けてください」

「それが（繰り返しますが）九日の土曜日のことでした。次の月曜には、分析科学者のところからユークショーのエールの瓶が戻ってきました。わたしはミスター・ヘイに連絡し、どうしたらよいか尋ねました。火曜日――つまり、殺人が起こった昨日のことですが――ミスター・ヘイから電話がありました。午後、フラットまでその瓶を持ってきてくれないかというのです。わたしはその通りにして、六時頃には着きました」

「それで？」

「彼は〝素晴らしい計画〟があるといいましたが、その内容は教えてくれませんでした。ヘイの機嫌は最悪でした。あるいは、最高といいたければお好きなように。わたしがフラットに着いたとき、彼は夕食のために着替えをし、二杯ほど酒を飲んでいました。夜会用のズボンにベストという格好で玄関ホールに立ち、片手でカクテルシェーカー、もう片方の手で騎兵用サーベルを振り回していました。ええ、騎兵用のサーベルです。彼は空を切り、攻撃の構えをし、空想の中で決闘をしていました。

　わたしは瓶を持ってきたと告げました。彼はそれを、キッチンのどこかへ置いてくれといいました。わたしは、くれぐれも瓶には気をつけるようにいい、誰か毒を盛りたい人でもいるのですかと尋ねました。彼はそうかもしれないといいました。間違って誰かが瓶を持って行かないように、わたしは紙に〝毒・飲むべからず〟と書きました。そして、食品庫の下のほうの棚の、よく目立つ場所に瓶を置き、ネックのところに紙を巻きつけました」

ポラードはメモを取りながら、過去を振り返った。その瓶を見つけなくては。前夜、十グレインのアトロピンを持っていたのは、フェリックス・ヘイ本人だったのだ。もちろん、それは〝野放しの〟アトロピンではない。ユークショーのエールに入っていたものだ。それでも――。

「それは六時頃のことだとおっしゃいましたね？」

「ええ」

「それから？」

「わたしは彼に、なぜそんなに急いで瓶をほしがるのかと訊きました。彼はいいました――正確にこういったとは保証できませんが、要旨はこういうことです――〝今夜開くささやかなパーティーで披露したいのだ〟と。このときには彼は着替えをしていて、寝室から大声で話していました」

「パーティーについて、ほかに何かいっていませんでしたか？」

「いいえ、何も。何もいおうとしませんでした。彼は着替えを済ませ、わたしたちは連れ立ってフラットを出ました。彼は、どこかで夕食をとり、それからミュージックホールへ向かうが、十一時前には帰るつもりだといっていました。残念ながら、部長刑事、お話しできるのはこれだけです」

「ほかに何もありませんか？　まったく何も？　これがどんなに重要なことかおわかりでしょう。客について何かいっていたりは――？」

ドレークは少し怒ったように顔をしかめた。

「待ってください。これはお知らせしたほうがいいでしょう。階段を下りて、イギリス＝エジプト輸入商会（経営者のミスター・バーナード・シューマンのことはご存じですね？）の前を通りかかったとき、ミスター・シューマンの助手のひとりを見かけました。ちょうど帰宅するところでした。エジプト人で、名前は覚えていません。しかし、あの男の外見は好きになれませんね。目と歯と、つやつやした髪ばかりが目立っていました。ヘイは彼に、ミスター・シューマンは事務所にいるかと尋ねました。エジプト人は、ミスター・シューマンは一日じゅう留守だといいました。彼は（わたしの記憶が確かなら）、町の外から来た友人をもてなしているのだと」

「ミスター・ヘイはそれについて何かいっていましたか？」

「今夜はむしろ、ミスター・シューマンに会えると期待していたのだがといっていました」チャールズ・ドレークは、彼を鋭く見ながらいった。「彼は〝むしろ〟という言葉を強調していました。それだけです」

「ほかにはどうです？　何もありませんか？」

「ないと思います。なぜです？」

「たとえば、あなたがたが建物の外に出るとき、管理人と出くわし、ミスター・ヘイが何かいったというようなことはありませんでしたか？　管理人は小柄な年配の男で、ティモシー・リオーダンというのですが」

ドレークは冷ややかな苛立ちと、それよりさらに冷ややかな協力心を示した。

「わたしが重要な事実を省略しているとでもおっしゃるのですか？　考えてみれば、確かに管理人に出くわしました。少なくとも」彼は慎重に訂正した。「その人物が管理人だと信じるに足る理由があります。とにかく、彼はモップを持っていましたからね。ヘイは彼に、上へ行ってフラットを掃除してくれないかといいました」

「それで、彼はそうしたのですか？」

「わかりません。とにかく、上へは行きました」

「彼は酔っていましたか？」

ドレークの戸惑《とまど》いは爆発寸前で、鼠色の髪は根元から逆立っているかに見えた。だが、彼は何も質問しようとはしなかった。

「わたしの見た限りでは、酔ってはいないようでした。ああ――彼は何かいっていましたね」ドレークは苦労していった。「どうやらヘイに貸しているらしい本のことで、ヘイに読み終えたかどうか訊いていました。今お話ししているのは、本人がすでに話していると思ったからで、〝重大な情報〟を隠していたと非難されたくはありません。ヘイは何もいいませんでした」

「本ですって？　どんな本です？　彼は本のことは何もいっていませんでしたが」

「わたしには見当もつきません。おそらく、低俗なものでしょう」

ポラードはぶつぶついった。「最後に、ゆうべこちらの事務所に入った泥棒のことをお聞かせ願えれば――」

「ああ、それがいいでしょう。ええと、盗みがあったのは十二時半のことです。十二時半に、夜警のビーズリーからわたしの家――というより、父の家といったほうがいいでしょうね――に電話がありました。わたしは起きて電話に出たあと、父を起こしました。ビーズリーによれば、たった今この事務所の裏手の窓から何者かが出てきて、非常階段を下りて行くのを見たということでした」

「十二時半にですか」ポラードは考え込みながらいった。

「何者かはともかく、ビーズリーはその人物を追いかけましたが、取り逃がしてしまいました。それから彼は事務所へ向かいました。奥の事務所では、ミスター・ヘイの名前が書かれた、大きな〝証書箱《ディードボックス》〟を除いて、何も手つかずでした。棚に置かれた、たくさんの同じような箱のひとつです。箱はこじ開けられ、床に転がっていました。わたしは着替えて、できるだけ早く駆けつけました。五つの小箱はなくなっていました。

それまで考えたこともありませんでした」ドレークは鼻眼鏡越しに、どこか斜視のような目つきで相手をじっと見た。「こうした事務所に、どれほどやすやすと泥棒が入れるかということを。窓は二百年前のものです。ナイフ一本あれば、掛け金をまるで――チーズを切るようにたやすく開けられます。しかし、弁護士事務所に泥棒に入る人がいるでしょうか？ 価値のある文書――泥棒が盗みたいと思うようなもの――は全部、金庫に入っています。ですが、金庫は手つかずでした」彼は素早くミスター・ロジャースのほうを見た。「手つかずだったのですよね？ まあ、それはどうでもいいことですが。何が起こったのか想像もつきません。しかし、それは警察の仕事です。泥棒に入られた現場を見たいのではありませんか？」

彼は立ち上がった。

ポラードも立ち上がった。だが、彼は弁護士の、蛙《かえる》を思わせる寄り目の顔を見ていなかった。彼はその向こうに、あらゆる矛盾を解決するものを見ていた。きわめて明確な事件のあらましを。ただの仮説ではない。ポラードは、真実をつかんだのがわかった。

フェリックス・ヘイは、人をあざける目的で〝役員会〟を招集した。彼は客たちに、毒の入ったエールの瓶を見せるつもりだったのだ。そして、このように公表するつもりだった。懲役刑から絞首刑にまで値するかもしれない、彼らに不利な証拠が、五つの箱に入っていると。そして、もう一度命が脅かされるようなことがあれば、その箱が開かれると。

だが、誰かがそのすべてに対して準備をしていた。その誰かは、アトロピンを使い果たしてはいなかった。そして、ヘイのフラットで飲みものに薬物を入れた。それは三人の客のひとりだったかもしれないし、とらえどころのないファーガソン、あるいは初めて名前を聞く、まったく謎の人物〝ジューディス・アダムス〟かもしれない。

続いてその〝誰か〟は、仕込み傘でヘイを刺した。意識を失った人々をテーブルに残し、彼自身――または彼女自身――は、グレート・ラッセル・ストリートの家を出た。その人物は、さほど離れていないグレイ法曹院へと急いだ。そして弁護士事務所に押し入り、有罪を証明する箱を盗み出した。だが明らかに、五つの箱すべてを盗む必要があった。自分の名前が書かれている箱だけを持ち出せば、誰が犯人かわかってしまう。そこで、泥棒は自分の身を守るため、五つすべてを持ち去らなければならなかったのだ。

それから？

ポラードは、わかったぞという口笛を吹くのをかろうじてこらえた。今ではわかった。もっとも大事な手がかりは、あの四つの時計にあったのだ。

デニス・ブライストンの名前を記した箱の中に、ヘイは四つの時計を入れておいた。結果として、信じがたいほどの偶然を信じようと思わない限り、それは殺人が起きた夜に、ブライストンのポケットから発見された四つの時計と同じものということになる。したがって、デニス卿が自分でそれをヘイのフラットへ持ってきたというのは、マーシャの嘘だ。それどころか、それはブライストンが意識を失っている間に、殺人者がポケットに入れたものだった。

殺人者の行動が明らかになってきた。弁護士事務所に押し入ったあと、犯人は箱の中身を持って、グレート・ラッセル・ストリートへ引き返した。そして四つの時計（ブライストンの箱の中身）を、ブライストンのポケットに忍ばせた。目覚まし時計の仕掛け（シューマンの箱の中身）は、シューマンのポケットに入れる。生石灰と燐（何らかの形でミセス・シンクレアに不利となる証拠）は、彼女のハンドバッグに入れる。十中八九、ヘイはこれらの奇妙な品が意味することを、手紙に書いていたに違いない。だが殺人者は、全員に疑いをかけたい一方で、すべてをさらけ出すことまではしたくなかったのだ。

これで殺人者の動きをたどることができる。

医師の報告によれば、ヘイは十一時から十二時の間に息を引き取った。その間、殺人者は建物の中にいた。飲みものに毒を入れ、仕込み傘でヘイを刺しているからだ。続いて建物を出て、グレイ法曹院に盗みに入る。盗みが行われたのは十二時半だと特定されている。したがって、その後殺人者が薬を盛られた客のポケットに奇妙な品を仕込むためにグレート・ラッセル・ストリートに戻ったとすれば、それは十二時半から一時の間のことになる。

つまり、事件全体の鍵となるのはマーシャ・ブライストンだ。

ポラード部長刑事はこうした考えを素早くまとめながら、これほどたやすく包囲網を作れたことに少しくらくらした。マーシャ・ブライストンは自分の口から、建物の外で一時間以上待っていたと話している。その間、殺人者はグレイ法曹院へ行くために建物を出て、盗みを働いたあとで戻ってきている。あの建物の出入口はひとつしかない――正面玄関のドアだ。すでにはっきりしているように、窓から出入りはできないし、裏口は中からかんぬきがかけられ、鎖が巻かれている。したがって、殺人者は正面のドアを使ったはずだ。したがって、マーシャ・ブライストンは彼を見ている。

あの女は嘘をついていた。四つの時計について嘘をいったように。

興奮に火がつき、ポラードはすぐさまその場をあとにして、マーシャ・ブライストンに質問したい気持ちだった。その必要がないことを彼は知らなかった。ヘンリー・メリヴェール卿が、グレート・ラッセル・ストリートの家の前に停めたパトカーの中で、すでにマーシャをにらみつけ、まったく同じ質問をしていることを知らなかったのである。

九

「――殺人者を見たか、ですって？」マーシャ・ブライストンはH・Mをじっと見ながら繰り返した。「それがお訊きになりたいの？　正直いって、あなたが何の話をしているのかわかりません」

首席警部も同じ思いのようだった。ただし、生来の慎重さから、彼は口に出すのをすんでのところで思いとどまっていた。

「ああ、マスターズよ」H・Mは彼の表情を見て、すっかり落胆したようにいった。「ドレーク老人から泥棒の話を聞いていないのだな。わしは聞いたぞ」

今ではH・Mは古ぼけたシルクハットを目深にかぶっていた。悪意に満ちた目つきで、グレート・ラッセル・ストリートを端から端まで見る。彼はフェリックス・ヘイが亡くなった建物をじっと見た。そして、思いやりのある言葉を交えながら、泥棒の一件を説明した。

「何があったかわかるだろう？」彼は残忍な期待とともにいった。「殺人者は飲みものに薬物を入れ、ヘイを刺した。彼は外へ出て、ドレークの事務所へ侵入し、略奪品とともに戻ってくると、箱の中身で人々のポケットを飾ったのだ。ドレークの事務所に泥棒が入ったのは十二時半。それは確認済みだ。そこで」H・Mはなおもいった。「その間、ここを出入りしたのは誰だった？　というのは、そいつが殺人者で間違いないと、わしは完全に確信しているからだ」

その考えは斬新だった。あまりに斬新なため、マスターズはそれを追求したいあまり、女性のことも一瞬忘れたほどだった。

首席警部は白状した。「殺人の真犯人が、その箱を壊すのはわかります。しかし、なぜそんな──つまらない品物を持ち帰り、人々のポケットに入れたのでしょう？　なぜなのです？」

H・Mは見えない蠅《はえ》に悩まされているように見えた。

「さあな。しかし、実際そうだったのだ。そうだったはずだ。どれもこれも過去の遺物だ。時計仕掛けは錆び、燐は効力を失い、時計はとっくに止まっていた。まったく。ミセス・シンクレアだろうとブライストンだろうとシューマンだろうと、普段からそんな記念品を持ち歩いているとは思わんだろう？」

「ええ、確かに──」

「それが、彼らが目を覚ましてポケットにそのような品が入っているのに気づいたとき、ひどく怯えた理由なのだ。ブライストンとミセス・Sは、おまえさんの再現が正しければ、赤ん坊だって騙せないような話で説明しようとした。生石灰と燐が絵画の汚れを落とすのに使われるなんて話は、嘘であるばかりか、とんでもない鉄面皮だ。あの女は、そんな話を人が信じると本気で思っていたのだろうか？　シューマンのほうがうまくやっていた。少なくとも、目覚まし時計の部品を持ち歩く習慣がないことを自覚していて、意識をなくしている間に何者かがポケットに入れたに違いないと考えたのだ」

マスターズはそのことをじっくり考えた。

「いいでしょう。あなたがそうおっしゃるなら」彼はうなるようにいった。「しかし、それでもやはり、なぜといいたいですね。なぜ殺人者は大きな危険を冒して、この家に戻ったのでしょう？もちろん、ほかの人々の罪を問いたいのなら――いわば、疑惑の種を広く撒きたいのなら――」

「わしには、むしろうまい手だと思えるな」H・Mはいった。「現に、これ以上のものは思いつかん。犯人は疑惑を投げかけながら、ほかの人々の良心を責め立てるものによって、彼らを黙らせたのだ。しかし、それだけではない。話についてきているかね？」

「ちゃんとついてきていますよ。それが本当なら、パーティーに出席していた三人の客を除外できる――そういっていいでしょう。ミセス・シンクレア、デニス卿、またはシューマンが殺人者だったとすれば、ほかの人と同じように自分のポケットにも不利な証拠を入れることはまずないでしょうからね」

「それほど不利なものかね？」

マスターズは問いかけるように眉をひそめた。

「それほど不利なものかと訊いているのだ」H・Mはいった。「少し考えてみたまえ。おまえさんが抱えているのは、きわめて巧妙な事件であり、その中心にはきわめて巧妙でつかみどころのない犯人がいる。エサウの愛にかけて、すべてが当たり前のことだと考えてはいけない。さもなければ、足元をすくわれるぞ。ところで――」彼は前の座席からマーシャを振り返った。「なぜ本当のことをいわんのだ？」

彼女は目を上げ、何もいわずに相手を見た。

「本当のことをいっています」彼女は低い声でいった。「ゆうべ、ここで一時間ほど待っていたのは本当です。でもその間、誰もあのドアを出入りしていません。誰ひとり。どんな誓いでも立てます。逮捕されても構いません」

沈黙が流れた。爆発寸前に見えたH・Mは絶望したように鼻をかいた。マスターズは疑わしげにふたりの間を見た。

「いいですか！」彼は警告するようにいった。「あのドアに決まっているのです。建物には裏口がありますが、中からかんぬきと鎖がかけられていたのがわかっています――」

「ファーガソンはどうなんです？」サンダース医師が控えめに口を挟んだ。「正面玄関も裏口も使わずに、建物を出た人物がいるんです。あらゆる仮説が、まっすぐにファーガソンに戻ってきます。ファーガソンはすべてに対する酸性テストです。しかし、彼が見つからない限り何もテストすることはできません。それに、意見させてもらえれば、まず彼を見つけることにしても、何の害もないでしょう」

マスターズは車を降りて背筋をぴんと伸ばしたが、H・Mが口を出した。

「まあまあ！　そうかりかりしなさんな。彼のいう通りだ。ファーガソンの首根っこをつかまえねばならないのはわかっている。なぜなら、その娘が本当のことをいっているとしたら、非常に興味深い可能性が開けてくるからだ。それでも、その一部は証明できる」彼はマーシャに向かってまばたきした。「ゆうべ父親が、あの四つの時計を家から持ち出して、ヘイのところへ持って行ったというのは、本当のことではなかった。そうだろう？」

彼女は腕組みをした。

「答えなければ刑務所へ送るつもりなんでしょう。いいわ。どうぞご自由に」

「何たることだ」H・Mはいった。「これほど大勢が、こぞって刑務所に入りたがるのを見たことがない！　誰が刑務所へ送るって？　さあ、正直になるのだ。英雄になる理由はない。わしが頼んでいるのはただ――」

「いいえ」

「わかるだろう」H・Mは、帽子をさらに目深に傾けた。「話してくれれば、余計な空騒ぎや面倒が大いに省けるのだ。今では、マスターズとわしは四つの時計が意味するものを知っている。おまえさんの父親がミセス・シンクレアの家に隠した人形の腕に、何があるのかも知っている。だが、何ひとつ証明できない。おまえさんの父親は時計を手に入れた。そして、マスターズが興味があるのは殺人だけだ」

「冗談をおっしゃっているのではないでしょうね？　本当に知っているの？」

H・Mは大真面目に胸の前で十字を切った。だが、彼女の恐怖や不安をやわらげようとしたのだとすれば、それは間違いだった。マーシャは車を降り、乱暴にドアを閉めた。冷静な表情とは裏腹に、張りつめ、どんよりした目には、神経から来る危険な火花が感じ取れた。

「だったら、別のことをいうわ」彼女はいった。「このことが明るみに出たら、わたし――自殺するか、ブエノスアイレスあたりへ行きます。わたしに耐えられないことがあるとすれば、笑い者になることですもの。ですから、どうぞ捜査を続けて、好きなだけ非難してください。でも、あの女がヘイを殺したのよ。今にわかるわ」

彼女はそれ以上何もいわず、きびすを返して速足で立ち去った。H・Mはしばらくそれを見ていたが、やがてサンダースに向き直った。

「追いかけるんだ」彼はこっそりいった。「こんなことはめったにいわんが、今回ばかりは——追いかけろ！　彼女は心配させてはいけないタイプだ。ちょっと待て。くそっ、わしも一緒に行く！」驚きで口もきけずにいる首席警部をにらみつけ、彼は車を這い出ると、帽子をきっちりとかぶった。「ここにいてくれ、マスターズ。とにかく、わし自身がこの件にかかわろうとしているのはなぜだと思う？　デニー・ブライストンは昔からの友人なのだ。ここでじっとしていてくれ。あとで会おう。来るんだ、若いの」

ふたりが追いついたときには、マーシャはブルームスベリー・ストリートを渡ろうとしていた。H・Mが彼女の横へよたよたと進み出て、サンダースが大股に反対側へ回った。彼女はふたりのことをわざと無視しようとして、危うく通りかかったタクシーにぶつかるところだった。

「軽く昼食でもどうかな？」H・Mが期待を込めて提案した。

「結構です」

彼らはさらに速足で歩いた。今では左側に、広大な、刑務所のような、忍び返しのついた大英博物館のフェンスが見えていた。その中庭の向こうには、広大な、灰色の、刑務所のような博物館そのものがある。門の周囲には新聞売りが群がり、三脚を持った路上カメラマンがいた。

「写真を撮ってはどうかな？」H・Mがいった。彼は自分でも写真に撮られるのが好きで、これを甘く狡猾な誘惑と考えていた。

「結構です」マーシャはいった。続いて、その誘惑と戦いながら、フェンスに寄りかかって甲高い笑い声をあげた。

「わかったわ」彼女はついに、ふたりに向かってほほえんだ。「一緒に写真を撮りましょう。それからパブかどこかへ行って、本当はこの事件をどう考えているのか、ぜひとも話してもらうわ」

写真撮影の儀式――H・Mはこの上なく堂々として、シルクハットを片手に抱え、もう片方の手をヴィクトル・ユーゴーさながらに腰に当て、路上カメラマンさえも一言いいたくなるような目でカメラをにらみつけた――が終わると、一行はミュージアム・ストリートの紫煙が立ち込める居心地のよい居酒屋《タヴァーン》の特別室に落ち着いた。一パイントのビールふたつと、ジントニックがテーブルに置かれ、マーシャがジントニックを飲みながら話しはじめた。

「あの警察官の前ではいわなかったけれど、あなたのことは知っています。わたし、ケン・ブレークの奥さんのイヴリン・ブレークの知り合いなの。彼女がいうには、あなたは彼女が知っている誰よりも法に反し、道徳などお構いなしで、まったくひねくれた性格だそうですね。彼女の夫があなたと出かけると、決まって刑務所に入れられるといっていました。実は、それでわたしに味方してくれたんだろうと思ったんです。だから――」

「だから、おまえさんはマスターズからわざと逃げ出したんだな」H・Mは驚きを見せずにいった。「わかっておる。いいだろう。わしはこうしてついてきた。何をいいたいんだ?」

「あなたの前でお話しするのは構いませんけど」マーシャは冷ややかにいった。「サンダース先生の前では話さないほうがいいと思います。とにかく、ある意味サンダース先生は警察とつながりがありますから。それに、わたしを滑稽だと思っています」

「とんでもない」サンダースは、ジョッキをどすんと置いていった。「いったい何の話です？　そんなふうに思ってはいませんよ」

「そういったじゃないの」

「そんなことはいってない」

「確かにいったわ。ミセス・シンクレアが飲みものに毒を入れた方法についてのわたしの考えは滑稽だと」

サンダースの怒りは最高潮に達していた。「そうとも。だけど、それはきみに対する意見とは何の関係もない。わからないのか――」

「滑稽だと思います、ヘンリー卿？」

ジョッキでテーブルの上に円を描きながら、H・Mは辛辣な喜びとともに彼女を見た。「うむ……そうだな。今ここで試すことができるだろう。目の前に液体がある。そしてだ、お嬢ちゃん、それがとんでもなくナンセンスなことだとわかるはずだ。確かに、口の中に液体を含ませておくことはできる。それを、いった通りのやり方で飲みものに入れることも。だが、液体を口に入れたままではできないことがひとつだけある。話すことだ。そいつは不可能なのだ、お嬢ちゃん。やってみたまえ。さて、ミセス・シンクレアは、おまえさんの父親のライウィスキーのハイボールを味見する前に、ひと口飲んでいいかと尋ねている。しかし、口をきく以外に、どうやってひと口飲んでいいかを確かめることができる？　いいや、残念ながらその説が通用するとは思えんね。飲みものに毒を入れた、別の方法を考え出さなくてはならん」

「ああ――！」マーシャは自分を抑えた。「でしたら、あなたはどうやって毒が入れられたと思います？」

H・Mは額にしわを寄せ、何やらひとりごとをつぶやいた。

「おそらく」彼は上の空でいった。「代わりの手段を見過ごしているような気がする。いいかな？

議論のために、仮に客の全員が本当のことをいっていたとしよう。彼らはシューマンが居間に飲みものを運んできた時点で、カクテルシェーカーやグラスにアトロピンが入り込んでいたはずはないと断言した。これが、ミセス・シンクレアとおまえさんの父親、そしてシューマンが口裏を合わせたものではないと仮定しよう」

「だとしたら？」

「だとしたら」H・Mは苦労していった。「代わりの手段はただひとつと思われる。ただひとつだ。つまり、客たちがキッチンにいる間に外部の人間が忍び込み、シェーカーに薬物を入れ、あとでシェーカーを洗ったという最初の主張だ」彼はマーシャに向き直った。「さて、本当のことをいわなければ皮をはぐぞ。おまえさんが見ている間、あの建物を誰かが出入りしたかね？」

「いいえ。嘘じゃありません」

H・Mは長いこと、彼女をじっと見た。

「うむ。では、それを受け入れよう。その場合、殺人者は（一）ファーガソン本人、または（二）ファーガソンの共犯者と認めざるをえない。わしを怒鳴りつけて、ファーガソンが建物をどうやって出入りしたか質問せんでくれ！　単純なことだ。そのジンを飲み終えるまでには説明がつく。だが、それは重要なことではない。ファーガソンもしくは共犯者が、すべての汚れ仕事をやったとすれば、ファーガソンはなぜ、犯行後あれほど長く建物にとどまっていたのか？　イギリス＝エジプト輸入商会のあたりをうろついていたのか？　階段でおまえさんたちふたりに声をかけたのか？　殺人が発覚したあと、死体を見に行ったのか？　さらにおしゃべりをしたのか？　さらには消える前に、なぜあれほど目立とうとしたのか？　何もかもおかしい。彼が犯人なら、なぜ騒ぎの渦中に姿を現した？」

「わかりません」サンダースは白状した。「殺人のことを聞いたとき、彼は心底驚いているようでした」

「ああ、それがいいたかったのだ。何たることだ！　ファーガソンでも、外部のほかの人間でもなければ、誰が汚れ仕事をやったのだ？」

　サンダースは彼を見た。

「ファーガソンは実際の事件には何の関係もないということですか？　殺人は、ヘイのフラットにいた三人の誰かによって行われたのですか？」

「可能性はある」

「そうは思えません」サンダースは反論した。「逆に、そうなると犯罪全体がまったく不可能になります。客のひとりがカクテルに薬物を入れる――それは不可能です。客のひとりが、誰にも見られずに建物を出入りする――それも不可能です」

「うむ。わかっておる。しかし」H・Mは穏やかにいった。「以前にも、こうした不可能を相手にしなくてはならなかったことがある」

　この議論の間、マーシャはほとんど人気《ひとけ》のない室内を、ぼんやりとした、中途半端に光る目で見ていた。次第に、霊感を受けたように眉が上がる。このとき、サンダースが彼女のことをよく知っていたら、目の前に――誰かにとっての――厄介事があるという印だとわかっただろう。今では彼女はふたりに向き直り、邪魔をしないでくれという手ぶりを見せた。

「全部わかりました」うんざりしているかのように彼女はいった。「それに、おっしゃる通り、単純なことです。ファーガソンがどうやって建物を出たか、わたしにはわかります」

H・Mは頭を抱えてうめいた。

「わかった」彼はいった。「聞こうじゃないか。その憶測とは？」

マーシャは夢遊病者のようにうなずいた。「いいでしょう！　殺人はファーガソンによって行われ、ミセス・シンクレアは共犯者だったのです。ミセス・シンクレアが彼に薬物を与え、彼が薬を盛り、ヘイを刺し、箱を盗んだのです。あのふたりにはつながりがあるとおっしゃいましたよね。そうでしょう？　そう！――建物を出た件についていえば、彼は建物を一度も出ていないのです」

「あんたが楽しんでいるといいが」H・Mは悪意を込めていった。「続けてくれ」

「どうか聞いてください！　この部分には確信があるんです。ゆうべわたしを家まで送ってくれた親切なお医者様が、すべて教えてくれたからです。あなたはすかさず、ファーガソンは建物に隠れてはいないというでしょう。もちろん隠れてなどいません。逆です。でも、確実に建物の中にいたのは誰でした？　聞かせてください。常に建物の中にいたのが知られている、ほかのただひとりの――まったくただひとりの――人物は誰です？　管理人です。背が低くてずんぐりした、リオーダンというアイルランド人です。おわかりになりました？　ファーガソンは管理人なのです」

どこか敬服した表情が、H・Mの大きな顔をよぎった。彼は何もいわなかった。一瞬、何もいえなくなったように見えた。

「ファーガソン、本物のファーガソンは、変装していたんです」マーシャは熱心にいった。「彼はあの建物の管理人として働いていて、その前は、ミスター・シューマンの従業員として働いていたんです。あなたはミスター・マスターズに、シューマンはファーガソンが死んだと思っていたとおっしゃいましたね。ゆうべ、ファーガソンは〝管理人〟の変装を脱ぎ捨て、ありのままの自分として階上に現れたのです。それで、彼は自分が人に見られ、話しかけられるように仕向けたわけです！　彼はわたしたちに、自分が消えたという印象を与えたかったのです。〝死んだ〟男がまず現れて、消えたという筋書きです。これで警察は、存在しない幽霊を追って、見当違いの捜索をすることになります。その間ずっと、ファーガソンは管理人のリオーダンのふりをして、怪しまれることなく地下の温水管に囲まれていたというわけです」

「このご婦人にココナッツを」H・Mがいった。「実に素朴な意見だ。本気でそう信じておるのかね？」

「証拠があります。ファーガソンと管理人が一緒にいるところを見られていますか？　いいえ。警察が到着する前後の、あの恐ろしい混乱の中、管理人はどこにいましたか？　サンダース先生とわたしは、彼を見ていません。薬物を飲まされた客を搬送した病院の職員は、彼を見ていません。誰も彼を見ていないのです――警察がファーガソンを探しはじめるまで。ああ！　これが正解じゃない？」それは質問ではなく、歓喜に満ちた声明だった。

「やめてくれ」H・Mがいった。「頼むから、ファーガソンの名が悪夢のように響く前に口を閉じてくれんか？　やつはすでに十六の顔と、虹の色をすべて手にしている。元祖インドのゴム男だ。窓に向かってわけのわからんことをしゃべり、インク入れから飛び出そうとしている。わしはファーガソンに取りつかれはじめていて、とても耐えられん。いっておくが、ファーガソンには取り立てて奇妙なところも、異常なところもない。彼は――」

マーシャは勝ち誇った雰囲気を捨て、また熱心にいった。

「じゃあ、教えてください。ファーガソンとミセス・シンクレアが、この件に何らかのかかわりがあるというのを否定なさるの？」

その言葉が、爆発寸前のH・Mを止めた。

「いいや。それを否定することはない。すでにそういっただろう？　したがって――」

「それに、ミセス・シンクレアがアトロピンを用意した可能性がきわめて高いというのはお認めになります？」

H・Mはたじろいだように見えた。「わしを詰問するのはやめてくれ！」彼は怒鳴った。「可能性があるのは認めるが、それを証明するとなると――」

マーシャはその非難を受けてしゅんとした。しかし、ここへ来てサンダース医師は、自己主張すべきだと感じた。その日一日、自分のユーモアのセンスをちくちく攻撃されたことや、もったいぶった態度だとマーシャに非難され、内心では決してそうでないと思っていることなど、すべてが一緒になって沸騰《ふっとう》し、正しい道を指し示していた。

「そういうことなら」彼は熟慮するように煙草に火をつけていった。「やるべきことはひとつしかないでしょう。ミセス・シンクレアの家に押し入って、見つけるのです」

「ミセス・シンクレアの、何に押し入るですって？」マーシャが驚いていった。

「彼女の家ですよ。盗みに入るんです」彼は説明した。「よければ、ぼくが引き受けます」

沈黙が訪れた。「いけないわ！」マーシャがいった。「あなたにそんなことはさせられない。警察につかまるわ」

心地よく温かな思いが、サンダース医師の胸から肩、首へと広がった。彼にとって、それは寒い一日に飲む最初のカクテルのようなものだった。彼女の顔は輝いていた。

「何でもないことです」彼はいった。

「でも、あなたは知っているの――空き巣とか、そういった類《たぐい》のことを？」

強い誘惑に駆られたが、サンダースは正直にいった。「実践的な観点からは知りません」そう認める。「しかし、科学的見地からならわかります。ぼくに任せてください。彼女の正体を暴いてやりますよ」

「でも、あなたは――つまり、わたしも連れて行ってくれる？」

「もちろん。あなたがそうしたければ」

H・Mは、辛辣だが無邪気な喜びとともに、ひとりひとりを見た。

「ほ、ほう」H・Mはいった。「本気なのかね、若いの？　正直なところ、きみならやると思った。こうした考えの興《きょう》をそいだり、しらけさせたりするつもりはないぞ――」

「でしょうね」マーシャがいった。「イヴリン・ブレークは、泥棒というテーマに、あなたは病的なほど取りつかれているといっていました。あなたは人が玄関から入って行くより、空き巣に入るところを見たがっているということでしたわ。彼女は――」

「いやはや……さて」H・Mはそうつぶやくと、禿げ頭に手を滑らせ、眼鏡の上からふたりを見た。「確かに若い頃には、怪しいことも山ほどこなしたかもしれん。反対しているわけではないのはわかってもらいたい。わしが知りたいのは、この思いつきの要点なのだ。ミセス・シンクレアの家に押し入ったとしよう。燃えさかるトペテ〔異神モロクのために子どもをいけにえとして供えた、エルサレムの近くの神殿〕の中に、何かを証明できるものがあるのか？　そこで何が見つかると思うのだ？」

サンダースは冷静だった。「証拠です。どんな証拠かはわかりませんが、これは理にかなった行為に違いありません。考えてみてください。あなたはファーガソンとミセス・シンクレアとの間につながりがあると考えている。それに、前回使われたアトロピンの残りがまだあると。彼女の家が中心なのは明らかです。これまでに集めた証拠では、捜索令状を取ることはできません。ですから、やるべきことはあの家に侵入して――」

彼は手ぶりを見せた。H・Mは彼をじっと見た。

「やけに説得力のある話しぶりだな」彼はそういうと、言葉を切って女性のほうを見た。「それほど単純なことかな？　だが、いわせてもらえば、その考えには何らかの意義があるだろう。力になれるかもしれん」

「一緒に来てもらえるのですか？」

「いいや、行こうとは思わん」H・Mは威厳たっぷりに答えた。「わしには守るべき地位がある。いまいましいことに、わしは要人なのだ。国じゅうをうろつき回って窓をこじ開け、錠前破りをしたとなれば、大変なことになるだろう」彼は考え込んだ。「わしがいいたかったのは、ミセス・シンクレアに家を空けさせる算段をしたり、きみが思いつかないような、近所の人間に関する詳しい情報を提供できるかもしれないということだ。どのように取りかかるつもりだ？」

「それは――普通のやり方で」

「ああ。普通のやり方か。わかった。きみが見つけるかもしれないものに、わしが非常に興味を引かれているのは白状しよう。わしの幽霊が、見つかったものを調べようと、あとでその付近に現れたとしても、そう驚くことはない。だが、このことはわかっていてほしい。厄介なことになっても、わしの助けは期待しないでくれ。こういうふざけたいたずらに巻き込まれるわけにはいかないのだ。飛び込みもしないし、近寄りもしない。指示を出すまでは、わしはきみとは無関係だ」H・Mは、異様なほど悪意に満ちた顔で念を押した。「よくわかったかね?」

マーシャとサンダースはうなずいたが、ふたりには制御できない力は、そうはいかなかった。因果応報の力が常に眠りについているとは限らない。H・Mは善意から、過去にたくさんの人物を疑わしい立場に追い込んだり、法の手に引き渡したりしてきた。しかし、それほど時間が経たないうちに、彼自身が未曽有の泥棒事件の主役となったのだった。

十

晴れた四月の夜更け、サンダースは――黒いスーツと黒い帽子に身を包み――ハーレー・ストリートにあるデニス・ブライストン卿の家へマーシャを迎えに行った。普段は冷静なサンダースだが、今は待ちきれないばかりではなく、興奮に燃えていた。というのも、犯罪に関する第一級の科学的著作を読みふけり、空き巣のヒントを探そうとする間に、この事件の主要な問題のひとつに対する答えを見つけたからだ。

最初、彼は自分の目が信じられなかった。確信とともに疑惑が湧き起こったが、また確信に変わった。試験に向けて猛勉強するように、彼は自分の研究に没頭し、きちんとメモを取り、ときには使いをやってあるものを買わせた。それは今、彼の服のポケットにしまわれていた。しかしこのとき、ある謎に関する答えはすでに出ていた。

ところが、ハーレー・ストリートの家に着いたとき、彼は張り詰めた雰囲気を感じ取った。そこはデニス・ブライストン卿本人と同じように、落ち着いた威厳を感じさせる建物だった。玄関ホールには黄色いシェードの壁灯があり、家であるのと同時に事務所であるような印象を与えていた。しかし、そこにはどこかおかしな雰囲気があった。サンダースはこれと似たような印象を受けたことがあったのを思い出した。数年前、十八か十九のときに、女の子をダンスに連れ出そうとしたときだ。女の子の父親はどんちゃん騒ぎの酔いから醒《さ》めたばかりで、落ち着いてはいるが神経質そうな威厳をもって家の中を歩き回っていた。母親は泣きだしそうだった。ふたりとも、娘を外へ出したくないようだったが、始終何食わぬ顔をしていた。

デニス・ブライストン卿は、サンダースがメイドに通されてからすぐに現れた。玄関ホールの奥のドアからぶらりと出てきたブライストンは、しわの寄ったラウンジスーツを着て、端正な顔には家庭内のごたごたによる重苦しい表情を浮かべていた。同時にマーシャが、黒い手袋のボタンをはめながら、階段を急いで下りてきた。

「マーシャ」父親は心もとなげにいった。「駄目だ――」

「あいにくだけれど」彼女はいった。「ロンドン警視庁に、質問されるために呼ばれているの」

今朝、サンダースが首席警部と一緒にいたのを見ているブライストンは、それについては何も訊かなかった。だがそこへ、ウェーブのかかった白髪交じりの髪の、背の高い、風格のある婦人が、後ろのドアから急いで出てきた。いつもなら、彼女の風格は他を圧倒しただろうとサンダースは思った。しかし今、彼女はサンダースに駆け寄らんばかりで、目には涙が浮かびそうになっていた。

「馬鹿げたことじゃありません?」女性は訊いた。「この子が何を知っているというの? かわいそうな、こんな子供が?」(マーシャは歯ぎしりした)「この子は何も知りません。その場にいさえしなかったのですよ。それに、今何時だと思っていらっしゃるの? 十一時過ぎよ。こんなこと――」

またしてもお決まりの文句だとサンダースは思った。ひどくやりにくかったが、できるだけ重々しい態度を見せようとした。

「仕方がないのです、マダム」彼はいった。「命令ですので」

「そうよ。馬鹿なことといわないで、ママ」マーシャがぴしゃりといった。「わざわざ待っていなくていいわ。さて、警部、用意はできましたわ」

レディ・ブライストンは振り返った。「マーシャ。そのひどいゴム底の靴は何なの？　上へ行って、すぐ履き替えていらっしゃい。デニス、こんなことを許しておくの？　何とかできないの？せめて、この子について行ってやれないの？」

「なあ、ジュディ――」相手は穏やかにいった。

「何てこと」レディ・ブライストンは叫んだ。「娘が囚人のように警視庁に引っ張られていくのを見なくても、あなたが持ち込んだ不名誉でもう十分じゃないの？　こんなことがあった以上、恥ずかしくてわたしたちの顔を見られないはずよ。おおかた、お友達のミセス・シンクレアが、今夜ここに連れて行かれたものだから、ご自分の娘が連れて行かれても構わないと思っていらっしゃるのね。記者がいるのはわかっているでしょう。カメラを持って待ち構えているわ。どんなことになるかわかっているはずよ。わたしは決して――」

「失礼ですが、マダム」サンダースは大声でいった。これが続けば、自分自身逃げ出してしまいそうな気分だった。「命令ですので。こちらです、ミス・ブライストン。タクシーを待たせてあります」

タクシーの涼しい暗がりと安らぎの中に落ち着くと、彼はまた口を開いた。

「まずはしばらく走り回ろう。H・Mとは、十二時にミセス・シンクレアの家で会うことになっているし、彼に会うまでは一インチだって動けないからね。すると、ミセス・シンクレアは警視庁に連れて行かれたわけか！　あの人がやったに違いない。これで邪魔は入らないよ。しかし、きみが質問されるとかいう、馬鹿げた嘘は何だったんだ？　きみの母親が、その件で電話をかけないことを祈るよ。やりかねない感じだった」

「だって、そのほうがロマンティックじゃない」マーシャが興味ありげに彼を見ていった。「あら、お説教はやめて。よりによって今夜は。母はいつでもあんな感じなのよ。父が若い女性とつき合う気になった理由が、これでわかったでしょう？」

「ええ」

「あなた、本気なの――？」

「本気だとも。それに、きみを驚かせることがあるんだ」

マーシャの顔つきからは、彼を信じきっているのがわかった。疑問を持たない表情を見て、彼は胸を張った。サンダース医師は、少し頭がくらくらした。フラットを出る前、彼は気つけの酒をふた口ほど飲んでいたが、ボトルからの刺激も、これほどの効果はもたらさなかった。チェイニー・ウォークから数本離れた通りでタクシーを降りたときにも、その高揚感は――危険なほどに――増すばかりだった。

ミセス・シンクレアの家は真っ暗だった。両隣の家も同様であることに、サンダースは気づいた。遠くの街灯に照らされた家は、これまで以上に人形の家に似ていた。おもちゃのような煉瓦に、緑色のドアが目立ち、真鍮のノッカーが光っている。庭からは、緑と生い茂る植物のにおいがした。チェルシーと川を照らす薄い月明かりが、あたりを彼らがこれから乗り出そうとしている冒険のように非現実的に見せていた。ふたりの共謀者はゆっくりと、低い煉瓦塀と、ミセス・シンクレアの家の前庭に通じる緑の鉄門へ近づいていった。

サンダースの頭には、自分が読んだ論文の一節が駆けめぐっていた。著者はこのように書いていた。〝この国では毎晩のように、鍵や掛け金、かんぬき、鎖、その他一般的な障害物で玄関のドアを守ることに、多大なエネルギーが使われている。優秀な泥棒は、玄関から忍び込むことなど考えていない。それはあまりにも人目につくし、守りも厳重で、侵入場所として見え見えである。それよりも洗い場の窓など、比較的人目につかず守りも手薄な場所を好むのである……〟

「さあ、行くぞ」サンダースは小声でいった。「用意はいいかい?」

マーシャが息を吸うのが聞こえた。それから彼女は後ろへ飛びのいた。

「嫌だ! それは何なの? その手にはめているのは?」

「ゴム手袋さ」

「脱いでちょうだい! ぞっとするわ」

「きみにはめてくれとはいわないよ。シーッ!」

「それはありがたいこと! ねえ、いったい何のつもりなの? それを脱いでちょうだい! 手に触れたとき、すっかり驚いてしまったわ。とうてい忘れられない。ああ、何を持っているの?」

(空き巣には幸先のよいスタートだと、サンダースは思った)

「気にしないでくれ。シーッ!」彼は小声でいった。「ただの蠅取り紙だよ」

「蠅取り紙ですって? ジョン・サンダース、本当にどうかしてしまったの――」

その厄介なものは、今や彼の手袋にも貼りついていた。彼はそれを引きはがし、正面の門を開けようと手を伸ばした。ちょうどそのとき、門の中から警官の大きな体が現れた。

サンダースの心臓が、誰かが小屋から飛び出すように激しい音を立てなかったといえば嘘になるだろう。ミセス・シンクレアの家の前庭に、驚くほどの唐突さで、法の象徴が現れるとは。大柄な警察官は口ひげを短く刈り、街灯のぼんやりした明かりの中では、さらに大きく見えた。

だが、サンダースの機転が逃げて行くことはなかった。

「こんばんは、巡査」彼は自分が静かにそういうのを聞いた。蠅取り紙を畳み、ポケットに入れる。

「こんばんは」警官は鋭くいったが、悪意は感じられなかった。「ここにはどなたが住んでいるのですか？」

それが今夜の運命の分かれ目だった。いちかばちかの勝負に出なければ。サンダースが負ければ、冒険は始まる前から終わってしまう。彼にはそれがわかっていた。騎士道遍歴の最初で負けるわけにいかないという必死の思いから、サンダースは危険を冒していった。

「この巡回区域には来られたばかりのようですね、巡査」

「ええ。今週配属されたばかりでして」

「そうだと思いました」未熟な嘘つきはいった。ポケットから鍵を取り出す。「ここはわたしの家なんです。というより、わたしと妻の。どうかしましたか？」

彼は目立つように鍵を持ち、マーシャを門の中へ促《うなが》した。門からか、隣の女性からかはわからないが、感心したような小さな高い音が聞こえた。鍵を使うまで警官が待っていれば、それでおしまいだ。それはハリス毒物学研究所の鍵だった。

「ああ」巡査は敬礼をしながらつぶやいた。「それを聞いて安心しました。周囲をよく見張る必要がありますね。怪しげな人物がこのあたりにいたものですから」

「怪しげな人物？」

「はい。むさ苦しいやつでした。肩幅の広い大男で、頭は禿げていました。その男がわたしに植木鉢を投げつけたのです」

「その男が――何ですって？」

警官は鼻を鳴らした。「ええ、窓枠から落ちたのかもしれませんが、わたしはそれほど馬鹿じゃありません。裏庭をもう一度見回りましょうか？」

「ジョン！」マーシャがいった。ようやく気を取り直したようだ。唇は開き、茶色の目は輝いていた。「それって、ヘンリーおじさんかもしれないわ」

警官は鋭く振り返った。「その男をご存じだというのではないでしょうね、マダム？」

「眼鏡をかけてシルクハットをかぶっていましたか？」サンダースが訊いた。「もちろん知っています。ぼくのおじです。困ったことに、巡査、おじはちょっとやりすぎたようです！　少々変わり者なのですが、犯罪者のように追い立てるとなると――」

怒りの名残《なご》りが、警官の顔から消えていった。

「間違いでしたら大変申し訳ありません」彼は堅苦しくいった。「しかし、これも仕事でして。ご理解ください。とにかく、報告は上げなくてはなりません。それに、お宅のキュウリ棚からだしぬけに飛び出してきたものですから。わたしは彼を追いかけましたが、キュウリ棚の中へ逃げられてしまいました。一度はもう少しで捕まえるところだったのです。帽子を落として、拾い上げようと立ち止まったので。もしその人物があなたのおじさんだったとすれば、質問に答えてくれれば厄介事を大いに省けたのですが。それに、彼がわたしをののしったように、ほかの人をののしれば、そのうちもっと厄介なことになるとお伝えしておいたほうがいいですよ。では、おやすみなさい」

サンダースは偽の鍵を手に、さらに数歩、玄関に近づいた。警官はその場に残っていた。

「おやすみなさい、巡査」

警官はまだその場に残っていた。

これほど時間が経つのを遅く感じたのは、サンダースには生まれて初めてだった。彼は玄関にたどり着き、鍵を上げた。

「ねえ、あなた」マーシャが思いついたようにいうのが聞こえた。「裏へ行って、ヘンリーおじさんを探してみたほうがいいんじゃない？」

「先にドアを開けたほうがいいんじゃないですか？　仕事場にいるかもしれないし――」巡査がとても静かな声でいった。

サンダースは背を向け、鍵穴より数サイズ大きな鍵を当てた。扉に手が触れたときに彼が発見したものは、希望のトランペットの音色のようで、彼に忍び寄っていた吐き気は引いて行った。ドアには鍵がかかっていなかったのだ。彼はノブを回し、ドアを開けてから、冷静に振り返った。

「これで満足ですか、巡査？」

「おやすみなさい」

サンダースはマーシャの手を取り、中へ入れて、ドアを閉めた。玄関ホールには、今朝首席警部と来たときに気づいたのと同じ、息詰まるようなかび臭《くさ》いにおいがしていた。側面の窓のフリルつきのカーテンから漏れるかすかな光が、壁に掛かった未完成のスケッチを照らしている。しわがれたような時計の音が、沈黙の中、どこからか時を刻んでいた。床板が、いつもよりきしむように感じられた。

「もう我慢できない」マーシャがささやいた。「明かりをつけない？　家に入ったのに、どこにも明かりがつかないなんて、ひどく妙だと思われないかしら？」

　サンダースは側面の窓から外を見た。「その危険は冒せない。ぼくたちは、ミセス・シンクレアが警視庁にいると思っている。けれども、本当はまだ家にいたら？　それに、メイドは？」

　彼はマーシャが身震いするの感じた。

「わかるでしょう――こういうのは好きじゃないわ」

「きみが望んで来たんじゃないか」

「ああ、ここでやめたりはしないわ。でも、どうすればいいの？　それに、そのぞっとするような蠅取り紙で、何をしようというの？」

「Ｈ・Ｍを見つけるんだ。十二時に家の裏で会う約束をしているといったろう。彼が形勢を見極めるまで、ぼくたちは動いてはいけないことになっている。とはいえ、あの警官に見張られていては、できることは何もない。蠅取り紙は、窓ガラスに貼りつけて、音を立てずにガラスを破るためのものだったんだ。ガラスの破片がそれに貼りつく寸法だ。もう使う必要はないけれどね。家を通り抜けて裏口へ出ればいいのだから。でもその前に、見せたいものがあるんだ」

　玄関ホールの床板はやはりきしんだ。サンダースはできるだけ音を立てずに、彼女を正面の客間へ連れて行った。その朝、マスターズと一緒に、ミセス・シンクレアとデニス・ブライストンに会った場所だ。細長い窓には、レースのカーテン以外に覆うものはなく、月明かりがふんだんに射し込んでいた。火格子の中の火はほとんど消えかけていた。部屋にはどっしりとした布の壁掛けや骨《こっ》董品《とうひん》がひしめき、グランドピアノが窓からの光を半分遮《さえぎ》っている。ピアノの上のマットには、覚えていた通り、水がいっぱいに入ったカットグラスの水差しと、タンブラーがいくつか置かれていた。それらは薄暗がりの中、さまざまに違った光を放った。玄関ホールの時計がしわがれた音で時を刻んでいた。

「あの警官はまだ外にいるだろうか?」サンダースがつぶやいた。

マーシャは忍び足で窓に近づき、ぱっと後ずさった。

「ええ! まだ通りにいて、この部屋をまっすぐ見ているわ――」

「いいぞ。さあ、見ていてごらん」

「いったい何をしようとしているの?」彼女はささやいた。「ここへ来てから、まるで別人みたい。何をしているの?」

「これから見せてあげるよ」サンダースはいった。「生石灰と燐の、本当の意味を」

彼はポケットから、白っぽい粉末の入った小さな瓶を出した。今日の午後に買った酸化カルシウム、またの名を生石灰の粉末だ。窓のひとつに近づいた彼は、レースのカーテンをわずかに開け、瓶の蓋を取って、窓の桟《さん》に沿って中身をたっぷりと撒いた。それからタンブラーに少し水を入れ、慎重に生石灰の上にかけはじめた……。

大理石を切り出すときのような、刺激的な臭気が立ち込め、カーテンの向こうで何かが起こった。ガラスに薄いヴェールがかかったようになり、部屋が暗くなった。

「今度は別の窓だ」彼はいった。部屋がさらに暗くなり、彼はマーシャが悲鳴をあげないか心配になった。

「大丈夫」彼は必死になだめた。「これでわかっただろう？　両方の窓が、すっかり〝霜〟に覆われている。本物の霜よりもずっと白く、密度が濃く、部屋を暗くしている。だが――あの警官のように――外にいる人からは、その違いがわからない。わかるのは、部屋の中が見えないということだけだ。そして、かなり明るい光を灯さない限り、部屋は空っぽに見える……」

別のポケットから、彼は慎重に、ふたつ目の瓶を取り出した。それはウールの袋に包まれていた。かすかな黄緑色の光が部屋の中に現れ、人の顔や家具の外見が変わってしまったような、秘密めいた効果をもたらした。その瓶には燐が入っていた。サンダースはそれを上へ掲《かか》げた。

「わかったかい？」彼はささやいた。「これは一流の泥棒が使う懐中電灯なんだ。今日、本で読んだのさ。これで十分明かりが取れる――見えるかい？　だがこの明かりは、懐中電灯のように光って、あたりを危険に照らし出すことがない。さて、ぼくが泥棒だとしよう。窓には霜が降りている。それを通してこのかすかな明かりを見ることはできない。すぐ外に警察官が立って、窓を見ていても、盗みを働くことができるんだ。しかも警官は、街に面したカーテンのかかっていない部屋に、人がいることすら気づかないだろう。生石灰と燐は、単に近代的な空き巣の商売道具にすぎなかったんだ」

そのかすかな、揺らめく黄緑色の光は、すべてのものを歪んだように見せた。サンダースが見たマーシャの顔は、まるで見慣れないものだった。自分の顔も同じように見えるのだろうと彼は思った。ピアノのそばに立つと、湿地帯のような明かりのせいで、カットグラスの水差しやピアノの木の部分が違った色に見えた。

「でも――」マーシャは叫び、それから声を低くした。「それはミセス・シンクレアのハンドバッグから見つかったものだわ。彼女が泥棒だとは思わないでしょう？」

「ああ、もちろんだ。覚えているだろう、マスターズをはじめ、誰もがそのことで困惑している。警部とH・Mはそのことで議論していた。彼はこれらの品物がどんなものかわかっていたが、それが彼女とどう結びつくのかわからなかった。それが大きな障害になっていたんだ。しかし、これらは彼女のものじゃない。彼女と非常に深い関係のある、誰かのものなんだ。そして、あるつながりを考えれば、それはすぐにわかるはずだ。ミセス・シンクレアと――」

今度こそ、マーシャは悲鳴をあげた。彼は燐の瓶をさらに高く上げ、柔らかな光の中心が、暖炉の前の熊の毛皮の敷物を照らした。最初に見えたのは肘つきの安楽椅子の姿だった。続いて、そこに腰を下ろしてふたりを見ている人物の姿が見えた。

椅子にゆったりと腰を下ろし、前にも増して年老いた、悪意に満ちた顔でふたりにうなずいたのは、ファーガソンだった。

十一

柔らかい光に変わりはなかった。サンダースはひどく緊張しながらも、頭は妙にはっきりしていた。ファーガソンの背後の模様入りの壁紙には（本物だとすれば）ピカソのスケッチが掛かっていた。そしてサンダースは、なぜファーガソンに妙に見覚えがあったのか、彼が何に似ているのかに気づいた。ファーガソンは、膝の上にカバノキの鞭《むち》を置いて座っている、気難しい教師に似ていた。その指には、インクの染みさえあった。

ただし、ファーガソンが膝の上でもてあそんでいたのは、カバノキではなかった。サンダースが見たことのないデザインの、銃身の太い、銀メッキをほどこした鋼鉄のピストルだった。

火格子の中で、石炭が音を立てて崩れた。ファーガソンはインクの染みのある人差し指を引き金の上で動かしながら話しはじめた。

「おやおや」彼は厳しい、冷静な口調でいった。

「この件に首を突っ込むなといったはずだ」彼は続けた。

やがて、彼は試験の成績について異《い》を唱える生徒を相手にする教師のような口調になった。

「まず、馬鹿な口はきくな。知り合いの警官が外にいるのかもしれないが、口笛を吹いたりしないことだな、若いの。そんなことをすれば、一発撃ち込んでやる。銃声でここにいるのがわかるとはいわせない。そうはならないからだ。こいつは空気銃だ。きさまのたわごとに我慢する気がないことを示すため、ついでにお見舞いしてやろう」

彼は膝の上の銃を持ち上げたようには見えなかった。サンダースは、その手が蹴《け》られたように動いたのを見たが、聞こえたのは引き金のカチッという音と、子供用の空気銃よりはやや低い音だけだった。それとともに、同じく非現実的なことのように、サンダースは誰かに左の肩を強く押され、左の肘《ひじ》の上あたりを素早くつねられた気がした。それだけだった。ひょっとしたら、その音は彼の頭の中で増幅されていたのかもしれない。

だがファーガソンは、彼の目の前でわずかに表情を変えた。サンダースは自分を見下ろした。左の上着の袖が破れ、裏地と繊維があらわになり、そこに染みがついていた。腕が熱く、濡れたように感じはじめた。まるで虫が這《は》っているようだ。おそらく発砲されて数秒してから、腕に火のような鋭い熱さを覚え、サンダースはそれが徐々に膨れあがってくるように感じた。

それでもなお、彼は銃弾を受けたことに気づかなかった。ほんの少し吐き気を催しただけだった。

「隣の椅子の肘に、新聞紙がある」ファーガソンはいった。「いいや、明かりを下ろすな。左手を使え。手を伸ばして新聞を取ったら、自分の下に広げろ。その上に立て。絨毯を血で汚したくない。いわれた通りにするんだ」

今では腕全体が火のように熱く、膨らみ続けているように感じた。彼は苦労して動いた。そして、いつの間にか新聞紙の上に立っていた。

「これではっきりしただろう?」ファーガソンがいった。「それとも、その若い娘にもお見舞いしてやろうか?」

「駄目だ」サンダースはいった。「もう一度誰かを撃ちたいなら、ぼくを撃つといい」

「わかった。そうしよう」ファーガソンはそういい——また発砲した。

今度はどこを撃たれたのか、サンダースにはわからなかったし、気にもしなかった。彼が我慢できなかったのは、ファーガソンの言葉の不機嫌で辛辣な冷静さと、引き金にかけた指の蛇のような冷静な動きだった。

「これでわかっただろう」ファーガソンはいった。「この世の中には、冗談では済まないものがあることを。いったはずだ。なのに、嘆《なげ》かわしいことだ。わかっていたはずだ。きさまもその若い娘も、少しばかり自惚れていた。自分が大物だと思っていた。いいだろう。その結果がこれだ。おれのいう通りにしてもらおう。その燐の瓶をよこせ。そして、その新聞紙を右手に持って、左腕を下から支えるんだ。少しは痛むだろうが、はるかに痛い場所に撃ち込むこともできたんだぞ。絨毯に少しでも血を落としたら——新聞紙をちゃんと持っていろ——もう一発お見舞いしてやる。さあ、ふたりとも、おれの前を歩け」

彼は我慢ならない十歳の生徒を、容赦なく叱りつける教師のようだった。そのためにサンダースは、やみくもな、めまいのするような怒りを覚えた。だが、自分にはどうすることもできないのがわかっていた。

マーシャは真っ青な顔をしていたが、おとなしく歩いた。部屋の突き当たりにドアがあり、ファーガソンはサンダースに開けるようにいった。その向こうの廊下を歩き、小さな部屋に入ると、ファーガソンは明らかにくつろいだ様子を見せた。

シェードの周りを新聞紙で包んだランプが、暖炉のそばのテーブルの上で灯っていた。窓には重い鎧戸が下り、横畝織《よこうねお》りの分厚いカーテンがかかっているため、明かりは一切漏れない。床は板石敷きで、片隅には桶《おけ》や洗濯物の手《て》絞《しぼ》り機が積まれていた。何百年にもわたる洗濯のにおいがしみついている。だが、赤々と燃える暖炉のそばには詰め物をした椅子が置かれていた。テーブルの上にはホットミルクのグラスがあった。パンと薬味立《やくみた》てを添えたコールドビーフの皿が隅に置かれている。ファーガソンは詰め物をした椅子に腰を下ろした。サンダースは、彼が絨毯地のスリッパを履き、胸ポケットに万年筆を入れているのに気づいた。

「そこに座れ」彼はいった。「絨毯から離れるんだ」

「あなたが絞首刑になるときは」マーシャがいった。「監獄の前で踊ってやるわ」

サンダースは、彼女が泣き出すのではないかと思った。ファーガソンは敵意をあらわにすることなく彼女を見た。

「口を閉じることだな、お嬢さん」彼はいった。「あんたにいうことは何もない。あんたは馬鹿な真似をした。その報《むく》いを受けるだろう。この件でわかるのはそれだけだ」彼はサンダースの方を向いた。「だが、きさまにはいうことがある」

サンダースの腕は痛みの塊《かたまり》となり、ひどい頭痛がしはじめていたが、目はしっかりと開いていようとした。左手にピストルを持ったファーガソンは、ホットミルクを飲んだ。洗濯物のむっとするようなにおいが、部屋に立ち込めていた。

「ほら、こいつを受け取れ」ファーガソンはサンダースにナプキンを放った。「これを巻いておけ。あの洗い桶を引き寄せるんだ。気を失ってこっちへ倒れてほしくない。実際はずいぶんやわなんだろう、自惚れ屋さんよ。さあ、いくつか話してもらおう。おれが何者で、どんな人間なのか知っているんだな？」

「ああ」

「よし、おれは何者で、どんな人間だ？」

サンダースは気持ちを落ち着けた。「名前はピーター・ファーガソン。そして、ヘイの件だけでも絞首刑になるに値する。職業は、天窓などから忍び込む泥棒だが、今ではほとんど昔の面影はなくなっている。ぼくは自惚れ屋かもしれないが、医者だからわかる。あなたは見た目より十歳は若いはずだ。実年齢は四十五歳くらいだろう」

彼はふたたび気を落ち着かせ、目を開くことに集中した。

「それも仕事の一部なんだ。年配の事務員のような風貌が。人はたいてい、押し込み強盗といえば若くて丈夫な人間を思い描くものだ。あなたが事務所で盗みを働いているのに出くわしても、眼鏡をかけ、事務員のリストバンドをつけ、上着を脱いで耳にペンを挟んでいる年配の男を見たと思うにすぎない。これまでに考案された最高の変装だ」

ファーガソンは何もいわずにミルクを飲んだ。

「まさか、身軽な泥棒とは思わないだろう」サンダースは疲れたように続けた。「それほど敏捷だとは思わないはずだ。しかし、歩き方を見ればわかる。あなたはその方法を使って、ゆうべあの建物を出た。首席警部は、建物の裏手の壁に雨樋があるが、窓からは遠すぎて、普通の人では手が届かないだろうといった。確かに警部のいう通りだ。だが、身軽な泥棒なら難なくやってのけるだろう。それがあなただ」

ファーガソンは横を見た。ほんのわずかな感情が、その顔をよぎった。インクのしみのついた人差し指が、手にしたグラスを引っかいた。

「これは驚いた。その通りだよ」彼は認めた。「自惚れてはいるが、少しは頭がいいようだ。警察はこのことを知っているのか？」

「もちろん知っている。マスターズとヘンリー・メリヴェール卿は、今日の午後に気づいた。あなたとミセス・シンクレアとの関係と、生石灰と燐が実際にはあなたのものだとわかったときにね。それにあなたは、迂闊《うかつ》にも眼鏡を忘れて建物を出て行った。そのことで、見せかけほど年寄りでも、虚弱でもないことがわかってしまった。本当に眼鏡が必要で、常にかけていれば、眼鏡を忘れるのはズボンを忘れるに等しいことだ。しかも、レンズに指紋を残すようなへまをした。ぼくがにらんでいる通り、ロンドン警視庁に記録があるとすれば、今頃は何もかも知られているだろう」

サンダースは冷静に、彼らしい慎重さで証拠を積み重ねながら話していたが、非常識で馬鹿馬鹿しいことをしている気分だった。すべてが強烈な音と色彩を持って迫ってきた。彼が何よりよく覚えているのは、誰かが絨毯を叩くようなピストルの音と、ファーガソンの椅子からまっすぐ自分に向けられている銃口の眺めだった。そのうちに、洗濯室のむっとするにおいが鼻腔《びこう》に入り込み、そのまま居座った。

だが、彼の言葉にファーガソンは動揺していた。その目に、いっそう興味深そうな光が浮かんだ。

「警察はおれのことを知らない。ミセス・シンクレアとの関係とは、どういうことだ？」

沈黙が流れた。

「誰かが話さなければ話さないつもりか？　それとも、おれが大真面目だということが、はっきり伝わっていないのかな？」

「ああ」サンダースはいった。「今まで、あなたは自分のやり方を通そうとしすぎた。ぼくを痛めつけようとしているのはわかっているし、ぼくは一種の麻痺《まひ》状態にあると思う。だが、すでに二発撃たれていて、それほど痛みを感じないのに、恐れる理由があるだろうか？　ぼくはあなたが気に入らないし、その態度も気に入らない。ぼくを標的にしたあとは、どうするつもりなんだ？」

ファーガソンは神のように、慌《あわ》てることもなく、意見や反論を口にしようともしなかった。ただ、もう一度手首を上げた。

ドアの外の廊下に足音がしたときも、その目はほとんど揺らがなかった。彼はドアが見えるようにわずかに動いた。つぶやき声とも荒い息ともつかない音とともに、ヘンリー・メリヴェール卿がドアを開け、古ぼけたシルクハットをまぐさの下でひょいと下げた。H・Mの表情は不機嫌で、知性に欠けているように見えた。

「失礼するよ」彼はいった。「もう十分だろう」

沈黙が訪れた。ファーガソンの手首が動いた。

「あの男の隣へ行け」

H・Mは命令に従った。マーシャとサンダースとの間によたよたと歩いて行き、キッチンの椅子を引き寄せ、ぜいぜいいいながら腰を下ろした。シルクハットを頭の後ろにかぶり、唇は悪くなった朝食の卵のにおいを嗅いだように歪んでいる。オーバーの前ははだけていて、時計の金鎖が布袋《ほてい》腹《ばら》を飾っているのが見えた。寛大な目をしばしサンダースに向けたあと、彼は椅子に深くもたれ、親指をひねり回した。彼は何もいわなかった。何もいわないことが、かえって不気味に感じられた。

「ああ、そうか」ファーガソンは思い出したようにいった。「あんたが何者かは知っているぞ。政府の喜劇役者で、みんなの笑い者だ。あんたもまた、おれが本気じゃないと思っているのか？　今夜、裏庭を走り回っていたのはあんただったんだろう」

H・Mはうなずいた。ファーガソンの顔を興味深そうに見る。

「その通り。おわかりだろうが、今夜はこの家に警官の注意を引きつけておくのが賢明だと思ったのだ――特に、あんたが中にいると思ったのでね。信じてほしいものだが、このふたりがわしの指図通りにして、裏庭で落ち合っていれば、こんな発砲騒ぎはなかっただろう。あんたは抜け目なく、大胆な人だ。感心するよ」

ファーガソンは相手をじっと見た。その顔に初めて、疑り深そうな薄笑いが浮かんだ。額の筋が際立って見えた。

「すぐにあんたの相手をしてやるよ」彼はいった。「それまで――話をしよう」

「いいとも」H・Mはいった。「わしはここにいる先生と同じだ。あんたの立場を知りたいのだよ。人にピストルの弾を撃ち込んだあとで、〝痛い目に遭っただろう、さあ帰れ〟といって相手を路上へ放り出すわけにはいくまい。誰かを殺すつもりなら話は別だが」

「殺しはしないさ」ファーガソンはいった。「殺したこともないし、これからも殺さない。ただの脅しだ。あんたをどうするかは、まだ考えていないが、大好きな警察の手に引き渡すこともできるんだぞ。押し込み強盗としてね」

「うむ。それはできるだろうな。だが、そうしない理由がふたつある」

「続けろ」とファーガソン。

「わしは沈思黙考していたのだが……」

「続けろ」

「いいだろう。第一の理由は、理屈の上ではあんたは死んだことになっているからだ。あんたは、一年前にビアリッツで〝死んだ〟ミセス・シンクレアの夫だ。そして彼女は、その偽りの死で保険金をたんまり手に入れた」

「続けろ」

「いいかね、わしらはあんたたちふたりには関係があるのではないかと思った。さっき、先生がそのことを話しただろう。マスターズとわしは、その関係が何なのか知りたかった。それから夜になって、ミセス・シンクレアに関する情報を一日かけて集めていたポラード部長刑事と話をした。彼女の亡き夫はピーター・シンクレアという名前で、一九三六年にビアリッツで何らかの伝染病にかかって〝死んだ〟ということだ。彼について誰もが覚えているのは、老人だったにもかかわらず、テニスコートでは稲妻のような俊敏さを見せ、皆を驚かせたということだった。さて、あんたが熟練の身軽な泥棒であることはわかっている。そう、われわれはバーナード・シューマンとフランスの警察の両方から、ある情報を手に入れた。そこで、ミセス・シンクレアの亡夫について、マスターズに〝そんなことがあり得るだろうか？〟と尋ねたんだ。すると彼はわしを見て〝今にわかるでしょう〟といった――そして、わかったのだ。さて、これで勝負はついた。完全にな」

ファーガソンは詰め物をした椅子にもたれた。まぶたの横がぴくぴくしはじめていた。

「時間があれば」と、H・Mは無表情で続けた。「あんたやミセス・シンクレアの経歴をざっと紹介するのも一興だったろう。というのは、あんたたちふたりは、実に巧みな不正を何度もやっているからだ。わからないのは、あんたとミセス・シンクレアが手を組んでいるのか、それとも別々にやっているのかということだ」

「わからないままにしておくことだな」ファーガソンはいった。「ところで、ほかに何を知っている？　もっと事実を知りたい。〝時間があれば〟だって？　時間ね！　あんたには、この世のすべての時間を集めたくらいの時間があるだろう」

「わかっておる」H・Mはいった。「だが、そっちにはない」

「続きを話すか」ファーガソンがいった。「それとも、ちょっとばかり懲《こ》らしめなくてはならないかな？　きっと効くだろうよ」

「おいおい！　馬鹿をいうものじゃない！　誇大妄想の愚か者め、わしがいおうとしていたのは――」

ファーガソンがまっすぐに発砲した。悪夢の中にいるように、サンダースは聞き慣れたピストルの音を聞いた。油を差したばねのひとつひとつが、装置の中で動くのを意識しているかのように。彼は無意識のうちに体を横に倒した。湯気の立ち込めるキッチンで、血で汚れはじめている洗濯桶のほうへ。だが、その音に混じって別の音がして、メリヴェール卿の頭から数インチのところにある壁に、黒々とした銃弾の穴が開いた。マーシャ・ブライストンが、ささやくような悲鳴をあげた。

H・Mは表情を変えなかった。

「撃ち損じたな」彼はいった。

「くそっ」ファーガソンが興奮して叫んだ。「もう一度やり直しだ。もし――」

「わしはごめんだね」H・Mはかぶりを振った。「無駄なことだが、何度も試して、その手元をしっかりと動かさずにいられるなら、わしを吹き飛ばすこともできるかもしれん。だが、それは賢いことじゃない。あんたが飲んでいたホットミルクには毒が入っているのだ。馬鹿な真似はやめて、わしから解毒剤を受け取らない限り、十分後には死んでしまうだろう」

はちきれそうな沈黙に、暖炉の火が燃える音さえ大きく聞こえた。サンダース医師は素早く目を上げた。ファーガソンの目を見て、彼は理解した。アトロピン中毒の症状が出るのがあまりにも早すぎて、明らかに眠りに落ちる暇がなかったのだ。

沈黙を破って、ファーガソンが辛辣に、愉快そうにいった。

「おれたちはずいぶん頭がいいな」彼はいった。「頭がよすぎるくらいだ。騙そうとしたって無駄だ、メリヴェール。こけおどしはおれには通用しない。さあ、話を続けろ」

H・Mは小さな目を開けた。「わしがこけおどしをしていると思うか？　自分でその兆候が出ているのがわからんのか？」

「おかげさまで、快適そのものだ」相手はいった。片方のスリッパが脱げ、床の上へ落ちた。彼は足でそれを探りながらいった。「だが、あんたは違う。話が終わる頃には、もっと不快なことになるだろう。ほかにどんなことを知っている？」

部屋はひどく暑かった。H・Mの額に汗が浮かんだ。

「その銃をよこすんだ！　同じ部屋にふたりも医者がいるというのに、そこに座って自殺するつもりか？」

「それくらいの危険は仕方がない。いいか、メリヴェール、たわごとはやめておれの質問に答えるんだ。どうやって知った――？」

Ｈ・Ｍは急に立ち上がった。

「いい加減にしろ。その銃をよこすんだ」

「いいだろう。さあ、こっちを見ろ」ファーガソンはいった。空気銃を上げ、肘掛けに手首を乗せて狙いをつけた。

十二

ロンドン警視庁の殺風景な狭い控え室に、ボニータ・シンクレアは礼儀正しく、辛抱強く座っていた。しかし、ときおり小さな腕時計を見て、続いて掛け時計を見上げた。まるで、ときどきそのふたつに違いがあるのではないかと思っているかのように。今は、両方の時計が十一時五十五分を指していた。

部屋の反対側から、ポラード部長刑事が彼女を見ていた。ポラードが内心彼女を賛美する気持ちは薄れていなかった。今では別の種類の賛美が混じってはいたが。

ミセス・シンクレアは、黒いウールのコートから、つばの前を上げた黒い帽子まで、全身黒ずくめだった。脚を組んで、椅子にもたれたすらりとした姿は、背筋を伸ばして王座についているような優雅さをたたえていた。丸みを帯びた顎に小さな唇をした顔は、非常に落ち着いていた。濃い藍色の目がポラードの目と合うことはなかった。部屋の上下や四隅を、無関心にぼんやりと見回している。

だが、それにも飽き飽きしてきたようだ。彼女はポラードに向かって目で笑った。ポラードもつい油断して、笑みを返していた。やがて、彼女は口を開いた。

「あのう――煙草を吸ってもいいかしら？」

「もちろんです、ミセス・シンクレア。こちらをどうぞ」

大きな建物には物音があちこちで反響し、ふたりの声は、この時間になるとさらに大きくこだましたような気がした。ポラードは、隣の部屋のマスターズに聞こえただろうかと思った。彼はそそくさと煙草を差し出し、火までつけてやった。マスターズに見られたら、叱られることだろう。

「どうもありがとう」彼女はほほえみ、小首をかしげた。

ポラードはマッチの火を吹き消し、どうしたものかと思った。最終的に、後ろの暖炉のほうへ弾《はじ》き飛ばすことにしたが、それはちょうどドアを開けたマスターズ首席警部のベストに着地した。

「こちらへどうぞ、マダム」マスターズはいった。その目はポラードに、一緒に来い、マッチの件はあとで話すと告げていた。マスターズのデスクの上には、明かりがついていた。デスクの吸い取り紙台の下には三通のメッセージがあり、どれもフランスの警察からのものだった。彼女に椅子を勧め、マスターズはどんよりした目で、礼儀正しくじっと見た。

「たった今、部長刑事ともお話ししていたのですけれども」ミセス・シンクレアは、親しみを分かち合うようにいった。「なぜこんな時間に呼び出されたのかわかりませんわ」少し体を揺するようにして、椅子に落ち着く。「かわいそうに、メイドまで呼び出したというじゃありませんか。とても心配しておりますの。わたしをひと晩じゅう引き留めたり、厳しい尋問をしたりするおつもりじゃないでしょうね？」

「そんなつもりはありませんよ、マダム」

「だったら――？」

「まずいっておかなければならないのは、わたしの質問にお答えする際に、お望みなら弁護士をお呼びになってもいいということです」

不吉な言葉に、彼女は最初、煙草を吸いながらためらっていたが、やがて当惑したような笑顔で彼を見た。

「でも、ミスター・マスターズ、こんな夜中にどうやって弁護士を呼べとおっしゃるの？　朝まで待って、揃《そろ》ってここへ来る方が簡単じゃありませんか？」

マスターズは不愛想にいった。「あなたがそうおっしゃるなら。ところで、あなたに関してきわめて重大な報告をつかんでいるのですが、お聞きになりたいのでは？」

彼は返事を待った。

「報告とは？」その声が少し変化していた。

「ミセス・シンクレア、ある人たちが告訴《こくそ》しようと思えば、あなたは搾取《さくしゅ》の罪で長期刑になることをご存じですか？」

それは不愉快な言葉だった。彼女は煙草を水平に持ち、長い指で灰を落とそうとしてためらった。その胸は、眠っているかのように上下していた。

「そういわれても――まったく理解できませんわ」

「率直にいいましょう、ミセス・シンクレア」マスターズは、公平な取り引きをしようとばかりに身を乗り出した。「あなたのやり方はわかっています。こうした商売に関する経験のある警察官はみな、基本を知っています。だが、いわせてもらえば、あなたほどそれを発展させ、拡大させ、さまざまな工夫を加えた人は、今のところいません。どうです？」

彼は満足げにふんぞり返った。

「それは、ごくわずかな人しか聞いたことのない、美術売買の新たな一面です。名画に関することです。わたし自身は知りませんでしたが、詳しい人からすべて聞いています。実名を挙げるのは省きますが、マダム、そのリストもこちらにあります」

今度は、マスターズは手帳を叩きながら、一語一語に間を置いて話しはじめた。

「例えば、一六〇〇年代に、イタリアの何某という画家が、誰をも魅了する絵を描いたとします。ヒット作といってもいいでしょう。彼は有名になり、彼の画業も、その絵も有名になった。そして、誰もがそれをほしがった。生まれ故郷でもほしがった。ヨーロッパじゅうの国立美術館でもほしがった。どこぞの侯爵も自分の屋敷に飾るためにほしがった。そんな具合です。どれもなかなかの好敵手じゃありませんか？　さて、誰がその絵を手に入れたでしょう？

そこで、エドワード・リトル卿が教えてくれました」マスターズは満足げに続けた。「有力な画商でさえ、余分に銀貨を払うのをいとわなかったといいます。あるいは、何であれ当時の通貨をね。彼らは美味《おい》しい仕事にありついていることをわかっていました。それに、人の気分を害することも望まなかった。では、どこぞの侯爵と、どこぞの王子に挟まれて、この画家はどうしたでしょう？同じ絵を二度、ときには三度も四度も描いたのです。そしてそれを、何某の原画として近隣の人々に自慢できるよう、全員に売ったのです。これは詐欺でも何でもありません。話術を除いてはね。なぜなら、それらはまさしく、画家自身が描いた本物だからです。エドワード卿の話では、そんなことが何度もあったようですが、ごく内密に行われていたそうです」

奇妙なことに、ミセス・シンクレアは呼吸が楽になったようだった。彼女はまっすぐな目を見開いた。

「でも、それがわたしと何の関係があるのでしょう？」彼女は声を張りあげた。

首席警部は彼女を制した。

「よければ、このままお聞きください。それからどうなったでしょう？　それから百年、二百年が経ちました」マスターズは雷を制する者のように、はっきりといった。「何某の絵は散逸しました。たいていは、そのうち一枚が——ほとんどは公立美術館に——残り、何某の原画とみなされました。それは本物と認められ、誰も疑うことはありません。数えきれないほどの贋作が飛び交う中、仮に原画を見つけても、それがもう一枚の原画だとは思わないでしょう。われわれが家の壁に飾っている『魂の目覚め』〔ジェームズ・サントの絵画〕に対して考えるのと同じようにね——」

ミセス・シンクレアは身震いした。

「——誰が描いたかはともかく、その『魂の目覚め』が原画だとは思わないでしょう。けれども、エドワード卿によれば、こうした原画がしまい込まれている例は、世界じゅうにあるということです。さて」

マスターズは本題に入った。

「その原画を探し出すのを仕事にしている人がいて、それを見つけたとしましょう。それがあなただとします。そう、あなたなら、それをどうしますか？

いくつかやり方があります。裕福な個人収集家のところへ行き、こういうのです。〝『ヴィーナスの水浴』の原画をお買いになりませんか？〟と。収集家はこういうでしょう。〝それはありえないでしょう。『ヴィーナスの水浴』の原画は、ライプツィヒの国立美術館にあるのですから〟——

とか何とかね。これらの名前は、わたしが適当に考えたものなのはおわかりですね？」

「ええ。わかっています」ミセス・シンクレアは短く答えた。

マスターズはさらに椅子を近づけた。

「いいでしょう、マダム。さて、そこであなたはこういいます。〝信じていただきたいのですが、これが『ヴィーナスの水浴』の原画なのです。お疑いでしたら、出入りの専門家にお見せになってください〟と。もちろん、どんなに詳細に調べてもまったく問題はありません。それは本物だと判断されるでしょう。収集家はぜひとも買いたいという。〝お売りしましょう〟とあなたはいいます。〝しかし、このことは内密にしてください。ライプツィヒの美術館にある絵画の正体がわかってしまうと、困った問題が起こりますから〟とね。ライプツィヒの美術館が偽物をつかまされたことを暗に示しながらも、はっきりとはいわないのです。エドワード卿がいうには、収集家というのはひどく奇妙なもので、たいていは大喜びで揉み手をして、内密にするそうです。彼はほしいものを手に入れました。あなたは、おそらく十ポンドで買った『ヴィーナスの水浴』を二千ポンドで売りつけることができました。それでも、仮に問題が起きたとしても、あなたがしたことは合法的なことなのです」

ポラード部長刑事は、内心こう思った。今後は美術館へ行っても、絵を見るときに気まずい疑いを抱かずにはいられないだろうと。ミセス・シンクレアが何を考えているかは、彼にはわからなかった。

「おっしゃっていることがよくわかりません」彼女は指摘した。「合法なら、どうして搾取とかいう話をなさるのか――」

「それに、恐喝《きょうかつ》もです」マスターズはいった。「それだけではありませんよ、マダム。まだまだあります。ここでやめておけば、ただの巧みなペテンにすぎず、詐欺罪には当たらなかったでしょう。まずいのは、あなたが公立や私立の大きな美術館との取り引きに及んだことです。そこには有名な絵画があります。二万ポンドもするような、世界の半分の人の目を引きつける逸品《いっぴん》が。ブラックプールのイルミネーションのような町の名物です。そこで、もし誰かが、ほかにも同じ絵が何枚かあると明かしたらどうなるでしょう？

これは営業上の問題です、マダム。ものに価値があるのは、それが唯一無二であるからです。そうでなければ、市場で値崩れするのは当然です。そこであなた（仮にそうしておきましょう）は、とある美術館へ行きます。そして、そこの目玉作品と同じものを見せるのです。彼らはすでに危うい立場にいます。その目玉作品のために相当な金を注ぎ込んでいて、おそらくそれは、役員たちが払いたいと思う、あるいは一般大衆がその価値があると考える額よりも大きかったはずです。〝つきましては〟と、あなたはいいます。〝このもう一枚の絵を買い取って、良識ある方のようにしまい込んでおいたらいかがです――それとも、どこかよそへ持っていきましょうか？〟と。ミセス・シンクレア、これを搾取といっているのです。

それから、未完成の絵という小さな問題もあります。これは大きな金儲けの合間の小銭拾いのようなものですが。エドワード・リトル卿から、ずいぶん昔に聞いた話です。有名な画家が亡くなると、たいてい未完成のスケッチや油絵が山ほど残るというのです。頭の切れる詐欺師は真っ先に駆けつけ、ほしいものを買い取ります。腕利きの贋作者がいれば、その絵は専門家が本物と認めるほど見事に完成するのです。それに、大部分は本物です。これがあなたの商売ですよ、ミセス・シンクレア。あなたは本物以外は売っていない」

最大限の優雅さを発揮して、マスターズは椅子にもたれた。だが、彼女を見る目は険しかった。

しばらくの間、彼女は何もいわなかった。部屋は暗く、首席警部の机上の明かりだけが、彼女の繊細な顔のあらゆる動きを浮かび上がらせていた。うつむいて、握り締めた手を見つめているので、まぶたは蠟細工のように見え、呼吸する様子もわかった。一瞬、彼女はマスターズの慈悲を信じて身を投げ出そうとするそぶりを見せた。

「そうしたことは、証明するのがひどく難しいはずです」

彼女は顔を上げた。

「こうした件に関して、知識がないことをお許しください。でも、未完成の絵の場合、それが詐欺であることを証明するには、その絵がまったく他人の手を加えていない原画だと保証した文書がなくてはならないはずです。別の件については、専門知識の領域ではありませんか？　専門知識そのものが価値のあるものであり、称賛されるべきではないでしょうか？」

「そうかもしれません。わたしがいいたいのは――」

「美術館は」ミセス・シンクレアはいった。「事を公《おおやけ》にしなければ告訴できません。そして、彼らが避けようとしているのは、まさに公になることではありませんか？　しかも、どのような条件でその絵を手に入れたかを証明しなくてはならないのでは？　わたしにはこうお尋ねすることしかできません。あなたのおっしゃる、わたしがした最悪のこととは、わたしが本物しか売っていないということだと思いますが」

「それが最悪とはいえませんがね」

彼女は苛立ちを見せた。「それはお世辞と受け取りましょう。わたしにそのようなことをする知識があると思われていることを、ありがたく思うべきなのでしょうね――」

「あなただけの知識ではありませんがね、マダム」マスターズが鋭く、だが静かな口調で遮った。「おそらく、その大部分は亡くなられたあなたの夫、ピーター・ファーガソンから来ているのでしょう」

ミセス・シンクレアは蒼白になった。それは突然の、驚くべき展開だった。ポラード部長刑事は、彼女がこんな表情をするとは思ってもみなかった。

「彼について、いくつか事実をお話ししたいのですが」マスターズは満足げに続けた。「今夜、彼の以前の雇い主であったミスター・バーナード・シューマンから、特別便で手紙を受け取りました。また、フランスの警察から長い電報をもらいました。

彼の本名はピーター・ファーガソン。あなたもたぶんご存じでしょうが、まだ四十二歳です。スコットランド人の聖職者の息子で、アバディーンで科学の学位を取っています。手先を使うことなら何でも得意で、体操にも秀《ひい》でていた。さまざまな仕事に就き、二十五歳のときには俳優として老人役もこなしている。ミスター・シューマンには、まずカイロの事務所で雇われ、模造パピルスを製造しています――これは偽造ではありません。模造品だと銘打っているのですから。それからロンドンの事務所へ来て、雇い主の金を盗み、大陸へと逃げて行った。これがミスター・シューマンの報告です。

続いて、フランスの警察からの報告です。ファーガソンは窃盗罪で刑に服した人々と親しくしていたことで知られていました。ピーター・シンクレアとかピーター・マクドナルドという偽名を使っていたようです。スコットランド人らしさは残していたのですね。彼は、生石灰を使って窓を曇らせるなど、大陸流の科学知識を利用した一連の窃盗行為への関与が疑われています。その後失踪し、外国へ逃げたか死んだかと思われていました。ところが一九三五年六月十一日、ニースでピーター・シンクレアという男がボニータ・フィッシャーという女と結婚しています。それがあなたです。住所はシーニュ通り三一四番地。

ミスター・シューマンの手紙には、ファーガソンのスナップ写真が入っていました。フランスの警察に電送して照会したところ、マダム・ドー——つまり、そのアパートメントの管理人によって、シンクレアだと確認されました。すなわち、あなたの夫です。最後の情報です！〝シンクレア〟は、一九三六年五月にビアリッツで死んだことになっているのです。天然痘《てんねんとう》騒ぎのときに亡くなったので、当局は注意深くそれを隠しました。だから、彼の死について誰もよく知らなかった。行楽地でそのようなことが起こったと、当局は知られたくなかったのです。遺体は年老いた下男がひそかに埋葬しました。医師は遺体も見ずに診断書を発行した。何てことだ！　だがファーガソンは死んでいなかった。彼は今、ロンドンにいます。今このときにも、マダム、フランスの警察は墓地発掘の許可を取っているでしょう。きっと空の棺が見つかりますよ。そして、あなたは保険金を受け取った。これは詐欺であり、詐欺と証明できます」

マスターズは手帳を机の上に放った。

どんな効果を狙ったものか、ポラードにはわからなかった。だが、首席警部の言葉が少しも効果を発揮していないのはわかった。ミセス・シンクレアは椅子にもたれ、ほっとしたように震えるため息をついた。芝居にしては真に迫っていた。死人のように青白い顔に、安堵の色が浮かんだ。

「よかった」彼女はいった。

マスターズは飛び上がった。

「どういうことです、ミセス・シンクレア？」

彼女は目を閉じたままでいた。「信じてもらえるでしょうか？」彼女はいった。「わたしが本当のことを話したら」

「ええ、話してみてください。いずれわかることです」

「そんないい方はなさらないで。いつでもわたしが嘘をついているとお考えになっているのは知っています。その理由はわかりませんが。ええ、そうです！　彼は私の夫です。それに、死んでもいません。けれども、このことは誓っていえますわ」彼女は静かにいった。「それを知ったのは先週のことだったのです。実をいえば、わたしは彼が死んだと聞いて喜んでいたのです」

「手帳を、ボブ」マスターズが短くいった。

彼女は背筋を伸ばし、妙なしぐさでうなずいて、じっと目を据えた。ポラードには、まるでブリッジのテーブルで静かな自信をたたえている女性のように見えた。

「いいえ、聞いてください。自分でもわからないのは、なぜ、どういうわけであの男と結婚してしまったのかということです。でも、彼は――見栄っ張りで、それに夢中になってしまったんです」

「ああ、なるほど」

「あなたにはわかりませんわ。きっと理解できないと思いますけれど、最初のうち、あの人は自分の見せ方を心得ていました。何より感心したのは、彼の絶大な自信です。彼には自分のほしいものがちゃんとわかっていて、何としてもそれを手に入れようとするのです。てこでも動かない人でした。問題は、その意志の力と話術をもってしても、ほしいものを手に入れられなかったことです。彼は逆上しました。やがて、彼が口では大きなことをいっていても、お金持ちではないのがわかりました。生半可な知識ばかりで、本当に得意なものは何もなかったのです。ただ、テニスと体操だけは別でした。でも、それはかえって友人たちの物笑いの種になるばかりでした。しかも、あの――あの人は、わたしが稼いだお金で暮らそうとしていたのです。このわたしの」

ボニータ・シンクレアの、澄《す》んだ音楽のような声は、とうてい金切り声とはいえなかった。しかし、最後の言葉にはそんな響きがあった。彼女の丸い目はマスターズをひたと見据え、ようやく苦悩を打ち明けたように見えた。ポラード部長刑事は、首席警部が笑みをこらえているのを感じた。

「まったく普通じゃありませんね」マスターズはにこりともせずにいった。「彼がミスター・シューマンのところで覚えた贋作の知識は、あなたの役に立ったんじゃありませんか？」

打ち明け話はしばらく中断した。

「どうか、そんなことはおっしゃらないで」彼女はマスターズに笑みを向けた。「それは事実無根の、馬鹿げた中傷です。わたしには仕事がありました。いった通り、それには専門知識が必要なのです。それだけです」

「ほう？」

「けれども、わたしは次第にピーター・ファーガソンが――ええ、本当に、犯罪者ではないかと疑うようになりました。それがまさしく、我慢の限界だったのです！　リヴィエラはどんな人間でも受け入れるところですが、あのアクロバット的なミイラのことを、もはや夫とは考えられませんでした。わたしはできるだけ彼を隠すようにしました。そうでもしなければ、彼はわたしの友達を侮辱したでしょう」

　マスターズはじれったくなった。

「まあまあ！　要点に戻りましょう、ミセス・ファーガソン。そして、事実に向き合おうじゃありませんか。あなたは彼をうまく利用したと思っているのでしょう。あなたたちは間違ったことをしていた。そこで、ふたりして一番いい解決法を採り、あなたは彼が〝死ぬ〟手助けをして、保険金を受け取ったのです」

　彼女は両手を広げた。

「違います！　何度でもいいますが、わたしは夫が死んだと聞いたとき、嬉しいと思っただけで、あとのことは何も知りませんでした。当時、その場にいさえしなかったのです。友達とイタリアへ旅行していたので。それは警察で確認できるはずです。呼び戻されたときには、何もかも終わっていました。死や埋葬の偽装は、夫と下男の間でうまくやったのでしょう」

　マスターズは思わず彼女を凝視したが、説得するような口調でいった。「まあ、お聞きなさい。こんな話を続けるなら、一歩も前へ進めませんよ。彼が道楽で死や埋葬を偽装したとは思わないでしょう。いいですか、彼があとから現れて、保険会社から保険金をせしめたとは思わないのですか？」

「思いません」

「だったら、彼に何の得があります？　ミセス・シンクレア、当時その場にいなかったというだけでは、あまり意味がないのではないですか？　あなたが調べもせず、ただ保険金の請求をしたとすれば――」

「でも、わたしがずっと辛抱強く訴えているのはそのことなんです。わたしは保険金をもらっていません。請求すらしていないのです」

またしても、マスターズは椅子からゆっくりと立ち上がった。目は充血し、誰かほかの人をなだめようとするようなしぐさをした。

「なのに、どうやって利益を得たとおっしゃるのです?」ボニータ・シンクレアが尋ねた。

「信頼できる筋から聞いたのですが」マスターズはもったいぶった様子でいったが、それは危険な精神状態にあることを示していた。「そのファーガソン、またはシンクレアは、あなたを受取人にした高額な保険に入っていたのです」

「それは噂ではありません? 警察からの情報のはずがありませんわ」

「ビアリッツでは、誰でも知っている事実だったと聞いていますが――」

彼女は今では疲れているように見えた。手を上げ、彼に訴えた。

「お願いです。本当は何があったかを聞いてください」彼女は頑としていった。「そうしたら、家へ帰らせてください。ええ、確かにあの人は、高額な保険に入っていると誰にでも吹聴《ふいちょう》していました。一年分の保険料を前払いしているとも。でも、わたしは当然、それを信じませんでした。いつものほら話だと思って、深く考えたことはありませんでした」

「それで?」

「先週」彼女ははっきりといった。「月曜の夜にオペラから帰ってくると、ピーター・シンクレアが絨毯地のスリッパを履いて、わたしの客間に腰を下ろしていたのです」

沈黙が流れた。

「これは単純明快な、恐ろしい事実です。すべてうまくいっていたはずでした、ミスター・マスターズ。わたしは彼から解放されたと思っていました。わたしはおおむね幸せな暮らしを送っていましたが、彼の存在だけが不幸だったのです。ところが、彼がそこにいたのです。彼は自分の分け前を取りに来たといいました。

それで真相がわかりました。彼は嘘をついてはいなかったのです。ロンドン・パリ＝アニュアルのパリ支店で、一万五千ポンドの保険に実際に入っていました。彼は保険証書をビアリッツの貸金庫に預けていて、わたしがそういったことを全部知っていると思い込んでいたのです。それは今も預けたままです。保険料も実際に前払いしてありました。ですから、保険会社がそれについて調べることもなかったし、彼の〝死〟の知らせも受け取っていなかったのです。

彼が卑劣《ひれつ》な――」（ポラードは彼女にその言葉を強調してほしくなかった）「――卑劣なことをしたのがわかりませんか？　彼はわたしを計画に引き入れる勇気はありませんでした。わたしはそんなことには同意しないからです。わたしが協力を拒《こば》んだものだから、罠を仕掛けたのです。わたしは自分に生命保険をかけ、死を偽装しました。わたしが当然、保険金を請求するものと信じていたのです。もし保険会社が支払いを拒んだり、問題が起きたりすれば、自分は姿を隠してわたしにすべての罪を着せるつもりでした。保険会社が支払えば、彼はほとぼりが冷めた頃に姿を現し――わたしをゆするつもりだったのです。わたしには彼を裏切る勇気はないと思って」

彼女は言葉を切り、憂鬱そうにうなずいてから、ふたつのことをつけ加えた。

「こうしてピーター・ファーガソンは生き返りました。そしてそれは、わたしには笑い事とは思えませんでした。あまりにも莫大《ばくだい》なお金が絡《から》んでいるからです。でも、すべてが失敗に終わったと知ったときの彼の顔を見て、もう少しで笑いそうになりました。問題が起きていないということは、わたしがお金を受け取ったと思っていたからです。ところが、彼がずっとドングリを食べながら夢見ている間にも、保険証書は誰にも受け取られずにビアリッツにとどまっていたのです。わたしたちは、ただ顔を見合わせて座っていました――薄汚れたミイラのように」

彼女は自分の言葉に、どこか陶酔しているようだった。彼女はそれを振り払い、明るくなったと思えば、今度は怯えているようにも見えた。

「うーむ！」マスターズはいった。

それでも、彼は無表情を崩さなかった。

「なるほど、ミセス・シンクレア。ファーガソン本人が、警察はヨーロッパでもっとも巧妙な犯罪者グループを相手にしているといっていました。まったくその通りだ」

「すべてお話ししました」彼女は相手の言葉を無視してそうつぶやくと、また目を上げた。「これでおわかりでしょう。このぞっとするような死の偽装から、わたしが利益を受ける立場にないことを。わたしがどのような詐欺行為にも関係していないのがおわかりですわね？」

「しかし、悪いことといえば、ファーガソンは今どこにいるのです？」

「わたしの家です」

「ほう？　ずっとあなたの家にいたのですか？」

「ほかにどうすればいいのです？　これ以上、何をお話しできますか？　彼は何をしでかすかわかりません。といっても、わたしについて何もいうことはできませんが」マスターズのデスクの上の電話が鳴ったので、彼女は口ごもり、首席警部が電話に出ているうちに彼女の声は小さくなっていった。まだ脈絡のない言葉をつぶやいていたが、ポラードには聞き取れなかった。だがマスターズは、電話を受けている間も、彼女から決して目を離さなかった。「わたしのことね！」彼女は叫んだ。「わたしのことなんでしょう？」

ひどく慎重な態度で、マスターズは受話器を置いた。

「教えてください」彼は滑らかな口調でいった。「あなたの夫の生命保険料は、一年分前払いしてあったのですね？」

「ええ」

「なるほど。それで、保険が切れるのはいつかおわかりですか？」

「今年の――五月と、ピーターはいっていたと思います」

「一万五千ポンド」マスターズはいった。「それに、まだ一か月ある。結局、あなたは保険金を受け取ることになりそうですよ。ファーガソンが、たった今死んだそうです」

十三

サンダース医師がとりとめもない夢にさいなまれていたのは、自宅のベッドの上だった。それは極度に警戒させたり、悩ませたりする夢ではなかった。半分は、何かを分析したり謎を解こうとしたりしながら、自分が何をすべきかを慎重に考えている夢だった。

心の奥では、彼は家のベッドで安全に寝ているのがわかっていた。腕が鈍《にぶ》く痛んだり、開いた窓からの涼しい風や、ベッド脇のテーブルに置いてある懐中時計が時を刻む音に気づいたりして、ときおり目を覚ますこともあった。しかし、それらは夢の中の出来事と結びついていった。彼の夢はキッチンや洗濯場にまつわるものだった。彼、またはほかの誰かが低く身をかがめ、板石敷きの床を横切っていた。それにべたべたする蠅取り紙も関係していた。

暖炉もあった。誰かが詰め物をした椅子の前に倒れている。座面がゆるんでいた。座面の下には新聞紙が捨てられていて、マーシャ・ブライストンが椅子の後ろから身を乗り出し、サンダースとヘンリー・メリヴェール卿は倒れている人物の上に身をかがめていた。夢のほとんどは、昨夜の結末に関係していて、やがて現実味を帯びてきた。チェイニー・ウォークの外科医が、彼の左腕から弾丸をふたつ取り出した。骨は折れていたが、きれいな折れ方で、今は添え木を当てられている。

その後、マーシャ・ブライストンがタクシーに乗り込むのが見え、彼は——夢か現実かは定かではないが——マーシャの腕が自分の首に巻きついていたのを思い出した。

だが、裏庭から声がしたのは、無粋《ぶすい》なくらいはっきりと覚えている。ヘンリー・メリヴェール卿の声だ。苛立った声で、黙って家に帰らなければひどい目に遭わせるぞと、ふたりを脅したのだ。

彼はぐっすりと眠った。

サンダースが目を覚ましたのは、うららかな春の朝日の中だった。フラットの窓から見える木々は、一夜にして緑が濃くなったようだ。腕の傷にもかかわらず、とても幸せな気分だった——その気分は、Ｈ・Ｍとマスターズ首席警部がベッドの足元に立っていることとは何の関係もなかった。

「おはよう」Ｈ・Ｍがうなるようにいった。「気分はどうだね？　ちょっと様子を見にきたのだ」

どういうわけか、Ｈ・Ｍは疲れ、困惑しているようだった。彼は怖い顔をしていた。「葉巻をやりたまえ！」思いついたようにつけ加える。

あまりよい提案ではなかったが、サンダースは葉巻を受け取り、気持ちを落ち着かせようとした。

「ファーガソン」そう口にしたとき、急にゆうべの出来事がよみがえった。

「ああ」首席警部が心をこめてあいさつした。「おはようございます！　大丈夫ですか？」

「少しこわばった感じがしますが、それ以外は大丈夫です」

サンダースは葉巻を見ながら、枕の上で身じろぎした。

「ヘンリー卿がいおうとして」マスターズが続けた。「どうしても口にすることができないのは——ありがとうという言葉なのです。ちょうどいいタイミングで、あのファーガソンの裏をかきましたね、先生。まったくいい考えでした。真正面から飛びかかっていれば、やつは膝の上でもあなたをやっつけることができたでしょう――銃を持っているのはいうまでもなくね。しかし、よそ見をさせて、蠅取り紙を顔に貼りつけるとは！　なかなかのものですよ、先生。なかなかのものです」

「なかなかのものだ」H・Mがいった。

サンダースは窓を見た。カーテンが暖かいそよ風に揺れている。ある意味、そうだったかもしれない。家へ押し入るのに使わなかったとしても、結局蠅取り紙は何かの役に立ったのだ。ファーガソンが椅子の足元で、板石敷きの床の上をのたうち回っていたのを思い出した。その顔は、べたつく表面に大きな蠅のようにとらわれ、目の見えなくなったファーガソンはピストルを取り落とした。そう、あれは夢ではなかったのだ。椅子があり、ファーガソンが倒れた拍子に座面がずれていた。H・Mが電話を探しに行く間、マーシャはその椅子の上で身をすくめていた。

「ヘンリー卿は」首席警部は続けた。「あの男を誇大妄想狂といい張っています。それが何なのかは知りませんがね。わたしはもっと短い言葉でいい表せますが。クルーガーの空気銃には八発の弾丸が入っていましたが、あなたが制圧する前に、四発だけ使用してありました。ヘンリー卿は、このこともいいたがっています――」

「自分で話せる。そうだろう？」H・Mがいった。

「ああ、わたしはただ――」

「自分で話せる。わしがいいたいのはこういうことだ。ゆうべ、あの騒ぎの余波の中、あんたとあの娘さんのことで、ひどい目に遭わせるとか何とかいったような気がする。今、公平に見てみれば、少々せっかちだったかもしれん。だが、何たることだ！　わしがこれまで耳にしたぞっとするほど感傷的な言葉の中でも、デニス・ブライストンの娘があんたに向けた愛情と尊敬の表現は、間違いなく何より感傷的で、ぞっとするようなものだった。さらにいいたいが――」

それはH・Mの〝議会流〟のいい方だった。サンダースは不平をいった。

「ぼくは――覚えていないんです」彼はいった。「ミス・ブライストンは無事に家へ帰りましたか？」

「ふむ。わしの知る限りはな」

「それと、ファーガソンは？　証人としてとらえたのですか？」

H・Mの表情が重苦しくなった。

「いいや」彼はいった。「ファーガソンは死んだよ」

彼は葉巻を取り出した。「あの間抜けが、わしらに手当てをさせておれば、命はとりとめたかもしれない。だが、手遅れだった。それに、やつは自惚れた人間の話をしていた。グラスにアトロピンが入れられたとき、殺人者が意図した通りに、やつは自らを死に追いやったのだ。下宿のおかみが朝食を持ってくる。どうしてもというなら起きてもいいが、今日は部屋から出ず、おとなしくしているんだな。その間、真面目に腰を下ろして考えることとしよう」

朝食の間、H・Mはしきりに葉巻をふかし、マスターズは部屋を歩き回りながら、ゆうべの件に関する警視庁の捜査の進展を知らせた。

「しかし、それはそれとして」彼は話を結んだ。「わたしが知りたいのは、ゆうべミセス・シンクレアの家でいったい何があったのかということです」彼はH・Mに向かっていった。「明らかに、あなたはわたしに内緒で、あの空き巣の手はずを整えましたね。いいでしょう。それについてはもう何もいいません――」

「恩に着るよ」H・Mはぶつぶついった。

「しかし、あなたは何をしていたのです？　あの家で何か見たり、発見したりしたのですか？　ファーガソンは重要な証人です。それをやっと見つけた矢先に、彼は消されてしまった。いったいどういうことです？」

H・Mは考え込んだ。

「ああ……そうだな。わしはファーガソンがミセス・シンクレアの家に隠れていると思ったのだ。やつを探す場所としては理にかなっていると。だが、おまえさんにそのことを話せば、（以前もあったと思うが）警官の一団を引き連れてきて、ファーガソンは空中ブランコ乗りのように逃げてしまうだろうと思ったのさ。そこで、自らやることにしたのだ。いけないかね？　いけないかと訊いておるのだ。まったく、わしが太鼓腹だなどと、誰にもいわせんぞ！　これを見ろ。この硬さときたら――」

マスターズは合点がいったように彼を見た。「なるほど。それが本当の理由ですか。ご自分が元気な老人だということを証明するためですか」首席警部は怒っていた。「それに、太鼓腹でないことを証明するため（わたしにいわせれば、セント・ポール大聖堂のドームくらいはっきりわかりますが）、あなたはわざわざ――」

「まあまあ」H・Mは不満そうなしぐさを見せた。「わしが悪かった。いつだってわしが悪者なのだ。事件の終わりを除いてな。そのときになって、わしにいまいましいおべんちゃらを使い、わしがずっと切り札を持っていたのはわかっていたというのだ。いいかね、マスターズ。わしのふたりの友人、この先生とデニス・ブライストンの娘とが、あの家を調べに行くといってきかなかったのだ。その成り行きを見るのは面白いと思った。だが、ファーガソンに出くわす危険は冒したくなかった。それで先回りして、ちょっとばかりうろつき、本当にファーガソンが中にいることを確かめようと思ったのだ。だから特定の時間に、裏庭で会うことを約束させた。お宅の警察官がわしを見とがめなければ、何もかもうまくいったのだ」

「それで植木鉢を投げつけたわけですね。いいでしょう。なぜそこらじゅうに植木鉢を放り投げるんです?」

「それがわしの巧みなところだ」

「巧みとはね。あなたは警察に呼び止められて、かっとなっただけで――」

「巧みなところだといっただろう」H・Mは怒鳴った。「それほど込み入った話じゃなかろう? ファーガソンが家にいるかどうかを確かめ、彼がそこにいる兆候を示すよう仕向ける最良の手段は、第一級の騒ぎを起こすことだ。そして、まさしくそうなったのだ。あの警官とわしは、協力していようといまいと、踊る二頭の熊のごとくキュウリ棚へ突進した。問題は、あやつがしつこく追いかけっこを続けようとしたことだ。そこで、わしは逃げ出した――」

「家の中へ?」

「家の中へだ。そうとも。ほかにどうすればいい? 友人のシュリンプ・キャロウェイが、素晴らしい合い鍵一式をくれたのだ。わしはサンダース先生にそれを渡すつもりだった。なぜなら」H・Mはいいわけがましくいった。「彼がその技術をよく知っているとは思えなかったからだ。自分では、泥棒の仲間になどなるつもりはなかった。だが、もう一度いわせてもらえば、ほかにどうすればよかったのだ？　わしは中へ入った。それで、ふたりの素人泥棒《しろうと》が到着したときに、ドアに鍵がかかっていなかったのだ」

マスターズは苦い顔をした。

「ヘンリー卿、ご自分が何をしているか、たぶんおわかりでしょうね。たぶん、といっておきますが。しかし問題は、ミルクに毒が入っていたのはどういうことかということです。あの家の中で、何が起こっていたのです？」

「毒殺者がいたのだ」H・Mは短くいった。

首席警部は口笛を吹いた。手帳を取り出していう。

「まさか、ご覧になったというのでは――？」

「そうなのだ」H・Mはぶつぶついった。「わしの間抜けさ加減に、また雷が落ちるかもしれんが、そうなのだ。聞いてくれ。わしは家へ入ると、まっすぐに裏口へ向かった。わかるだろう、素人泥棒が来るまでに裏庭の持ち場についていたかったからだ。家は真っ暗だった。ファーガソンが潜伏しているかどうか、まだわからなかった。実際には、やつはいた。あの奥の小部屋の前を通ったとき、廊下に面したドアから明かりが漏れていた」

「それで？　どうしたのです？」

「わしは階段の下の物入れに隠れた。わしに生意気な口をきく者がいたら――！　いない？　よろしい。とにかく、そこからは小部屋のドアが見えた。二、三インチほど開いていて、暖炉のそばにテーブルと椅子、テーブル上にはランプが見えた。動き回る物音がして、ファーガソンが誰かと話しているのが聞こえた」

「どうしてファーガソンだとわかったのです？」

「見たのだ。あの悪党は廊下に顔を出し、あたりを見回した。やつの写真は極めて特徴的だからな。ファーガソンとその相手（何者かはわからんが）は、部屋の暗がりに立って、庭でのわしのちょっとしたショーを窓から見ていたに違いない。さて、廊下に顔を出したやつは、手に空気銃を持っていた。やつは廊下を嗅ぎ回るように行き来し、玄関と裏口を確かめた。手を伸ばして、やつの首をひねってやることもできたが、部屋には別の人物がいた。そしてその人物が、ファーガソンが廊下に出ている間に、異常なほど活発に動いたのだ」

「その人物を見ていないのですか？」

「手は見た」Ｈ・Ｍはいった。

「それだけだ」彼は頑固にいった。「茶色っぽい手袋をはめていた。おまえさんに耳があるなら聞こえていただろう――ドアは数インチしか開いていなかったのだ。暖炉のそばのテーブルと、シェードに新聞紙を巻きつけたランプと、コールドビーフの皿とミルクのグラスが見えた。ミルクは温めたばかりと見えて、まだ湯気が出ていた。運悪く、わしの眼鏡は遠くが見えないのだ。ぼんやりした茶色の手袋が突き出て、ミルクの上で出陣の踊りを踊るように動くのが見えた。ひどく神経質な動きだった。その手は薬品用の滴瓶《てきびん》をいじっていた。滴瓶の中身をグラスに入れようとして、危うく引っくり返して全部をこぼしてしまいそうになった。それから、執事がテーブルの用意をするように、払ったり動き回ったりするようなしぐさをした」

「しかし、袖口も見ていないのですか？」

「ああ。明かりは暗かったし、やっと手の端に当たる程度だったのだ。茶色い手袋だ。それを見てぞっとしたよ、マスターズ。本当にぞっとした。まるで手袋が生きているようだった」

葉巻は消えていた。彼はそれを指先で引っくり返し、目をしばたたいた。

「さて、ファーガソンが戻ってくる足音がしたとたん、手袋の片方が急に引っ込んで見えなくなった。もう片方はしばらくミルクのグラスの上をさまよっていた。何か忘れものをしたかのようにな。最後の最後までためらっていた。毒殺者が仕事をしている図だ。ファーガソンがドアにたどり着く直前、手袋はさっと引っ込んだ。

ファーガソンがこういうのが聞こえた。〝誰だか知らないが、行ってしまったようだ。しかし、ここを出たほうがいい〟と」

「もうひとりの人物は、何もいわなかったのですか？」

「ああ。それからファーガソンが明かりを消し、ケルベロスよりも真っ暗な闇になった。混乱した足音がさらに聞こえた。わしはこう思った。〝やったぞ。やつをつかまえた。ファーガソンと殺人者の両方を〟とな。ただ、どうすればいいのか、どうするのが一番なのかがわからずにいると、また別の物音が聞こえた。もう少しで、シベリアの僧侶のように物入れから飛び出すところだった。何だったかわかるかね？　鎧戸を閉める音だったのだ。強欲なファーガソンが、床から天井まである窓から殺人者を外に出したのだ」

「しかし、気づいてもよさそうなものでしょう、ヘンリー卿！」

「そうとも。何とでもいうがいい。次の瞬間にわかった。ファーガソンがまた明かりをつけたからだ。彼はひどく上機嫌で、しばらく部屋の中を歩き回っていた。次に、椅子の座面の下に手を入れ、数枚の紙を取り出した。それからランプのそばに腰を下ろして、万年筆を取り出し、何やら書きはじめた。その前から書いていたに違いない。空気銃を手に、わしの前を通ったとき、彼の指には新しいインクの染みがついていた」

サンダースはうなずいた。あのインクの染みがついた人差し指が銃の引き金にかかっていたことや、毒の入ったミルクのグラスを引っかいていたことが、ぞっとするほど鮮やかに思い出された。

「先を聞かせてください」マスターズが促した。

「あとはそれほど話すことはない。ふん！　彼は大して書かなかった。ペンを手に取ったと思ったら、玄関先で別の騒ぎが起こったからだ」H・Mは怪我人のほうへ顎をしゃくった。「ふたりの素人泥棒が、しつこい警官といい争っている声だ。ミセス・シンクレアの家の前で、ばったり出くわしたに違いない」

「そうです」サンダースは実感を込めていった。

「ファーガソンは立ち上がり、書き物を片づけると、明かりを消した。わしは裏口から出て、素人泥棒と落ち合うチャンスだと思った――約束した通りにな。まったく、彼らが玄関のドアからうまいこと家に入っていたなんて、誰にわかる？　裏庭に出たわしは、その騒ぎに出くわし、小部屋の鎧戸から声がするのを聞いた。そこで家の中に引き返し、事件に首を突っ込んだというわけだ。何があったかはわかっているだろう。ファーガソンがあの素晴らしいミルクを半分ほどがぶ飲みするのを見て、わしは大いに驚いた。何という夜だ！」

マスターズは立ち上がった。とぼとぼと窓に近づき、通りを見下ろす。

「いいたいことをいうといい」H・Mが怒鳴った。「いってみろ。わしがファーガソンと殺人者の両方を取り逃がしたとな」

「その通りです。それは事実です。とはいえ――」

「明るい見通しでもあるのかね？」

「いいえ。つまり、厳密にあるとはいえないのですが、いくつかの事実があります」マスターズは歪んだ笑いを浮かべて振り返った。「その手袋は殺人者のものに違いありません。あなたがおっしゃっていた薬の滴瓶が発見されました。洗濯桶の後ろに捨ててあり、アトロピンがまだ残っていました。そして、ファーガソンのミルクからは五グレインのアトロピンが検出されました。しかし、これがどこへつながるのでしょう？　訪問者を見たのは何時頃でしたか？」

「うむ、そうだな。手袋が家を出たのは夜中の十二時、素人泥棒たちが到着する少し前だった――」

「すると、ミセス・シンクレアは除外されます」マスターズはいった。愉快そうな表情は消え、しかめ面になる。「こうした失敗が、ほとんど気にならない境地になりつつありますよ。これで消えた！　最大の容疑者が。彼女には、夫の死を願うあらゆる理由がある。彼女は一万五千ポンドの保険証書に手をつけるでしょう――」

「それはどうかな。その保険金にまつわる奇妙ないきさつからして、ミセス・シンクレアが一ペニーでも手をつけるとは思えん」

「とにかく、彼女は十二時にはわたしのオフィスにいました。いいですか。彼女が茶色の手袋であるはずがありません。彼女には大いなるアリバイがあるのです」

彼らはしばらくそのことを考えた。H・Mは相変わらず、火の消えた葉巻を指でひねり回していた。

「では、次にどうする？」彼はいった。「新しいかどうかは関係なく、手がかりはあるのかね？」

「やるべきことはきわめて明白だと思います。そうでしょう？　わたしが興味を持つべきは」マスターズはこの上なくもったいぶった調子でいった。「ミセス・シンクレアを除いたほかの人々が、ゆうべ十二時にどこにいたかを突き止めることです。それに、フェリックス・ヘイについては？

ええ、そうです。第一の点。私立調査会社です」

H・Mは立ち上がった。「私立調査会社だと？　何だそれは？」

「全部ご存じでしょう。今回の犯人が使ったものと同じ毒が入ったユークショーのエールがヘイに送られたとき、ヘイは弁護士に、私立探偵の会社に委ねるように指示しています。弁護士はその通りにしました。今朝、ドレークから伝言がありましたよ。エヴァーワイドとは、いい会社を選んだものです。ドレーク・ロジャース・アンド・ドレーク弁護士事務所は、またしても腹を立てていました。五つの箱が盗まれたばかりでなく、殺人者は彼らの証券の一部もくすねていったようです。ともかく、彼らはエヴァーワイドから、エールの瓶について何らかの情報を得たという知らせを受けています。わたしはそれに興味があります。第一の点はそれです」

「ふむ。して、第二の点は？」

「ジューディス・アダムスです」

「ジューディス・アダムス？」

マスターズは鼻から深く息を吸った。「実に奇妙なことがあるのです、ヘンリー卿。実に奇妙です。彼女は、ヘイが自分を殺す可能性のある人物として挙げた五人の、最後のひとりです。しかし、いったい何者なのでしょう？　誰も彼女について聞いたことがないのです。カンバーランドに住んでいるヘイのおばに電報を打ったのですが、彼女も知りませんでした。ボブ・ポラードに、ヘイの知り合いの半分に当たらせたのですが、やはり知る者はいませんでした。けれども、近くにいるのは間違いありません。でなければ、ヘイが危険人物に含めたりはしないでしょう。何としても彼女を見つけ出します。いいですか、ヘンリー卿、その名前に関連する、何か別のからくりがあるのです。そのジューディス・アダムスなる人物がいたとして、なぜ誰も知らないのでしょう？　この事件全体に関係する、ジューディスという人物はいないのです」

普段なら、サンダース医師は顔の筋肉を完璧にコントロールしていた。普段なら何かを思い出しても、まぶたひとつ動かさなかっただろう。しかし、その名前をどこで聞いたかを思い出したとき、彼はコーヒーカップをがちゃんと皿に置いた。

マスターズ警部はそれを見ていた。

「困ったものだな」H・Mは激しくため息をついた。「誰かがそれに気づくまで、どれだけかかるだろうと思っていたよ。そうとも、この事件に関係するジューディスはいるのだ。デニス・ブライストン卿の奥さんだよ」

十四

「ほう?」長引く沈黙の中、マスターズはいった。疑るような目を、サンダースからH・Mに向ける。「確か、デニス卿はあなたの友人で、あの若い女性はサンダース先生の友達でしたね。いつからそれを隠していたのです?」

「馬鹿げています!」サンダースは感情をあらわにした。「まさか、レディ・ブライストンが――」

「あなたは信用できる人だと思っていました、先生。いつからそれを隠していたのです?」

サンダースは過去のことを思い出そうと集中するあまり、返事も忘れるところだった。

「馬鹿げています!」彼はまたいった。「ぼくは何も隠していません。その名前を聞いたり、本人に会ったりしたのは、ゆうべが初めてだったのですから。それに、名前もはっきりしていませんでした。ぼくがマーシャを迎えに行ったとき、夫人とデニス卿は玄関ホールにいました。彼女は動揺していたようでした――」

「動揺していたって?」マスターズはまた手帳を取り出していった。

「――待ってください! それはマーシャが〝警視庁に引っ張られ〟ようとしていたからです。それをいったら、ふたりとも動揺していました。デニス卿は彼女のことを〝ジュディ〟と呼んでいました。それには何の意味もないかもしれません。名前が偶然似ているからといって、惑《まど》わされることはないでしょう。確かめなくてはならないのは、結婚前の彼女の名前が本当にジューディス・アダムスだったかどうかです」

警部は、怖い顔で問いかけるようにH・Mを見た。

「ほ、ほう」H・Mはいった。「すると、またしてもわしのせいだというのか？　わしは普段からぼんくらで、常にひねくれている。わしは警官に植木鉢を投げつけた。殺人者を取り逃がし、重要な証人を殺した。ほかのやり方で正義の権化を妨害できないとなると、情報を隠して組織を邪魔しようとしたと。彼女の結婚前の名前は知らんよ。にらみつけても無駄だ、マスターズ。名前は知らんが、調べるのは簡単だろう」

「でしょうね」マスターズは険しい顔でいった。「レディ・ブライストンは、ヘイの知り合いだったのでしょうか？」

「知らんといってるだろう！」

首席警部は素早くサンダースを見た。「しかし」彼は指摘した。「今ここで確定できることがひとつあります。アリバイの問題です。さて、先生、あなたはゆうべ、ミス・ブライストンの家で彼女と会ったとおっしゃいましたね。それからふたりで、ミセス・シンクレアの家へ行ったと。ヘンリー卿の話では、おふたりが来たのはちょうど夜中の十二時でした。その間、茶色の手袋をした訪問者――すなわち殺人者――が、ミセス・シンクレアの家の奥の小部屋で、ファーガソンと話をしていた。そうですね？」

H・Mはうめくような声で同意した。

「なるほど。そして、おそらくその訪問者は、しばらく前からそこにいたのではありませんか？　少なくとも数分前から？」

「ああ、そういっていいだろうね」H・Mは眼鏡越しに覗くようにしていった。

「結構！　しかし、サンダース先生は、デニス卿とレディ・ブライストンのふたりがいた家からまっすぐに来たわけです。だとすれば――そう、レディ・ブライストンがミセス・シンクレアの家に先回りし、茶色い手袋の訪問者となって、サンダース先生が到着する前に立ち去ることができるでしょうか？　このことで、ブライストン夫妻は除外できるのではありませんか？」

サンダースは、首席警部の巧みないい方には騙されなかった。同時に、H・M同様、あらゆるものがひねくれている状況に悩まされていた。

「そうはいえないのではないでしょうか」彼はいった。「ぼくがブライストン家を訪ねたのは、ちょうど十一時過ぎでした。しかし、ヘンリー卿と会ったのは十二時です。マーシャとぼくは、それまでの時間のほとんどを、タクシーで走り回っていたのです」

「ふむ。すると、一時間ほど説明のつかない時間があるわけですね。一時間か」首席警部はじっと考え込んだ。彼は手帳を閉じ、きびきびとした元気を取り戻した。「さて、先生、ヘンリー卿とわたしはこのへんで失礼します。ここへは様子を見に寄ったまでですから。ご興味があるでしょうからお知らせしますが、有能な部下ふたりに、アトロピンについて調べさせています――誰がどこで買ったかをね。毒殺犯は、決まってそれに足元をすくわれるのです。用意はできましたか、ヘンリー卿？」

H・Mは木のように硬い表情で、同じく木でできたベッドの支柱を見ていた。

「ひとりで行ってくれ、マスターズ」彼はいった。「すぐにわしも行くから。先生に話があるのだ」

マスターズはためらった。ひどく疑り深い目で、相手を見る。

「正直にいってください、ヘンリー卿！　何か企んでいるのですか？　またわたしを騙すつもりじゃないでしょうね？」

「神に誓って、そんなことはない」

「だったら、これだけ教えてください。わたしがすべきことについて、建設的な意見をくれませんか？　ええ、ええ、わかっています。あなたが最初に思いつく気のきいた意見は別にしてということです」

H・Mは考え込んだ。

「よろしい、ふたつ意見しよう。第一に、ヘイの殺害についてだ。おまえさんの好きな、お決まりの捜査だよ。優秀な部下に、ミセス・シンクレア、ブライストン、シューマンについて、あの夜の十一時にヘイのフラットに来るまでの一日の動きを探らせるのだ。わかったか？　一日じゅうだぞ。全員に関して、どんなささいな行動でも知りたいのだ」

「でも、どうしてです？　十一時までの彼らの行動が、何か関係があるのですか？」

「ああ、マスターズ」H・Mはがっかりしたようにいった。「そんなこともわからんようでは、わしを能なしということはできんぞ。第二に、ゆうべのファーガソン殺害についてだ。ファーガソンが死の直前に何を書いていたかを突き止めるのだ」

首席警部はにやりとした。

「ええ。そのことはすでに、わたしも考えていました。ファーガソンが椅子の座面の下から便箋を取り出し、またそこに隠したとおっしゃいましたね。残念ですが、ご報告した通り、あの部屋はすっかり調べています。椅子の座面も含め、あらゆるものを調べました。確かに、隠すように押し込まれた新聞紙と一緒に、一枚の便箋がありました。しかし、それには何も書かれていませんでした。ですから、何も見つからなかったというわけです」

「わかっておる」H・Mは同意した。「わしにも見つけられなかった。以上だよ。すぐに取りかかりたまえ。今夜、食事のときに会おう」

首席警部が出て行ったあと、H・Mは長いこと口を開かなかった。サンダースは朝食のトレイを片隅に押しやり、ベッドを這い出た。急に力が抜け、めまいがしたが、何とか体を支えてガウンをはおり、スリッパを履いた。それから、窓辺の安楽椅子に腰を下ろした。

眼下にはメリルボーン・ロードの広く整然とした道が太陽を受けて輝いていた。自動車さえもきらめき、車の騒音も、暖かい空気の中でいつもより静かに聞こえた。

やがて、彼はH・Mと顔を見合わせた。

「ぼくに会いたいというのは、どうしてです?」

「心当たりはないのか?」

「ええ」

「厳密には、きみに会いたいわけじゃない」H・Mはいった。「マーシャ・ブライストンに会いたいのさ。今朝、ここへ来ることになっている。少なくとも、彼女はゆうべ、大真面目にそう約束した。女というのはおかしなものだよ」彼は不意に、眠気を催したように続けた。「女をひどく怖がらせることもできる。相手は気を失わんばかりになり、一週間は何もできなくなる。だが、頭の一部は常に回転し、常に現実的なのだ。川を渡るイライザ〔『アンクル・トムの小屋』で氷を飛び移ってオハイオ州に逃れた黒人奴隷〕のように、氷塊《ひょうかい》の上を渡り歩いているようなときでもな。

さて、男はそうはいかん。大きな危険や困難に陥《おちい》ると、目にも耳にもひとつのことしか入らない。そのほかのものは排除されてしまう。金を手にした強盗が、警官との銃撃戦になったときに、側溝から五十ポンド紙幣を拾うために二秒を費やしたりはしないだろう。だが、女はやるのだ。そういう人生なのだ。そしてこれは」H・Mは続けた。「ほんの前置きだ。マスターズは正義の邪魔をする者の話をしただろう。だが、誰よりも一貫して、魅力的に、そして熱心に、事あるごとに正義をどぶに捨てようとしているのは、きみの友達のマーシャ・ブライストンなのだ」

「どうやってです？」

「彼女はファーガソンが書いていたあの二枚の便箋をくすねたのだ」H・Mはいった。「椅子の中からくすねたのだよ。見ていなかったか？」

「何ですって！」サンダースは立ち上がった。「ほかのことを考えていて見ていませんでした。でも――」

「そう。わしもそうだった。わしがいおうとしているのはそのことだ。だが、それが事実なのだよ。あの騒ぎについてちょっと思い出し、ファーガソンが滑り落ちたあとで、あの椅子がどうなったか聞かせてくれ」

「座面がゆるんでいました。半分ほど前にずれていました」

「ふむ。それで、あの娘は何をしていた？」

「最初は、ぼくたちがファーガソンを押さえつけている間、椅子の背から身を乗り出していました。

それから腰を下ろして――」彼は言葉を切った。

ふたりはまた、顔を見合わせた。

「これについては、どうにかしなければならん」H・Mは重々しく指摘した。

「しかし、なぜ彼女はそこに便箋があることを知っていたのでしょう？」

「知っていたとは思わんね。座面が前にずれたとき、紙が覗いているのを見たに違いない。冷静沈着だというのは、そういうことだ」

サンダースは考え込んだ。「ひとつだけいいですか。今はこの事件にまつわるどんなことよりも知りたいことがあります。もしデニス・ブライストン卿が犯罪者だとすれば、その犯罪とは何でしょう？」

「ご存じの通り」彼は続けた。「ぼくたちは行く手を阻《はば》む障害をいくつか片づけてきました。その人物を犯罪に当てはめるすべを学びつつあります――とはいえ、あなたと首席警部は最初からご存じだったようですが。ともかく、ぼくたち自身の冒険と、首席警部が警視庁でミセス・シンクレアにした質問から、ふたりについてはわかりました。ファーガソンは泥棒で、ミセス・シンクレアは美術詐欺師だった。残るはバーナード・シューマンとデニス・ブライストン卿です。

シューマンに関しては、まったく思い当たりません。マスターズの調べで、彼がエジプト骨董の偽物を売ったことは一切ないことが明らかになっています。デニス卿は、シューマンが人を殺してミイラとして売っているとかいう突拍子もない冗談をいっていましたが、現実的でないことを別にしても、ただの冗談でしょう。さもなければ、ブライストンはそんなことを口にしないでしょうから。シューマンは、真の意味で紳士のようです。目覚まし時計や拡大鏡に関して、何か不正なことをしているかもしれません。しかし、彼の罪がどのようなものであるにせよ、そう大したことではなさそうです。彼は一番冷静で、動じず、役に立つ男です。

デニス・ブライストン卿の場合はわけが違います。彼は――ぼくはしゃべりすぎているでしょうか？」

H・Mは目を開けずにいった。

「そんなことはない。続けたまえ」

「ブライストンの場合は、今いった通り、わけが違います。彼を慕っている人々は、彼の犯罪と思われるものに対して、さまざまな解釈をしています。レディ・ブライストンはヒステリー寸前になりました。マーシャはそのことが明るみに出たら、自殺するかブエノスアイレスへ行くといっていました。あの老人本人は、滑らかな話しぶりと威厳を失い、誰よりも不安そうでした。その裏には、ひどく悪いことがあるような気がします。偽善者というものを見たことがあるとすれば、彼がそうです。あの家の雰囲気は不穏《ふおん》なものでした。ぼくは、ある女の子をダンスに連れて行ったときのことを思い出しました。父親は酔っていて――とにかく、彼はどんなけしからぬ罪を犯したというのです？」

サンダースは言葉を切った。H・Mの顔に激しい喜びが浮かんでいたからだ。H・Mは声を立てて笑い、首を絞められているような抑えた声をあげて、体を前後に揺すった。

「まさしくそうだ」彼はいった。

「そうだとは、どういう意味です？」

「そのこと自体が興味深いということだ」H・Mは少し真顔になった。「女が本物の罪悪感と苦悩を胸に抱けば、それについて語ろうとはしないものだ。警官があらゆる足跡を追っているのを察したら、悪事が露見したときにどうするかなんて話はしないのさ。そう、女は沈黙か高慢さで重大な罪を守る。だが、どんな罪ならば、威厳ある年配のご婦人がヒステリーを起こしたり、若い娘がそれを暴かれるくらいならどんなことでもするといったりするだろう？」

「というと？」

「滑稽な犯罪だよ」H・Mはいった。「社会的な不名誉さ。偉大な外科医で、社交家として正当な尊敬を受けている人物は、かつてはただの腕利きのスリだったのだ」

その事実が、石材のようにサンダースの耳に落ちてきたとか、世界がふたたび立て直されて、メリルボーン・ロードがまた目に入ってきたとかいうのは、控えめな表現だった。彼は、真剣そのものの様子の相手をじっと見た。それから弱々しい声をあげたが、結局は話を聞くことにした。

H・Mは口の端に葉巻をくわえ、理屈っぽい口調で話しはじめた。

「いいかね、スリというものが――大半の人間はこう考えるが――汚い襟をして、足を引きずるようにこそこそ歩くみすぼらしい小男だと思うのは間違いだ。違うとも。たいていのスリは、バスや地下鉄の中でも特に目立つ、物静かな、立派な服装をした人物なのだ。そうでなくてはならない。それも仕事の一部なのだよ。それならば、人ごみで体を押しつけられても何も思わないだろう。これが怪しげな人間なら本能的に避けるだろうがね。同じように、列車の中で立派な服装の紳士が隣に座って新聞を読んでいても、特に気にはしないだろう。薄汚れた男よりは、その人物の隣に座るか立つかするほうを選ぶに違いない。これは嘆かわしい階級意識かもしれないが、そういうものなのだ。ところで、ブライストンはバスや地下鉄が使えるときには、決してタクシーを使わないことはよく知られているのではないか？

さて、警察官なら誰でも、スリについてこうした知識はある。もちろんマスターズも、ブライストンの手を見たときに、彼のちょっとした趣味を見破っている――」

サンダースは困惑から脱しようともがいた。

「手ですって？　しかし、彼はきれいな手をしています」

「ああ、それなりにな。こと手に関しては、馬鹿げた話がいろいろとあるものだ。例えば、〝音楽家のように美しく敏感な手〟というのを聞いたことがあるだろう――それが意味するのは、長く、ほっそりした、繊細な手ということだ。だが、そうでないことを証明するには自分の目があればいい。ほとんどの音楽家は幅広で、力強く、指先が角ばった手をしているものだ。外科医の大半もそうだ。

ハンス・グロス〔オーストリアの刑法学者で犯罪科学の祖と呼ばれる〕の犯罪百科事典は、もっとも優れたスリは、商売に使う手の人差し指と中指が同じ長さであることを指摘している。見よ《ヴァイディ》、ブライストンを。理由だと？知っての通り、スリは五本の指全部で相手の服の中を探ったりはしない。そんなことをすれば、たちまち気づかれてしまう。スリはその手を、剃刀《かみそり》か鋏《はさみ》のように使うのだ。人差し指と中指か、中指と薬指を一緒にして突っ込み、その指の間に挟んで引き出すのだ。ほら」

H・Mは、しゃべるロバの影絵を壁に映す子供のように、指を動かしてみせた。サンダースはまたしても気持ちを引きしめた。

「本当に」サンダースはつぶやいた。「この事件が終わるまでには、この世のすべてのものや人を疑うようになってしまいそうです。まずは曇った窓。次に美術館の絵画。今度はバスに乗っている立派な服装の人々。この事件の報告書を書くとすれば、『犯罪入門』とでも呼ばれるべきでしょうね。では、あの四つの時計は単に――？」

H・Mはうなずいた。

「獲物だよ。ブライストンのかつての盗みの獲物だ。フェリックス・ヘイがどこからか手に入れたものだ。おそらく時計の数、所有者、いつどこで盗まれたかの情報と一緒にな。それらの時計は、きわめて簡潔にその男のことを説明しているのだ。あまりに簡潔なので、誰も考えもしない。また、ずっと前にブライストンのものだといった人形の腕については――」

「何です？」

H・Mは渋い顔をした。「コピーだ。グロスは、ああいった人形の手を使ってきわめて裕福な暮らしをしている連中のことを書いている。それは、きみの隣に座った立派な服装の紳士が、自分から疑いをそらすために使うのだ。彼は両手で新聞を持って読んでいる。きみの側の、きちんと手袋をはめた手は人形の手で、本物の手は自由自在に鋏のように使えるというわけだ」

居心地の悪い気分の本当の理由がわかった。

「しかし、あの人はどうかしてしまったのですか？」サンダースは訊いた。「どうしてそんなことをしなければならないのです？　ロンドン一有名な外科医なのに――」

「ふむ。切り裂きジャックについても、ほとんどの人がそう思っていた」

「ええ。でも――」

「彼にはどうにもできないのだ。これは窃盗症のよく知られた形態だ。もう一度グロスを参照しよう。デニス・ブライストンは裕福な人物だ。時計も金も必要ない。おそらく、今は克服していると思う。彼は心の中の汚点を抑えつけ、金ほしさにやっていたことを、ほとんど笑い飛ばせるようになっているだろう。彼がどうしてそんなことをするようになったかはわからない。だが若い頃は奇術が大好きで、指の動きがきわめて敏捷だったのは覚えている。彼にもかつて、金が必要になることがあったのだろう――誰でもそうだ。自分の身に起こることはないと断言できるかね？」

沈黙が訪れた。

「これでわかったろう」H・Mはうなるようにいった。「あの家に、父親が酒盛りの余波から回復しようとしているときのような重苦しい雰囲気があった理由が。それに、マーシャ・ブライストンが物事に対して、奇妙で、頑固で、不自然な態度を見せた理由もわかるだろう。いいかね、わしはひどく心配していたのだ！　この件が明らかになれば――」

「彼は破滅でしょうね」

「破滅？　とんでもない。彼は笑い飛ばすだろう！　告訴されたり刑務所に入ったりする恐れはない。その点では、彼の罪はほかの者よりは軽い。ただのいたずらのようなものだ。だが、彼の家庭でどんなことが起こったかを考えてみたまえ。彼とその家族が、フェリックス・ヘイがその秘密に気づいたことを知ったらどうなるか。それは事件全体の中で、もっとも深刻なことではないといえるだろうか？」

「事件全体の中で？」

「そうとも。彼はすべてを失ってしまう。その証拠を隠滅するためなら、人を殺すのではないかね？」

サンダースにはわからなかった。彼の頭の中には、ブライストンの背の高い、威厳のある姿が浮かんでいた。今にも講義を始めそうだ。彼は常に、弱さなのかためらいなのか、奇妙な雰囲気をまとっていた。だが、サンダースが主に考えていたのはマーシャのことだった。

「それで彼女は」彼はいった。「ゆうべファーガソンが書いていたものを盗んだ——あるいは、盗んだとあなたは考えている——のですね。殺人の真相を？」

「それはわからんよ、きみ。きわめてありうることだとは思うが」

どういうわけか、サンダースは胃が少しむかむかするのを感じた。ゆうべ感じたよりも強い吐き気だった。

「あなたが何を考えているかはわかります」H・Mが長いこと黙りこくっているので、彼はいった。こうした出来事を直視したくなかったが、直視し、考えずにはいられなかった。「この事件では、大量のアトロピンが使われています。これはありふれた毒物ではありません。医師が扱う毒物です。特にブライストンのような、頭や目の手術をする医師が。一方——」

H・Mは片目を開けた。「調子が戻ってきたようだな。一方、何だね——？」

「医学の知識がない人でも、簡単にその原料を突き止め、望みのものを手に入れることができるのです。元となる薬草、ベラドンナは、イギリスの生け垣にふんだんに見られます。どんな植物学の本にも、殺人者の参考になる詳細が記されていますよ。サクランボ大の黒い実は、見間違えようがありません。殺人者が葉と根を煎《せん》じれば、ほしいだけのアトロピンを抽出できます。マスターズが自信たっぷりにいっていた、毒物の〝追跡〟も、かなり説得力に乏しいですね。それに、ヘイのフラットで毒物がどのようにして飲みものに混入したかを解明できなければ——」

「ああ、それか？」H・Mは憂鬱そうにいった。「それならわかっている」

「アトロピンは、全員が飲みものから目を離している隙に、外部から忍び込んだ人間が入れたとおっしゃるのではないでしょうね？」

「ああ。そうではない」

サンダースの下宿の女主人、ミセス・バートルミーが近づいてきた。外の廊下を息を切らせて歩いてくる音と、蒸気ハンマーのようにドアをノックする音が聞こえた。ドアから顔を出した彼女は、見るからに感銘を受けた様子でいった。

「お客様がお見えになっています」新事実を述べるかのようにいう。「デニス・ブライストン卿とミス・ブライストンです」

「デニス・ブライストン卿とミス・ブライストンをお通ししてください」彼はいった。

十五

「わたしが来たのは――」マーシャが切り出した。

H・Mを見て、彼女は急に言葉を切った。その後ろでは父親が、針金でできた人形のように体を揺らしていた。マーシャの目が、具合はどうかと半ば挑戦的に尋ねるようにサンダースに向けられている間、デニス・ブライストン卿がその場を仕切った。咳払いをし、前へ出る。サンダースは今度も、突き出た眉の下のまっすぐな目と、立派なカフスと服の仕立てに気づいた。

「メリヴェール！」彼は大股に進み出て握手した。端正な顔には本物の喜びが表れ、足取りは跳ねるようだった。「やあ、ヘンリー！　また会えて嬉しいよ。ずいぶん顔を見なかったな。元気かい？」

「やあ、デニー」H・Mはどこかきまり悪そうにいい、床をにらんだ。「おかげさまで元気だよ」

「相変わらず調子がよさそうだな」

「ふむ。もう衰えかけているよ」

長い沈黙が流れた。やがてブライストンは、少しためらってからサンダースのほうを見た。穏やかだが真剣な態度だった。

「サンダース先生」彼は低い声でいった。「ここまで押しかけたことをご容赦願いたい。率直にいいましょう。娘をゆうべのような無意味で危険ないたずらに誘い出したのは、きわめて愚かなことです。とはいえ、主導したのはほとんどマーシャではないかと思っていますが。いずれにせよ、母親の耳には入れずに済みました」彼の厳格な態度の下には、父親らしいユーモアが感じられた。「しかし、ありがたいことにふたりとも無事でした。そのことだけが心配だったのです。そして、無事に切り抜けられたのは、あなたの勇気と決断力のおかげだと思っています――」

サンダースは気まずくなった。これほど気まずい思いをするとは思っていなかった。彼の腕が、頭に上った血と同じようにずきずきした。

「――だが一方で、あなたの行動は専門外であり、職業的な観点から見れば正気の沙汰ではないことを自覚する必要があります。これがしかるべき人の耳に入ったら、その結果はおわかりでしょう。あのようなことをする権限はあなたにはないのです。もちろん、あなたは開業医ではありませんが、わたしに助言させてもらえれば――」

ここでサンダースは思わず口を開いた。

「はっきりさせましょう」彼はいった。「あと一分もすれば、ぼくたちは全員、シューマンのミイラのように立ち尽くすことになるでしょうね。デニス卿、ぼくたちは四つの時計のことやスリのことを全部聞いています。それにミス・ブライストンは、ゆうべファーガソンの椅子から持ち去った手書きの便箋を首席警部にお渡しすべきです。そうすれば、すべて丸く収まるでしょう――」彼は一息にそういった。「それに、何事もなかったことですし、あの戸棚にはウィスキーが入っています。ですから、みんなで一杯飲んで気持ちよくなりましょう」

「ああ」ブライストンがいった。

それだけだった。

「ぼくは外交官としては最低ですね」サンダースはいった。「ともかく、そういうことです」

ブライストンは、あの奇妙な二本の指で頬を撫でた。一瞬、サンダースは彼が演説を始めるか、優しく説得するような態度になるのではないかと思った。しかし、彼はそのようなことは一切しなかった。静かな声で話し出したが、その目はさらに抜け目なく見えた。

「いや、結構」彼は機械的にいった。「ウィスキーは好きではないので。あなたのいう通り、そういうことです。わたしは――わたしは誰の役にも立たないようだ」

それはどこか悲痛な演説の始まりだった。今回は、H・Mは同情しなかった。

「ああ、頼むから！」彼は怒鳴った。「そんなふうに考えるものじゃない。意固地な自己憐憫《れんびん》から、あんたは自分の子供を泣かせ、自分を崩れゆく詩的な塔だと思い込むのだろう。いいや、そうじゃない。あんたが心配しているのは社会的な慣習だけだ。〝彼らは食べて飲み、計画し、こつこつ働く。そして日曜日には教会へ行く。多くは神を恐れるが、世間の口をもっと恐れる〟。それがあんただ。時計のスリだと！　馬鹿馬鹿しい！　あんたに頭があれば、次に行く夕食会で誰かの時計を盗《と》り、それを高く掲げて、これが自分の趣味なのだと大っぴらにいうといい。笑い方というものを知っているかね？　なら、それを自分に使うことだ。尊敬すべき人の多くは、素人手品師なのだから」

ブライストン卿は自分を奮い立たせるように、鋭く目を上げた。

「まさか、きみは――？」彼は訊いた。

「いけないかね？」Ｈ・Ｍはいった。「時計のスリだと！　馬鹿馬鹿しい！」

その間、サンダースはマーシャを見ていた。まるで別人が現れたかのように、率直な人間性が彼女の顔いっぱいに広がっていた。その印象は正確ではないし、特にうまいいい方でもないが、サンダースはそう思った。マーシャはＨ・Ｍをじっと見た。

「やっぱり」彼女は叫んだ。「あなたはいい方だわ！　本当に、元気づけてくれる方です」

「わしは年寄りだ」Ｈ・Ｍは重々しくいった。「マスターズがどんなことをいったか知らないが、わしに任せてくれれば、何も心配はいらんよ」

彼女はブライストンのほうを見た。

「この方のおっしゃる通りよ！　笑うのよ。思い切り笑うの。そうすれば、お父様がチェイニー・ウォークに住んでいるあの女と出かけたって、大した問題にはならないわ――」

「マーシャ！」ブライストンはショックを受けたようだった。

「もう一度やり直すんだな」Ｈ・Ｍがうなるようにいった。「家庭の守護神という神聖な権利を守り、家庭という古い暖炉の火を燃やし続けるのだ。何たることだ。彼女はまだ二十一歳なんだろう？　たとえば、わしを見るがいい。わしには娘がふたりいるが、どちらもわしのことを、酔ってふらふらしているおかしなおやじだと思っている。だがそのことが、先祖から受け継いだ家庭にどんな平和をもたらすかを知れば、驚くだろう」

「ヘンリー、わたしはただ――」

「わしの助言を聞くことだ」Ｈ・Ｍは、今では身を乗り出すようにして主張した。「今日の午後、友達に会って財布をかすめ取り、それを返してやるのだ。相手が悲鳴をあげて逃げることはなかろう。奇術を見に行って、奇術師にシルクハットや時計を貸すときに、シルクハットの内側に卵を塗りたくられたり、時計をハンマーで粉々にされたりするとは本気で思わないものだ。そんなことをすれば、奇術師は舞台のたびに、わけのわからんことを叫ぶ群衆に追いかけ回されることだろう」

「やはり」ブライストン卿はサンダースに向かっていった。「ウィスキーを一杯いただいたほうがよさそうですな」

H・Mは容赦なくいった。

「いいや、駄目だ！　ここに座ってわしの話を聞くんだ。あんたは、自分の心を悩ませている問題とともに、われわれが殺人事件を扱っていることがわかっているのか？　その罪で処刑されるかもしれないのだぞ」

「そう聞いている」ブライストン卿は暗い顔でいった。

彼は少し気分がよくなったようだが、まだぼうっとしていた。H・Mに促され、ベッドの端に腰を下ろした。

「わかるだろう、今回は本物の犯罪に巻き込まれているのだ。冗談ではない。きわめてたちの悪い殺人事件が二件起こったのだ。あんたがやったのか？」

「まさか！」

「ふむ。アトロピンは持っているかね？」

「ああ。しかし幸い、使い道はすべて説明できる」

「ゆうべの十一時から十二時の間、何をしていた？」

「散歩に出ていた」

「なるほど。どこへ行ったかを証明できるかね？」

「わからない。証明できればいいが」

「どこへ行ったのだ？」

「ロンドン警視庁方面だ」

「何をしに？」

「ミセス・シンクレアが拘留《こうりゅう》されていると聞いたので」彼は何も考えずにそういったように見えた。続いてこっそりと、だが険しい目をマーシャに向けた。彼女はサンダースの椅子のすぐ後ろに立っていた。

「それをどこで聞いた？」

「たぶん――妻からだと思う。そうだ。そのことを話しているときに、サンダース先生が警部のふりをしてやってきて――」

「違います、そんなことをしたら絞首刑になってしまいますよ！」サンダースが鋭くいった。「ぼくはただ――」

「黙らっしゃい」H・Mが厳しくいった。小さな目が、またブライストンをじっと見る。「奥さんは、それをどこから聞いたのだ？」

ブライストンは困惑したようだった。

「それは……考えてもみなかった。たぶんメイドからだろう。家内のメイドは、ミセス・シンクレアのメイドと知り合いなんだ。そして、ミセス・シンクレアのメイドも警視庁へ連れて行かれたと聞いている。メイドは喜んでそのニュースをばらまいたのだろう。それが何か関係があるのか？」

「奥さんの結婚前の名前は？」

「なあ」ブライストンは落ち着かなげにいった。「そのことが何の関係があるんだ？　結婚前の名前？　バーバラ・ゴア＝リーヴスだ」

「バーバラ！　ジューディスではないのか？　いつもジュディと呼んでいたじゃないか」

「ああ。だが、家内はわたしをパンチと呼んでいた」ブライストンは威厳を保とうとしながら答えた〔「パンチとジュディ」は英国の人形劇の登場人物〕。彼は襟を正した。「それは——結婚したての頃の呼び名だったんだ。あの頃は若くて、理屈っぽくて、子育てについても確たる考えを持っていた」

「わしに嘘をついているのではなかろうな、デニー？　奥さんの名前はジューディス・アダムスではないのか？」

相手は目をしばたたいた。「ジューディス・アダムス！　いいや、そんなはずはない。うちへ来て本人に訊けば、すぐにわかることだ。だが、いいかね、メリヴェール。少し考えたほうがいい——わかるだろう？　レディ・ブライストンは、非常に神経質な女で、気難しいのだ。この前きみが来たときのことだが、噛《か》み煙草を噛んでいただろう。家内はこういうんだ。なぜあのような、貴族の中でももっとも由緒ある准男爵で、数々の学位をお持ちの方が、一貫してだらしない言葉遣いをして自分を貶《おとし》めるのかと。女性にはわからないのだよ。ときにはわたしにもわからないことがある。ところで、どこまで話しただろう？　ああ、そうだ。名前だ。パスポートを見せてもいいが——」

彼はその先がいえなかった。マーシャがその前に進み出て、落ち着き払った態度でハンドバッグを開いた。サンダースからは彼女が見えなかったが、どこか興奮している様子なのが感じ取れた。ハンドバッグの中から、彼女は字がびっしりと書かれた、丸めた二枚の紙片を取り出し、H・M

に渡した。

「どうぞ」彼女はいった。「読んでみてください」

Ｈ・Ｍは、重さを量《はか》るように手に取った。

「おや」彼はいった。「ゆうべファーガソンの椅子からくすねたものだな。つまり、白状しようというのか？」

「どうか、読んでみてください」

彼女のおかげで、ほかの問題は脇へ追いやられてしまった。義務を自覚しているような雰囲気で、彼女は窓の下枠にもたれた。心配事はすべて消え去っているようだったが、それでも彼女はひどく安心した様子だった。茶色の目が断固とした意志に輝いているのを見て、サンダースは気づいた。まもなく彼女の仮説をふたたび聞くことになるだろうと。

「おっしゃる通り」彼女ははっきりといった。「父は本物の犯罪に巻き込まれています。ええ、そうだろうと思っていました。ひと目見たときから、彼は最低の人物だとわかっていました」

「誰が最低の人物だって？」ブライストンが鋭くいった。「何の話をしているんだ？」

Ｈ・Ｍは膝の上に紙を広げた。彼が口を開くまで、たっぷり一分はかかった。窓の外では、日差しがいっそう強まっていた。初めてマーシャはサンダースのほうを見た。ひどく大げさに振り向き、ほほえむ。

「困ったことになったぞ」Ｈ・Ｍはいった。「何たることだ！　間違いなく、困ったことになった」

「何が困ったことになったのです？　それは何なのです？」

「へイ殺害事件に関する全容だよ」Ｈ・Ｍはうつろな声でいった。

ブライストンは手を組んだ。ベッドの端に硬くなって座り、まっすぐな目は揺らがなかった。

「名指しされているのか——？」彼はいった。

「いいや、犯人の名は挙げられていない。とにかく、そう多くは書かれていないのだ。わかるだろう、ファーガソンには時間がなかった。最初は流れるような筆跡でこう書かれている。〝理学士・エジプト有効勲章所持者ピーター・シンクレア・ファーガソンによる、フェリックス・ヘイ殿の殺害に関する記述〟。ファーガソンは、自分の名前に肩書きをつけたがるタイプのようだ」彼は弁解するようにいった。「こうしてだらだらと書いているところからして、自分の文体に自信を持っているに違いない。この男の影がまだついてくる。どうも逃れられないようだな。読んでみようか？」

「読んでくれ」ブライストンがいった。「早く」

H・Mのいった通りだった。ファーガソンの影はまだそこにあった。窓からぶら下がっているように、はっきりと。

フェリックス・ヘイの例にならって（と、H・Mは読み上げた）、わたしは彼を殺した人物の名前と、犯行に使われたきわめて巧妙な方法について書き記しておきたい。

ヘイと違い、わたしはいかなる危険も予期していない。しかし、万が一のことを考え、持っている限りの情報を警察に知らせようと思った次第である。

まずは、自分の経歴について記しておきたい。一九二六年から二七年まで、わたしはイギリス＝エジプト輸入商会の美術品製作主任として、カイロのカスル・エル・アリ大通りにある事務所と倉庫に勤務していた。ここでは、ペースト状のガラスや珪質粘土《けいしつねんど》を使ったスカラベや動物のミイラ、大きいものでは黒玄武岩《くろげんぶがん》の代わりにアントワープ産の片岩《へんがん》を使った彫像、また本物そっくりのパピルス紙といった商品を作っていた。

ここで記しておきたいが、わたしが再現した第十九王朝のパピルス紙を、称賛のしるしとしてエジプト国王陛下に献上したところ、陛下より温かいお褒めの言葉をいただき、結果としてわたしにエジプト有効勲章が授与されたのである。わたしは、この勲章を受けた数少ないひとりなのだ。

価値ある在庫のほとんどは、離れた場所の倉庫に収められていて、そこにバーナード・シューマンの個人事務所があった。バーナード・シューマンは、昔も今もイギリス＝エジプト輸入商会の所有者である。所得税の面倒を避けるため、専務取締役と称していたが、実際には唯一の所有者だ。わたしはこの男を、放火と殺人の罪で告発できる立場にある。

「放火と殺人」ブライストンは機械的に繰り返した。

彼の顔は青ざめていた。誰も動く者はなく、H・Mが紙を広げる音のほかには、何も聞こえなかった。

「放火と殺人？」サンダースがいった。「シューマンが？」

「そうだ」H・Mは抑揚のない口調で認めた。「ボブ・ポラードが昨日集めた情報によれば、シューマンの高価な在庫はかつて、火事で焼失している――いいかね、まったく保険がかかっていない状態でだ。正直な業者として知られていた彼は、そのことで大いに同情を集めた。ファーガソンはこのように説明している。

火事はシューマンによって計画され、実行されたものである。それは彼が、唯一の強力な競争相手である、きわめて頭がよく悪辣《あくらつ》なイスラム教徒、エル・ハキムの殺人を隠すためのものだった。ハキムは彼をこの商売から排除しようとしていたのだ。すべては前もって仕組まれたことだった。シューマンはわざと、倉庫にある在庫の保険を失効させた。うっかり忘れたかのように。

これには彼なりの理由があった。世間の人々は、犯罪を行うために、わざと莫大な財産を失うようなことをするとは思わないだろう。そして、シューマンにいわせれば、完全犯罪を遂行する唯一の方法は、こうした犠牲を払うことだった。オムレツを作るには卵を割らなければならないとシューマンはいった。彼はオムレツにそれだけの価値があると思っていた。元来、非常に冷酷な男なのだ。

彼は午後に倉庫の屋根裏でエル・ハキムを（凶器は不明だが）刺殺した。その夜に火事が起こることになっていた。火が出たときには遠くにいて、アリバイがあるように計画したのだ。

彼がやったのは次のようなことだ。倉庫の床には鉋《かんな》くずや木毛《もくもう》、そのほか燃えやすいものが分厚く積もっていた。彼はそこに、さらに石油をかけた。次に、どこにでもある目覚まし時計の仕掛けを手に入れた。よく知られているように、こうした目覚まし時計が鳴る仕組みは、腕または舌が激しく振動し、時間切れになるまでベルを叩くというものだ。

バーナード・シューマンは時計からベルを取り去った。そして、腕または舌に、普通の大きなマッチの軸を針金でくくりつけた。

時計は大きな木箱のそばに置かれた。時間が来ると、マッチがサンドペーパーをこすり、火がつくような配置で。箱には石油がたっぷりとかけられ、鉋くずの詰まった時限爆弾となっていた。

バーナード・シューマンはもちろん、好きな時間に火事を起こすことができた。目覚まし時計をその時間に合わせておくだけでよいのだ。この場合は午後十時にセットされ、その時間には、彼はシェファード・ホテルのテラスにいた。燃え上がる火葬の薪《まき》が夜空を焦がす中、シューマンが友人たちの間で揉み手をしている場面よりも驚くべき光景は、めったに見られないだろう。

当然、焼け跡からは遺体が発見された。遅かれ早かれ、それはエル・ハキムのものとわかるはずだった。エル・ハキムは行方不明になっていたからだ。果たして、彼だということがわかった。警察は――シューマンの思惑通り――このように考えた。エル・ハキムが商売敵《がたき》を破滅させようと倉庫に火を放ったが、自分自身が火に巻かれて死んだのだと。世間は因果応報だといい、わたしにもそう見えたというしかない。シューマンは大いに同情を集めた。非常にうまい考えだった。

「これは」サンダース医師は、同じくうつろな声でいった。「何にでも使える、昔ながらの控えめな表現ですね。うまい考えというのはその通りだ」

H・Mは真面目にうなずいた。

「ファーガソンのいっていることが本当だとすれば――そうだ。何ひとつ欠点がない。殺人者は遺体の身元を隠そうとしなかった。多くが間違うのがこの点なのだ。彼は何も隠そうとしなかった。警察は好きなだけ捜査できるが、それでも本人は安全なのだ。心理学的にも理にかなっている。ファーガソンのいう通り、犯罪を行うために莫大な価値のある財産を失うようなことをするとは、誰も思わないだろう」

彼は顔をしかめた。

「ふむ。この説明はまったく新しい。これが本当なら、完全犯罪に近いといえよう。以前わかっていたのは――これもまた、マスターズや警察の一般的な捜査によるものだが――シューマンの罪は放火ということだけだった」

「前から知っていたのか？」ブライストンが訊いた。

「ああ。この目覚まし時計のトリックは、大昔からあるものだ。よくある手だよ。怪しい人物が、これと同じようにベルのない目覚まし時計の仕掛けを持ち歩いていたら、その狙いが放火でないかどうか、目を光らせておくことだ。同時に、その男がポケットに拡大鏡を入れていたら、ますます気をつけることだ。それはただの拡大鏡ではなく、天日《てんぴ》レンズにもなるからだ。そしてそれは、エジプトそのものと同じくらい古くから、火を起こす道具として使われてきた」

サンダースは考えた。H・Mの声には疑うような響きがあった。

「でも、待ってください！　シューマンのポケットに入っていた目覚まし時計の仕掛けが、カイロで火事を起こすために使われたものであるはずがありません。火事の熱で溶け、形のわからない金属の塊になるのではありませんか？」

「だろうな」H・Mはうなるようにいった。「それで頭を悩ませているのだ。シューマンが放火魔で（それはきわめてありうることだ）、別の放火を企てていたとすれば話は別だが。フェリックス・ヘイが握っていた情報をわれわれは知らない。五つの箱に何が入っていたかわからないのだ」

マーシャは腕組みをした。彼女は父親を見ていた。

「失礼ですが」彼女は静かな声で割って入った。「ファーガソンはミセス・シンクレア――彼の妻について、興味深い事実を握っています。父にいった通り、彼女はファーガソンと法的に結婚した妻です。けれども、これを読むまで、あの人が美術詐欺を働いていたとは知りませんでした」

「これ、マーシャ！――」

「お父様は知っていたの？」

「おまえには関係のないことだ、マーシャ」ブライストンは不機嫌にいった。「彼女は違法なことは何もしていない。そうだろう、メリヴェール？　ファーガソンは彼女について何と書いているんだ？」

「ファーガソンは」H・Mは、顕微鏡が必要になりそうな字で書かれている紙片に目を走らせながらいった。「ファーガソンは、純粋に卑劣な心から、誰彼構わず攻撃している。もしも誰かに脇へどけられそうになったら、転ぶ拍子《ひょうし》にできるだけ多くの人間を引きずり倒す男だ。彼が書いていないのは、デニー、あんたのことだけだ。なぜなら、明らかにあんたのことを知らないからだよ。だが、ヘイ殺害事件に関係する部分だけを抜粋することにしよう」

カイロの火事でシューマンを有罪にできる実際の証拠はなかったが、シューマンはわたしに知られているという事実を知っていた。イギリスに戻りたくなり、ロンドン支店の支店長にしてほしいと掛け合うと、その地位に任命してもらえた。

バーナード・シューマンが厳しい態度を取ったり、身の程を知らなかったりしたときには、わたしは決まって見下したような目をして、〝一六六六年のロンドン大火〟〝一六六六年のロンドン大火〟〝一六六六年のロンドン大火〟といった。その効果はてきめんだった。彼は夢の中でも、暴かれたという気持ちなしにはその言葉を聞けなかっただろう。

だが、ここで指摘しておかなければならないのは、わたしが幅広く、多岐にわたる好奇心を持つ男だということだ。わたしはひとつの会社にとどまる気もなければ、長居する気もなかった。わたしはまとまった金を持って大陸へ渡った。バーナード・シューマンがなぜわたしを訴えなかったか、見当はつくだろう。


「ここから」H・Mは悪魔のような喜びとともにいった。「ミセス・シンクレアとの結婚と、ともに過ごした楽しい生活のことが記されている。関心があるのはわかるが――」彼はマーシャをじっと見た。「――そこは飛ばすとしよう。残りの部分が肝心だからな。そこには、一昨日の夜の事件について、われわれが知りたいことが書かれている」


長い時間が経って、旧友と再会するというのは奇妙なものだ。

先週の月曜の夜、わたしは妻の家を訪ねた。会うのはほぼ一年ぶりだ。わたしが死んだと本気で信じていたとは思わなかった。

ああ、まったく思わなかった。彼女はきわめて聡明な女性だし、あの保険証券を見過ごすとは思わなかった。ただし、そこに罠があると気づけば別だが。

ともかく、彼女は両手を広げてわたしを迎え、われわれはとても楽しい一夜を過ごした――。

「とんでもない嘘だ」ブライストンがいった。

「まあ、何だかんだいっても」H・Mは穏やかにいった。「彼の妻なのだから」

「だが、今は違う。というより、今では未亡人だ」

彼は急に、娘の前で話していることに気づき、そんなことはどうでもいいと訂正した。だが、その怒りの下には、前を見ようとしているような、ある種の満足感と思慮深さが感じられた。H・Mは彼をじっと見ていた。

「こういえば役に立つかな？　違った意味でその指に気をつけることだと。これは試練なのだ。あんたはイギリスでもっとも悪賢い犯罪者の仲間入りをしていたのだ。ミセス・ボニータ・シンクレアとミスター・ピーター・シンクレア・ファーガソンは、四六時中抜きつ抜かれつの争いをしていた。彼らは互いを出し抜こうとしていたが、その手慣れたやり方と巧みさときたら、年寄りには鳥肌が立つようなものだ」彼は大きな禿げ頭を撫でた。「どうも、うまいたとえができなかったようだ。この言葉で締めよう。あんたは勝ち目のない戦いをしているのだ。わかった、わかった！　怒鳴らんでくれ。これで終わりにしよう」

彼女がわたしを必要としていたのは明白だった。そして、現にそうだった。

ここで、わたしがミスター・フェリックス・ヘイに会う栄誉に恵まれなかったことを記しておきたい。わたしは彼が何者か知らなかった。なぜ彼がわたしに興味を持ったのか、なぜわたしに殺されると思ったのか、あるいはわたしがある活動に使っていた生石灰と燐をどこから手に入れたか知らなかった。彼は愚かな男だった。

妻がヘイについて語ったことを信じるなら、誰かが彼を毒入りのエールで殺そうとしたらしい。

まもなく――妻がなぜそれを知ったのかわからないが――ヘイはその容疑者と思われる人々を集めようとした。この厚かましい愚か者は何らかの理由で、幾人かの人々を有罪にする証拠を集めていた。どの程度集めていたか妻は知らなかった。また妻は、彼がその証拠をどこかに隠したか、隠そうとしていると考えていた。容疑者にはわたしも入っているということだったが、わたしは妻が嘘をついていると思った。妻はひどく怯えていた。

妻はわたしに、次のような提案をした。

わたしはヘイに気づかれないように、その会合に加わる。これは難しいことではなかった。驚いたことに、ヘイのフラットはかつての事務所の真上にあることがわかった。その建物のことは、わたしがもっとも霊感を受けた宗教だと常々思っているイスラム教のコーランと同じくらい知り尽くしている。

わたしはバーナード・シューマンの事務所で待つ。妻はフラットに入るとき、ドアの掛け金を外したままにしておく。一同がひとつの部屋に集まるのを待って、わたしはフラットに入って聞き耳を立てる。

そのミスター・ヘイというのは、妻がいうには、自慢げにだらだらとしゃべり立てることにかけては稀有な才能を持っているということだった。妻は自分をおびやかす品が隠された場所を、彼がほのめかすか、あからさまに口にするだろうと考えていた。仮に話すことを拒んでも、話すように仕向けられると思っていた。

こんなとりとめのない空想の話はやめておこう。書くのがうんざりしてきた。妻がわたしを必要としたのは、わたしがどんな場所にでも忍び込めるからだ。さて、これでわかっただろう。それが、わたしがあの場所にいた理由だ。ヘイはしゃべろうとしていた。わたしは聞こうとしていた。彼がその証拠——妻の場合は、偽のルーベンスと偽のヴァン・ダイクを本物だと保証した二通の直筆の手紙で、五年間刑務所送りになるようなものだった——をどうしたかを聞いたら、すぐに外に出て行動に移る予定だった。ヘイがその証拠を、イングランド銀行のような場所へ預けていない限り、やつがまだその話をしている間に盗み出せるはずだった。これは嘘ではない。本当だ。

それが彼女の頼みだった。わたしは千ポンドで引き受けるといった。最終的には、七百五十ポンドで話がついた。

全員が階上にあるヘイのフラットに集まるのを待ち、わたしは合い鍵でバーナード・シューマンの事務所に忍び込んだ。こういうことは好きだった。何かのふりをするのは好きだったし、誰かが入ってきても、そこで仕事をしているふりをするつもりだった。シューマンに出くわしても怖くなかった。もし顔を合わせても、〝一六六六年のロンドン大火〟という用意はできていた。

だが、シューマンと顔を合わせることはなかった。わたしは十一時十分に上のフラットへ向かった。全員がキッチンに集まっていた。愚か者のヘイは、声から判断するに、赤ん坊の真似をしているようだった。

わたしは寝室へ入った。そこからは居間の中が見えた。寝室へ入った直後、目に入ったのはバーナード・シューマンだけだった。彼はカクテルシェーカーとグラス、タンブラーの載ったトレイを手に、キッチンを出てきた。彼はそれを小さなテーブルの上に置き、またキッチンへ戻って行った。そこではヘイが相変わらず赤ん坊の真似をしていた。

彼らがそこにいる間に、何者かがカクテルシェーカーやタンブラーやグラスに毒物を入れたと考えているなら、それは間違いだ。わたしが見ている間に、そんなことをした者はいなかった。

数分後、全員がキッチンから戻ってきた。ヘイが彼らにテーブルにつくようにいった。それからじわじわと彼らを責め立てた。彼はまず、〝友よ、ローマ人よ、同胞よ〟といい、大部分は道化に徹していた。彼は穏やかな人物に思えた。話し方も穏やかで、彼が何の話をしているのか、また各人に関して何を握っているのかわからないくらいだった。しかし、彼は証拠品を顧問弁護士のドレーク・ロジャース・アンド・ドレーク弁護士事務所に預けてあるといい、それだけがわたしの知りたいことだった。彼らは次第に興奮してきたようで、ひと息に飲みものを飲んでいた。そのときは、それが理解できなかった。

H・Mは目を上げ、ブライストンをじっと見た。

「すると」彼は平坦な口調でいった。「ヘイは自分の考えを口にしたのだな？　アトロピンが効いてくるまで、ただ冗談をいっていただけではなかったのだな?」

ブライストンは内省しているようだったが、ふたたび気持ちを奮い立たせた。明らかに、どうしていいかわからないようだ。彼は顎を引き、重々しい口調で話そうとしたが、口ごもり、ひどく間が抜けて見えた。

「ああ。ヘイは何かいっていた」彼は認めた。

「どんなことを?」

「うまくいえないのだ」ブライストンは重々しく答えた。「彼は率直にものをいえない男だ。どんなときにも率直に話さない。第一に、彼は——何といったらいい?——曖昧なもののいい方をした。第二に、アトロピンが効いてきた。アトロピンと、ヘンリー・ジェイムズ的な洒落《しゃれ》や冗談や二重の意味に取れる言葉を抜きにして、ありのままの事実をありのままにいえない性格とが相まって、混乱していた。わたしは自分に関することだけを聞き取ろうとした。しかし——」

「しかし?」

「このファーガソンというろくでなしが、本当のことを書いていると思うのか?」

「もちろんだ。少なくともこの部分はね」

「だったら、アトロピンはどうやって飲みものに入れられた?」ブライストンは、演壇の上の講師のように身を乗り出して訊いた。その質問に、精神をすべて集中させているようだった。「断言するが、ボニー——ミセス・シンクレア——はやっていない。わたしはそれが心配だったので、彼女を見ていたのだ」

「どれくらい念入りに?」マーシャはそういって、軽蔑したような声をあげた。彼女は苛立ちで熱くなっているように見えた。

「ほかの人たちのことも見ていた」ブライストンはいった。「誰もやっていない。あれは、まったく不可能なことだった」


わたしはヘイがさらに何かいうのを待っていたが、彼はとりとめのないことを口走るばかりだった。堂々たるものごしの、背の高い間抜けは『岸に寄せてくれ、船乗りよ』を歌っていた。わたしは衣装戸棚も見ていた。それで外へ出た。

それからわたしは、バーナード・シューマンの事務所へ行き、電話帳でドレーク・ロジャース・アンド・ドレーク弁護士事務所の住所を調べた。その事務所を知らなかったのだ。それには時間がかかった。電話帳には、ドレークの名が三段近くあったからだ。

その間に、上の階はすっかり静かになっていた。わたしはそれが気に食わなかった。住所を見つけ、行って調べてみようと思ったとき、上の階から物音が聞こえてきた。幸い、ちょうど電気を消したところだった。誰かがヘイのフラットから下りてきて、バーナード・シューマンの事務所の前を通り、また階段を下りて行った。

わたしはあとをつけた。階段は暗かった。その人物は一階まで下り、建物の裏口のかんぬきと鎖を外しはじめた。そして、ドアを開けて出て行った。わたしはそれを追った。その人物が路地を抜けて通りに出たとき、それが何者かがわかった――一目瞭然だった。

それが誰だったかを知れば、きっと驚くだろう。

その人物は歩きはじめた。かなりの急ぎ足で、グレート・ラッセル・ストリートをサウサンプトン・ロウのほうへ向かっていった。どのみち行く方向が同じだったので、わたしはそれについていった。その人物がサウサンプトン・ロウからセオバルズ・ロードへ折れるのを見て、行き先が自分と同じグレイ法曹院なのではないだろうかと思った。

案の定だった。彼は弁護士事務所へ向かった。彼（彼女かもしれないが、どうだろう？　便宜上、彼としておこう）は、建物の裏の狭い庭へ入っていった。そして、非常階段を上りはじめた。

それが十二時十五分のことだ。その人物はある窓へ向かい、ナイフで掛け金を外しているようだった。続いて窓から中へ入り、二分ほどすると出てきて、その場を立ち去った。

わたしは常に、自分のなすべきことはわかっている。いつもそうだった。だが、このときばかりは、どうすればいいかわからなかった。わたしは妻から金をもらって頼まれたことをしなくてはならなかった。だが、誰かがすでにやってしまったらしい。不安はなかった。わたしはその人物の悪事の証拠を握っていて、それがあとから有利に働くことを知っていたので、止めようとはしなかった。だが、その人物が弁護士事務所に保管してある証拠をすっかり持ち去ったかどうか確かめたほうがいいと思った。特に、彼がすべてを処分していない可能性を考えれば。

わたしは非常階段を上った。

杞憂だった。ヘイの名前が書かれた箱が、鍵が壊れた状態で床に転がっていた――簡単な仕事ではない。中には何もなかった。わたしは見落としがないように、事務所じゅうを調べた。わたしは常に仕事はきちんとする男だ。それから、グレート・ラッセル・ストリートへ戻ったほうがいいと考えた。

そこを出たのは十二時半だった。夜警がわたしを見て騒ぎ出したので、しばらく身を潜めていなくてはならなかった。それで遅くなったのだ。グレイ法曹院からグレート・ラッセル・ストリートの建物まで、歩いて十五分近くかかり、ここでも遅れを取った。戻ったのは十二時五十分頃だった。

わたしとあの人物が建物を出るのに使った裏口のドアは、ふたたび中からかんぬきと鎖がかかっていた。

それは想定外だった。どういうことかわからなかった。

そこから建物に入れなくても、中へ入るのは簡単なことだった（前記の経歴を見るといい）。わたしは建物の裏の雨樋をよじ登り、バーナード・シューマンの事務所の窓から忍び込んだ。それは汚れ仕事だった。そんなふうによじ登ったため、ほこりだらけになってしまった。事務所に入ると、服のほこりを払い、手を洗わなければならなかった。気がかりだったのは、上の階で何が起こっていたかということだ。そのときには知らなかったからだ。

手を洗い終えた直後、誰かが階段を上ってくる足音が聞こえた。その頃には、この一件には何か不正で間違ったことが絡んでいるとわかっていた。それをはっきりさせておいたほうがいいと思ったので、わたしはバーナード・シューマンの事務員を装い、廊下に出た。すると、怯えたような若い女性と若い医師が立っていた。

「ふむ。この先はほとんどない」H・Mは最後の便箋の裏まで調べながらいった。「そして、残りの部分はきみらも知っての通りだ。今ではファーガソンが臆することなく本名を明かし、シューマンの事務員として堂々とふるまっていた理由がわかった。シューマンが正体をばらすことはないと踏んだのだ。さらに、彼は声をかけ、そこで何をしていたか説明しなくてはならなかった。なぜなら、殺人が発覚したとき、いったい何が起きていたのか知りたかったからだ。階上で、薬を飲まされたダミー人形を調べたとき、ようやく彼は姿を消さねばならないと判断した」H・Mはサンダースに向かって目をしばたたいた。「悲しいことだが、きみの話を聞くまで、ファーガソンは何が起こったのか本当に知らなかったのだ」

「それから――?」サンダースはいった。

「そう、彼の現実的な精神は揺さぶられてしまった。妻の安否を尋ねるくらいの人間性は持っていたのだ。だが、さまざまな驚くべき出来事にすっかり狼狽《ろうばい》し、きみとその娘さんの前で軽率なことをいってしまった。あとから悔やんだに違いない。だが、彼はいつでも後悔する男だった。どういうわけか、犯罪で成功したことはなかったのだ」

H・Mは、手の中で原稿の重みを量るようにした。人格を推し量っているように見えた。

「それは結構だが」ブライストンが鋭くいった。「何も語ってはいない。きみは、このとりとめもない話から、重大な新事実が出てくると約束したはずだ。わたしも一瞬、真相が明らかになるのではないかと思っていた。ファーガソンはあまりにじらそうとしすぎたようだ。真犯人が誰なのか明かすことも、ほのめかすことすらもしていないし、アトロピンがどうやって混入されたかも――」

「いいや、彼は明かしておる」H・Mはいった。

またしても、ブライストンは頬に手をやった。マーシャが相変わらず無表情で落ち着き払っていることに、サンダースは気づいた。

「冗談をいっているのではない」H・Mは紙片を掲げていった。「きちんと読めば、すべてここに書かれているのがわかるはずだ。行間から、真実が声をあげているようなものだ。それを見過ごすことはできん」

彼は辛辣な喜びとともに、あたりを見わたした。

「どうだね？　ほとんどすべての謎は解け、あとは誰がヘイを殺したか、どのようにして楽しいパーティーに毒を盛ったのかという、ささいな謎が残るだけだ。ちゃんとしたリストもある。ピーター・ファーガソン――泥棒。ボニータ・シンクレア――美術品詐欺。デニス・ブライストン――スリ。バーナード・シューマン――放火魔。バーナード・シューマンは特に興味深い。〝一六六六年のロンドン大火、一六六六年のロンドン大火、一六六六年のロンドン大火〟。思い起こせば、ファーガソンはその言葉を恐ろしい悪夢に変える癖があったようだ。しかし、パーティーはこれで完成ではない。ヘイの狡猾さにもかかわらず、ジューディス・アダムスが何者かはっきりしていないのだから。彼女は恐ろしくとらえどころがない。実在するが、とらえがたいのだ。今のところ誰ひとり、彼女の正体を推測することもできないのだから」

「馬鹿馬鹿しい」ブライストンがいった。

「何だって？」

「馬鹿馬鹿しいといったのだ」ブライストンはそっけなく繰り返した。興味を引かれながらも、困惑している様子だ。「前にもいおうとしたのに、例のごときみに邪魔されたのだ。そこには謎などない。ジューディス・アダムスが何者かはよく知っている。彼女は――」

十六

ポラード部長刑事がジューディス・アダムスの情報を手に入れたのは、フェリックス・ヘイのフラットに足を踏み入れてからわずか数分後のことだった。

午前中は、ほとんど収獲がなかった。マスターズ首席警部は、サンダース医師の見舞いから十一時に帰ってくると、ヘンリー・メリヴェール卿が主張した通りに、ヘイが殺された日の関係者の行動を調べるよう、ポラードに指示した。

ポラードはもちろん、ボニータ・シンクレアから始めることにした。その人の美しい顔と姿が、彼の心に今も残っていた。チェイニー・ウォークの家で話を聞いたあと――彼女は涙に暮れ、きわどいネグリジェを着ていた――彼は洋裁店からレストランまで、苦痛に満ちた道のりをたどった。しかし、ヘイが死んだ夜の十一時までの間、彼女の行動は申し分なく説明がついた。

次はデニス・ブライストン卿だった。デニス卿はハーレー・ストリートの事務所にいなかった。秘書がいうには、サンダース医師に会いに行っているということだった。しかし、秘書とレディ・ブライストン、ふたりのメイドの話で、デニス卿がミセス・シンクレアを迎えにチェイニー・ウォークへ向かうまでの行動も説明できた。

レディ・ブライストンにはあまりよい印象を持てなかった。背が高く、ごわごわした髪とたるんだ口元をして、彼よりもはるかに多く質問した。彼女はポラードのことを、どんな学校へ行っていたかを含め何でも知りたがった。その答えを聞くと多少は打ち解けたようで、オウムに与えるようにビスケットを勧めたが、やはり警察は好きではないようだった。レディ・ブライストンはとりわけ、サンダース警部なる人物の悪口をいっていた。彼女がいうには、その警部はゆうべ騒々しく押しかけてきて、全員を脅《おど》して服従させたという。ポラードは真相を教えなかった。ただ、警官の宿命といったようなことを口にしただけだった。

「自分がブライストン卿なら――」家をあとにしながら、彼は思った。「きっと――」それからまた、ボニータ・シンクレアのことを考えはじめた。

ハーレー・ストリートからバーナード・シューマンの事務所までは、そう離れていなかった。ポラードはシューマンに会うだけで済ますつもりはなかった。管理人に、ヘイのフラットを訪ねた可能性のある人物について尋ね、毒の入ったエールの瓶を、誰かが偶然または故意に持ち去る前に手に入れようと思っていた。

軽食堂で食事をしてから向かったグレート・ラッセル・ストリートでは、何の成果も得られなかった。イギリス＝エジプト輸入商会は開いていた。しかし、礼儀正しく物柔らかな声のエジプト人が、身振り手振りをふんだんに使って、ミスター・シューマンは今日は一日家にいると伝えた。ミスター・シューマンは体調が悪いのだという。現にミスター・シューマンは、犯罪が行われた日にも事務所にいなかったということだ。

ポラードは階上へ向かった。

午後三時になろうとしていた。部長刑事は暑さと苛立ちを感じた。春先の不調が本格的に襲ってきていた。日差しはヘイのフラットに差し込み、ほとんどの場所を明るく照らしていたが、羽目板張りの廊下は暗かった。屋根の下のその場所は、とても暖かく、息苦しく、静かだった。ほこりのにおいがした。

キッチンの戸棚をしばらく探したあと、ポラードはエールの瓶を見つけた。それから居間へ入った。町の喧騒は静まり、密閉されているように感じた。眠気を催すような雰囲気だった。

ポラードは腰を下ろし、煙草に火をつけた。

彼はまたしても、暖炉の両側を彩《いろど》る、鮮《あざ》やかなニンフの壁画を興味を持って眺めた。ニンフのひとりは、ボニータ・シンクレアに少し似ていた。考えれば考えるほど、ボニータ・シンクレアに見えてきて、彼は頭の中で解剖学的な比較をしていた。あの女性は歪んでいるかもしれないが（精神的にはということで、他意はない）、殺人者でないのはわかっていた。断じて殺人者ではない！ポラード自身が、彼女のアリバイを証明していた。ファーガソンが毒殺されたとき、彼女は警視庁にいたのだ。結局、この女性が何をしたというのだろう？　専門的な知識を有益に使った。それが何だというのだ？

ポラードは立ち上がり、ボニータはフェリックス・ヘイにどんな能力があることを知っていたのだろうと思いながら、ぶらぶらと寝室へ向かった。寝室はとても広く、小さな窓がひとつだけあった。巨大なベッドと巨大な衣装戸棚が置かれている。騎兵のサーベルが片隅に立てかけられていた。椅子の背には、ヘイのシャツがまだ掛けられていて、脱ぎ捨てられた靴下がベッドの下に落ちていた。有名な奇術師の写真が、マントルピースの上に誇らしげに掛かっていて、それには〝わが親友、フェリックス・ヘイへ〟とサインが入っていた。それがこの部屋の目玉《シェドゥーヴル》だった。

居間へ戻ったポラードは、いつしか色鮮やかな表紙の本が並んだ棚を眺めていた。彼はぼんやりと、ヘイの文学の趣味はどのようなものだったのだろうと思い、タイトルを見はじめた。簡単なパズルの本が数冊あった。ヘイは難解な本を読む知性や想像力を持ち合わせていないようだ。『あなたにもできる隠し芸百選』、『どこでも使えるジョークと格言』、これもジョークの本である『パーティーの主役』。パリで出版された、ひどく辛辣な五行戯詩《リメリック》の本。こうした蔵書からは、ヘイの顔や物腰が表れてくるかのようだった。小説もある。『バーXのバーニー』、『ホイッスリング峡谷の保安官』、『南洋の乙女アルバ』。大物の個人的な回顧録が何冊か。そのページは、著名人の後ろ暗いところや不誠実なところを嬉々として力説していた。そして――。

ポラードの目は釘づけになった。

ジューディス・アダムス

その名前が、赤い表紙に白く浮かび上がっていた。本の著者の名前だった。

しばらくの間、暑く静かな部屋の中で、彼はそれをただ見つめていた。暑さのためか新事実の発見のためか、ポラードの頭はくらくらしていた。やがて、手を伸ばして本を取り出した。

タイトルは『ドラゴンの棲《す》み処《か》』といい、一見したところではスリラーのようだった。扉には、太い手書き文字で〝きみは使える、ジューディス〟と書かれていた。彼はその文字を、ほかの本への書き込みと比べてみた。回顧録のいくつかの文章、たとえば〝当時、著名なダッシュ＝ブランク卿は禁酒運動を進めていたが、毎晩飲酒をしていたことはよく知られていた〟といった文章の後ろに、ヘイは〝ハハハ〟とか〝それを知っていれば〟といったコメントをつけていた。

その筆跡は同じだった。

彼は本のページを繰《く》ってみた。それは小説ではなかった。彼が把握した限りでは、ドラゴンやそれに似た怪物にまつわる神話的伝承を集めた、きわめて明快な本だった。ポラードは出版社名を見て勝利の声をあげた。出版社はゴフィットだった。ゴフィットのトミー・エドワーズのことはよく知っている。

フラットの電話は通じていなかった。ポラードはぶつぶついいながらも、このことは首席警部にとって痛烈な一打になるだろうと思い、階下へ急いだ。エジプト人からシューマンの電話を借りる許可を得て、出版社に連絡する。

「トム、きみか？　ボブ・ポラードだよ。なあ、トム、作家のリストの中にジューディス・アダムスという名前があるだろう。彼女のことを知りたいんだ。待ってくれ！　きみが作家の情報を明かせる立場にないのはわかっている。だが、これは警察の仕事で、その情報を手に入れなければならないんだ」

「彼女のことを話すのは構わないよ」エドワーズは穏やかにいった。興味を引かれているようだ。

「彼女がどうしたんだい？」

マスターズの厳しい目を思い出したポラードは、慎重にいった。

「ああ、彼女が何かを企んでいるかどうか、はっきりとわかってはいないのだが――」

「それはないだろうね」その声は自信ありげだった。「彼女は死んでいる」

「何だって？」

「死んだんだ。埋葬されている」

「でも、いつのことだ？」

「一八九三年頃だ。『ドラゴン』を読んだのか？　それは再版なんだ。長いこと絶版になっていたが、ネス湖の怪物騒ぎがあって、これは売れると見込んだのさ。なあ、何があったんだ？」

ポラードは呆然と電話を見た。慇懃なエジプト人が聞き耳を立てているのがわかった。ジューディス・アダムスが一八九三年に死んだとすれば、フェリックス・ヘイは当時まだ六歳か七歳だったはずだ。

「待ってくれ！　彼女には同じ名前の子供か、そのような存在がなかったか？」

「あったとしたら」声がいった。「今でも第一級のスキャンダルになるだろうな。ジューディス・アダムスは、とりわけ清らかで冷淡な未婚婦人だった。カンバーランドかどこかの聖職者の娘だ。長生きし、いい仕事やその他いろいろな功績を残して、天寿を全うした。本を読めば、文体からそのことがわかるだろう。ジークフリートがドラゴンと戦う描写などは、大言壮語に満ちていて、われわれは半分を削《けず》らなくてはならなかった」

「ジューディス・アダムス、もしくは彼女の関係者に、フェリックス・ヘイという男とのつながりがあるか知っているか？」

口笛が聞こえた。「へえ！　その事件を捜査しているのか？　ぼくは知らないが、調べることはできる。一時間ほどしてから、また電話してくれるか？」

「いいとも」ポラードはいった。「ありがとう」

彼は受話器を置き、また考え込んだ。事務室では物音がしていた。シューマンの別の事務員が働いている、隣接した表の事務室でも。エジプト人は台帳を手に、静かにあたりを歩き回っていた。彼はドアの近くで立ち止まり、表の事務室の男に小声で話しかけていた。台帳を読み上げているように、フランス語でさりげなくいう。

「この汚職警官は何もわかっちゃいない《イル・ネ・コンプロン・パ、セ・サレ・フリック》。面白いじゃないか《セ・リゴロ、アン》？」

ポラードははっと物思いから覚めたが、振り返りはしなかった。残念ながら、エジプト人はそれに関連することをそれ以上いわなかった。ただ、静かに歌うような声で、こうつぶやいただけだった。

「送り状、青いカノプス壺ひとつ、磁器、トキの頭――」

ポラードは立ち上がった。

「電話を使わせてくれてありがとう」彼はフランス語でいった。「汚職警官《サレ・フリック》がわかっていないというのは何のことかな、汝、汚れた《サレ》砂漠の息子よ？」

つやつやした黒髪が、台帳から上がった。ぱりっとした服装の男は横目でポラードを見て、こう結んだ。「――六十五ポンド十シリング六ペンス」それから大きな笑みを浮かべた。

「誤解しないでください、ムッシュー」彼はフランス語で答えた。「冗談だったのです。確かに、警察が事件を解決できないのをからかうのはよくありませんでした。しかし、悪気があったわけではないのです。砂漠の息子については、半分はスペイン人の血が流れていることを指摘しておきましょう。それで笑っているのです」

ポラードは彼から何も聞き出せなかった。相手はどんな質問からもうまく逃げてしまった。フェンシング選手を突いているようなものだ。数分間、激しくののしったあと――フランス語の罵倒では、証人をそれほど威嚇できないように思えた――ポラードは仕方なくあきらめた。ハムステッドへ行ってシューマンに会い、仕事を切り上げたほうがいいと、暗い気持ちで考える。管理人は不在で、何も訊くことができなかった。

　地下鉄の中で、ポラードは手帳を見ながら頭をひねった。ジューディス・アダムスの本をぱらぱらとめくり、ジューディス・アダムスがこの事件とどう関係しているのか、バーナード・シューマンの事務員がジューディス・アダムスとどう関係しているのかを、交互に考えた。

　シューマン自身については、さほど疑いは抱いていなかった。マスターズ首席警部は、その男についてほとんど語らなかったし、カイロの警察へ電報が送られていたが、ポラードはそれを見ていなかった。十中八九、シューマンは小物の詐欺師か、さほど重大でない過失をした程度だろう。彼には本当にあくどいことをするだけの勇気も悪意もないと、ポラードは確信していた。

　ハムステッド・ヒースの外《はず》れに建つ家へ着いたときには、影が長くなっていた。事件のことに熱中していて、自分のことを考える暇がなかったポラードは、急に自分が妙な格好をしていることに気づいた。ウマル・ハイヤーム〔ペルシアの詩人・数学者・天文学者〕のように、片方のポケットからはエールの瓶、もう片方のポケットからは本が飛び出している。彼は灰色の石造りの家に近づき、ノックした。これほど近くに木が生い茂っていると、この家はさぞかしじめじめしているに違いないと彼は思った。

　バーナード・シューマン本人がドアを開けた。

「ああ、なるほど」ポラードの自己紹介を聞いて、彼はそういった。シューマンの目はまずエールの瓶を見て、それから本を見た。その隙のなさが、部長刑事にはむしろおかしかった。シューマンの淡いブルーの目は洗い清めたように見えた。ポラードはまたしても、彼の繊細な手と、漆喰《しっくい》でも塗られたかのようなごわごわした髪とが対照的なのに気づいた。

「今日は自分で雑用をこなさなければならないのです」シューマンはいった。「家政婦も料理人も休みでね。居間へどうぞ」彼は重々しい丁重さでいったが、かすかに笑みも浮かべていた。

　家はとても静かで、ヘイのフラットと同じくらい蒸し暑かった。午後の日差しは弱まっていた。ポラードは、玄関ホールのおびただしい家具につまずいた。ワックスフラワー〔オーストラリア原産の小低木で、ロウ質で光沢のある花が咲く〕に行く手をふさがれ、傘立てに邪魔される。シューマンは先に立って、硬いスリッパをきしらせながら歩いた。

「こちらです」彼は右手の大きな部屋のドアを開けた。物がごちゃごちゃと詰まった客間には、隅に大きなミイラの棺があり、馬巣織りの布を張った家具が置かれていた。ポラードは、ミイラの棺のそばに三脚に載った真鍮の鉢があるのに気づいた。

　主人はポラードに、暖炉のそばの椅子を勧めた。暖かい日にもかかわらず、暖炉では火が燃えていた。

「それで、部長刑事？」シューマンは促した。繊細な顔を曇らせている。「ピーター・ファーガソンが異常な状況で発見されたことは、新聞で読みました。詳しいことは書かれていませんでしたがね。毒殺だったのかと、訊いてもよろしいでしょうか？」

「そのようです」

「気の毒に」シューマンは暖炉の火を横目で見た。具合が悪いようには見えなかった。スリッパを除けば、きちんとした服装をしている。その服装には、猫のような上品さが感じられた。「ときどきつき合いにくいところもありましたが、彼は非常に有能な男でした。何かわかったことはありますか？　誰が――？」

「手がかりが見つかりました」

「ほう？　どんなものかお尋ねしても――？」

「今のところは、話さないでおきましょう」ポラードはいった。マスターズに仕込まれた通りの、意地悪で堅苦しい、おざなりな態度だった。実際には、彼はこの男を気の毒に思っていた。シューマンは、文鎮ひとつ持ち上げるのにも全力を出さなくてはならないように見えた。

シューマンは彼をじっと見た。

「いくつかお尋ねしたいことがあります」ポラードは続けた。「一昨日、すなわちミスター・ヘイが殺された日、あなたは何をしていましたか？」

「何をしていたかって？　どういうことかわかりませんが。どうしてそれを知りたいのです？」

ポラード自身にもわからなかった。命令でやっていることだ。そこで、ただ意地悪そうな顔をしていた。

「その日の朝から、夜の十一時までのあなたの行動を教えてくれるだけでいいのです」

相手は片手で目の上にひさしを作った。「そうですね。ああ、たやすいことです！　あの騒ぎですっかり忘れていました。その日は、ごく親しい友人をもてなしていたのです。サーンレイ卿夫妻です」

「歴史家の？」ポラードは訊いた。それは非常に地位の高い、立派な証人だ。

「ええ」シューマンは、相手がそれを知っていることに、明らかに驚いていた。「ご夫妻は（ご存じかもしれませんが）ダラムに住んでいて、ロンドンにはめったに出てこないのです。わたしは朝十時に、彼らが滞在しているホテル――アーモンドです――へ行きました。午前中はギルドホール図書館で過ごし、ホテルへ戻って昼食にしました。昼食時に、わたし宛《あ》てに電話でメッセージがありました。気の毒なヘイからで、その夜、フラットでパーティーをするから来てくれないかということでした。わたしはサーンレイ卿夫妻をもてなしているので、無理だといいました」

「それで？」

「ヘイがいうには、もうひとりの客のミセス・シンクレアからも、同じように断られたということでした。そこで、パーティーは夜の十一時からにしたので、嫌だとはいわせないというのです」

「しかし、本当は行きたくなかったのですね？」

シューマンの目は相変わらず部長刑事をじっと見ていたが、どこか遠くを見ているようになった。

「わたしが実際に行ったことが、その答えになるでしょう。しかし、少し先回りしてしまったようですね。当日のわたしの行動をお知りになりたいのでしょう。わたしは一日じゅう、サーンレイ卿夫妻と一緒にいました。午後はマチネを観に行き、それからバーリントン・ハウスで開かれている展覧会へ行きました。お茶のあとでここへ戻ってきました。夫妻はここで夕食をともにしました。十時二十分頃、夫妻はタクシーでホテルへ帰りました。そのすぐあとに、わたしもタクシーを呼んで、ヘイのフラットへ向かいました。着いたのは、すでに首席警部にもお話ししたと思いますが、十時四十五分でした。ヘイがわたしを迎え入れました。サーンレイ卿夫妻が帰るまでのことについては、夫妻が喜んで証明してくれるでしょう。まだホテルにいますから」

「ミスター・ヘイのパーティーのことを、彼らに話しましたか？」

「いいえ」

彼は詳しく話したり、説明したりはしなかった。

「ご質問の答えになりましたか、部長刑事？」

ポラードは考えた。シューマンに、自分たちが五つの箱のことや、ヘイがその中にそれぞれの客に関する証拠品を入れていたことを全部知っていると話すべきか。いいや、絶対に話さないほうがいい。これはマスターズに任せるべき重大事で、首席警部の指示から逸脱すれば、こっぴどく叱られるだろう。一方で、ひとつの点については確かめようと決意していた。

「ミスター・シューマン、あなたはどうやってヘイと知り合ったのですか？」

「偶然です。ただの偶然なのです。数年前、カイロで知り合いました」

「カイロで？」

「ええ。そうだったと思います。あれは――わたしにとって悲しく不幸な出来事があったときでした」

ポラードは相手が自分を観察しているような印象を受けた。淡いブルーの目が、じっと見ている。そこで部長刑事は思い出した。火事が起こり、シューマンの保険をかけていない在庫がほぼ焼き尽くされたことを。そう、別にこの男に文句があるわけではない。少し奇妙で、うんざりしたような顔をしているからといって、責めることはできない。

「ええ、そのことは知っています。本当にお気の毒でした。警報がすぐに鳴らなかったのが、よくなかったのでしょう」

沈黙が訪れた。シューマンは、奇妙な声でいった。

「本当にそう思いますか？　首席警部も、やはりそれがよくなかったと思っているのでしょうか？」

ポラードはほほえんだ。「実際に彼と話してはいないのです。しかし、あなたにお訊きしたいのはこのことです。ミスター・ヘイは、ジューディス・アダムスという女性について口にしたことはありませんでしたか？」

主人は考え込んでいるようだった。消えかけた暖炉のそばの椅子の傍らには、小さな丸テーブルがあり、その上には煙草入れとマッチ、ペーパーナイフが置かれていた。シューマンはペーパーナイフを手に取り、その先を椅子の肘に押しつけた。

「何ですって？　ジューディス・アダムス？　ジューディス・アダムス？　思い出せませんね。聞いたこともありません」

「パーティーの夜でさえ、ヘイはその名を口にしませんでしたか？」

「ええ。部長刑事、パーティーの夜で〝さえ〟とおっしゃる理由が知りたいですね」

ポラードは手帳を見た。

「いずれわかりますよ。しかし、ジューディス・アダムスという名をあなたがご存じでなくても、あなたの事務員は知っているようですね」

「事務員？」

「ええ。ふたりの事務員がいて、ひとりはエジプト人ですね――」

「それが？　何のお話かさっぱりわからないのですが」

「ジューディス・アダムスはある本を書いています」ポラードは説明した。「それがこの事件と直接関係があるようなのです。今日の午後、ミスター・ヘイのフラットでその本を見つけました。首席警部もまだ見ても聞いてもいません」

「あなたのいい方は、ひどく気になりますね。その本がどうかしたのですか？　わたしにはわかりかねますが。何の本です？」

「怪物の本です」ポラードがいった。

張り出し窓の外に夕闇が迫っていた。どんよりした夕闇だった。この部屋と同じようにくすんで重苦しい。暖炉の火は弱まり、分厚い灰に覆われて、わずかな光がシューマンの顔を照らしていた。暖炉の火と、昼間の暖かさにもかかわらず、部屋は寒々としたままだった。

シューマンの淡いブルーの目はじっと動かなかった。

「怪物？」彼は繰り返した。「犯罪者のことですか？」

「いいえ。本物の——神話に出てくる怪物です。ドラゴンのような。そして、そのジューディス・アダムスという名前が、ミスター・ヘイが自分を殺そうとしていると考えていた人物に関係しているのです」

「ミスター・ヘイは、誰かに殺されようとしていると疑っていたのですか？」

ポラードは言葉を濁した。

「誰が彼を殺したにせよ、そいつは初心者ではありません」彼はポケットの瓶に触れながら答えた。「しかし、今はそれを追及しているときではありません。その『ドラゴンの棲み処』という本を見つけたとき、下のあなたの事務所から出版社へ電話をかけたのです。そして、その本の話をしました。電話を終えると、エジプト人の事務員は面白がって、フランス語でこっそり、この汚職警官は何もわかっちゃいないといったのです。これはどういう意味でしょう?」

「見当もつきませんね」シューマンはそういって、二本の指でペーパーナイフをつかみ、椅子の肘に立てた。「今お持ちなのはその本ですか? 見せていただけますか?」

「すぐにお見せしますよ。しかし、これがあの事務員にとって何らかの意味を持っているということは、あなたにも意味があるに違いないと思ったのです」

「期待しすぎですよ。ドラゴンとは! この件に、ドラゴンという主題がどう関係するのでしょう?」

「考えてみてください」ポラードは熱心にいった。「どこかに関係があるはずです。白状しますが、わたしにはわかりません。わかっているのは、ドラゴンが口から火を吐くとされる神話の動物だということだけです。それ以外は何もわかりません」

十七

シューマンの手がペーパーナイフをきつく握りしめた。

「なるほど」彼はそういって、また咳払いをした。「しかし、やはりお力にはなれませんね。ヘイのつまらない冗談のひとつとしか考えられません」

ポラードは残念そうに手帳をバンドで留め、それをしまって立ち上がった。

「以上です、ミスター・シューマン。大変お時間を取らせてしまい申し訳ありません。それでは失礼して――」

「いやいや」シューマンがそれを遮った。「実に興味深い。まだ帰らないでください。今しばらく。座って、何かお飲みください。どうかぜひ」

「申し訳ありませんが――」

「あなたにお聞かせできる情報があるかもしれないのです」

ポラードは鋭く彼を見た。

「どんなことです？」

「フェリックス・ヘイの殺害に関係することだとしたら？　あなたのような知的な若者と話す機会

はめったにありませんからね。例えば、サーンレイ卿が数年前にわたしのエジプト支店の代表であったことよりも、歴史家であることをご存じの方と。おそらく、チューダー朝に関する彼の著作もご存じなのでは――」

「待ってください、わたしに話があるのですね？」

「そうです」シューマンはいった。「もう一度おかけください」彼は長々と、静かに息を吸った。禁欲的な聖職者のような顔が、また礼儀正しい無表情に変わる。「この件について、わたしがあまり役に立たないとお思いなら、わたしの体調がすぐれず、事件でつらい思いをしていることを思い出してください。あなたは糖尿病にかかるようなことはないでしょうが、もしそうなれば、わかってもらえることでしょう。わたしはあなたのような若者と違って、きわめて敏感とはいえません。何度も大火事を引き合いに出されることを、あなたはひどく面白いと思うかもしれません。しかし、わたしにはそれを、文学的な習作として受け入れるのは難しいのです」

「大火事――」ポラードはいった。「それは、サーンレイ卿が書いた一六六六年のロンドン大火に関する本のことではないでしょうね？」

　シューマンの鼻腔が広がり、笑っているような効果をもたらした。

「どうか、何かお飲みください」彼はそういって、暖炉のそばにあるベルに手を伸ばしたが、それを引っ込めた。「忘れていました。呼んでも誰も来ません。ここにはわたしたちしかいないのです」

　彼はスリッパをきしらせながら部屋を横切った。サイドボードは、張り出し窓の朝顔口〔窓の周囲が内側から外側に向けて狭まった構造〕の中にあった。シューマンは客に背を向け、瓶を動かしたり引き出しを開けたりしていた。レースのカーテン、馬巣織りの椅子、簡易テーブルなど、すべてが暗がりの中のミイラの棺のように、ぼんやりとして見えた。もし火事が起こったら、十分と経たずにこのほこりだらけの部屋は燃え尽きてしまうだろうとポラードは思った。

スリッパがまたきしる音を立てた。シューマンはシェリーのグラスをふたつ持ってきて、ひとつを客に手渡した。それから暖炉の反対側の椅子に腰を下ろした。

そう、明らかに何かがおかしい。ポラードは眉をひそめた。

「さあ、わたしに何か話があるのでしょう？」

「たくさんありますよ。ドラゴンに関しても、火事に関しても。しかしその前に、お返しにぜひひとも知りたい情報があります」

「失礼」ポラードは立ち上がった。

「部長刑事、あなたは馬鹿なことをしようとしています。少し考えればわかることですよ。わたしがお話しすることは、あなたが知りたいことすべての答えになるかもしれません。一方で、どんな危険がありますか？　あなたの貴重なお時間を二分くれればいいのです。それに、ひとつかふたつの事実は、二十四時間後には新聞に出て、誰でも読めるようになります。この取り引きを拒《こば》めば損をしますよ」

ポラードはうなずいた。シェリーのグラスを炉棚の上に置いて待つ。

「いいでしょう」シューマンはいった。「ひとつだけ質問があります。昨日、首席警部がここへ来たとき、今では有名になってしまったわれわれの集まりが、犯罪者として告発されているといったことをおっしゃいました。わたしは具体的にどのような罪で告発されるのでしょうか？」

静かな家に、玄関のノッカーを繰り返し叩く音が鋭く響きわたった。

バーナード・シューマンはじっとしていたが、表情を少し変えた。ポラードは、彼が身震いしたような気がした。

「どうやら」彼はゆっくりといった。「応対しなくてはならないようです」

「そのようですね」

ノッカーは鳴りつづけていた。またしても、シューマンはスリッパをきしらせて立ち上がり、玄関ホールへ出て行った。彼が戻ってきたとき、ポラードはこの執拗《しつよう》な、人を不安にさせるノックの音の理由の一部がわかった。シューマンとともに入ってきたのは、ハンフリー・マスターズ首席警部だった。

「こんばんは」彼はシューマンに愛想よくいった。その目が、さりげなく部屋を見回す。「ちょうど通りかかったものですから——おや、ボブじゃないか」

彼はポラードを見て驚いたようだったが、部長刑事からは少々わざとらしく見えた。その間、シューマンはやはりドアのそばにじっと立っていた。彼は警戒心に襲われたようで、一種の張りつめた、ぴりぴりした感覚が、この部屋にすでに存在していた込み入った動機や感情と入り混じった。

「はい」ポラードはいった。「ご指示の通り、わたしは——」

マスターズはそれを遮った。

「なるほど。座ってもよろしいですか？」彼はシューマンに愛想よく尋ねた。

「もちろんです。ご自由になさってください」

首席警部は暖炉に歩み寄った。両手を火にかざし、炉棚の上のシェリーのグラスを見る。

「お邪魔したのでなければよいのですが」彼は続けた。「実は、お客がいるのはわかっていたのです。あなたがふたつのグラスに飲物を注いでいるのが見えたもので。窓越しにね。しかし――いけませんな！　部長刑事にお酒を勧めたのではないでしょうね？」

彼は問いかけるように眉をひそめ、あたりを見回した。

「それは禁じられているのでしょうか？」

「そうです。固く禁じられています」マスターズは楽しげに嘘をついた。「警部より下の階級の者にはね。だが差し支えなければ、もう夜ですし、体を温めるためにわたしがいただきましょう。これをいただいても構いませんか？」

「あなたにはブランデーをお持ちしましょう」

マスターズは手を伸ばし、向きを変えた相手の弱々しい腕をとらえた。

「お構いなく！　このグラスのシェリーを無駄にするのですか？　わたしのような給料の者にはできません。これをいただきます」

彼はグラスを取り、ソファまで歩いて行って腰を下ろした。グラスを掲げる。

「あなたの健康に」

シューマンは動かなかった。

「首席警部、あなたの健康にも」彼はいった。

マスターズは、ふと何かを思い出したように顔をしかめ、グラスをそばのテーブルに置いた。

「なあ、ボブ、ここで何をしていた？　きみはわたしに隠れてここへ来たな。ミスター・シューマンと何を話していたのだ？」

それに答えたのはシューマンだった。「主にドラゴンについてです」彼はいった。スリッパをきしらせて暖炉のそばの元の位置に戻り、張りつめた用心深さをたたえながらも、礼儀正しく待っていた。「それについて、首席警部は何かご存じでしょうか？」

「ドラゴン？」マスターズが繰り返した。驚いた様子はなかった。

「ジューディス・アダムスのことです」ポラードがいった。「彼女が何者か――というより、何者だったかがわかったのです。ヘイのフラットで彼女の本を見つけて」

「ああ！」マスターズが納得したようにいった。「火を吐く怪物に関する本を書いた、あの老婦人のことをいっているんだな？　きみを出し抜くようで悪いが、ボブ、そのことは全部知っている。ヘンリー卿が電話で知らせてくれたのだ。ヘンリー卿はきわめて多くの情報を持っていた。そう、きわめて多くの情報をね。デニス・ブライストン卿からその本の話を聞いたそうだ。そのほかのこともね」

彼は横目でシューマンを見た。

「ミスター・シューマン、あなたはピーター・ファーガソンが死ぬ前に手記を残していたのはご存じですか？」

「知りませんでした。しかし、それを聞いても驚きませんよ」

「あなたに対して、非常に重大な告発がなされていたといったら、興味がありますか？　もちろん、あなたには十分な説明ができるはずだと思っています。それでも――」

シューマンは片手で目の上にひさしを作ったが、きっぱりといった。

「ええ。それを聞くのを、しばらく前から辛抱強く待っていました。今日の午後は、ひどく巧妙な駆け引きにつき合わされたもので。部長刑事はあなたよりもうまくやっていましたよ。ただし、真相を知っているのは自分だけだとほのめかしていましたが」

マスターズは部下を鋭くにらみつけた。ポラードはヘブライ人を大げさに真似て肩をすくめたかったが、首席警部に困惑していることを伝えた。ポラードはようやく、マスターズのそばにあるシェリーのグラスの重大さに気づいた。とうの昔に気づくべきだったが、この老人がそんなたくらみをすると誰が思うだろう？　もう少しで恐ろしい死に方をしていたかもしれないとわかっても、彼はシューマンを高く評価していた。

マスターズは、シェリーのグラスの脚をもてあそんだ。シューマンの腕が椅子の肘掛けの上で震えはじめた。

「何の話でしたかね？」マスターズが促した。

「時間を無駄にしないほうがいいと申し上げたのです。はっきりおっしゃってください！　あなたが来る直前、わたしはポラード部長刑事と取り引きをしていたのです。わたしはこの事件に関する重要な情報をお知らせするつもりでした。それと引き換えに、彼がようやく——そう、ようやく——わたしがどんな罪で告発されているかを教えてくれるはずでした」

首席警部は、ざっくばらんな感じのよさを脱ぎ捨てた。

「殺人罪だといったら、どうします？」

「警察官がよくやる質問ですね。わたしは率直な回答をもらうという前提で取り引きしたのです。殺人罪だとおっしゃるのですね？　それがわかるまでは、先へは進めません」

「ええ、その通りです」

「殺人」シューマンは目の上から手を離し、困惑したようにマスターズを見た。「それだけですか？」

「それよりも重い罪を、ほかにも重ねているのですか？」

「馬鹿馬鹿しい。ほかにあるのですか？」

「ええ、あります」

「具体的には？」

「具体的には、一九二七年のある夜、あなたは目覚まし時計の仕掛けを使って、カイロにあるイギリス＝エジプト輸入商会の倉庫に故意に火をつけ、倉庫の中身とともに、あなたが殺害したエル・ハキムという男の死体を処分したのです。率直にいいましょう。この放火の件には感づいていました。カイロでお宅の倉庫が大火事を出したことを聞いたとき、現地の警察に電報で問い合わせているのです。そして今日の午後、エル・ハキム殺害のことを知り、また電報を送りました。すぐに返事が来るでしょう。それまでは――」

「それまでは？」

「このシェリーをいただきましょうか？」マスターズはグラスを指していった。

「どうぞ。お飲みになりたいでしょう」

「あなたにいっておきましょう、ミスター・シューマン。あなたは冷静で、ミスをしない。ということは、わたしが毒を飲んでもまったく安全だと思っているのですね？」

　主人は誰かに頭を引っぱられたようにのけぞった。しばらくぼんやりと考え込んでいる様子は、新しい奇妙な考えを消化しようとしているかに見えた。

「何ということを」彼はいった。「あきれた方ですね。まさか――このシェリーに毒が入っているとおっしゃりたいのではないでしょうね？」

「わたしにいえるのは、できるだけ早くこれを分析するつもりだということです。そして、ミスター・シューマン、この中からアトロピンが見つからなければ、わたしはひどく驚くでしょうね。あなたのお返事は？」

「わたしの返事はこれです」シューマンは礼儀正しい口調でいった。

その動きはあまりに速く、彼がそれまで見せたどんなしぐさとも違っていたので、マスターズには防ぐ暇も、考える暇さえもなかった。シューマンは手を伸ばしてグラスをさっと取り上げ、中身を一気に飲み干してしまった。

それからシューマンは、椅子に深くもたれ、咳き込みながら謝罪した。

「こんなふうに」彼は警戒心に満ちた光を目に浮かべていった。「わたしのもてなしを侮辱されるのは許しがたいことです」

彼はハンカチを出し、また咳き込んだ。マスターズは、顔色をやや失って立ち上がった。

「そういう狙いですか」マスターズはせせら笑った。「よし、ボブ。廊下に電話がある。急いで近くの病院へ電話をかけるんだ。救急だといってな。毒はそれほど早く効かないはずだ。今すぐ運び出せ。現行犯で逮捕だ――」

シューマンは片手を上げた。

「マスターズ警部」丁寧な口調でいう。「安っぽい犯罪小説のような話し方はやめて、少しわたしの話を聞いてくれませんか？　ポラード部長刑事、どうぞそのままで。

これが自殺だと思っているのでしょう？　〝取り囲まれたサソリは自殺する〟というようにね。

あなたは救急車を呼ぶことを提案しました（今ではそれが必要な手続きだということは知っています）。病院を騒がせ、わたしにこの三日間で二度目の胃洗浄をほどこそうとして。お断りです。その楽しさはもう経験していますからね。金輪際やりたくありませんし、不必要だとしたらなおさらです。そんなひどい手段を取るつもりなら、あなたを訴えて、イギリスじゅうの笑い者にしてやりますよ。それに、訴訟になったときにさらに不利になるよう、連れ出されるときには抵抗します。さあ、警告はしましたよ」

マスターズは相手をにらみつけた。

「ボブ、いう通りにしろ」彼はいった。「またしてもファーガソンの繰り返しだ。だが今回は逆で、それがいまいましい！」

「行かないでください、部長刑事」シューマンは冷静に指図した。「マスターズ警部、馬鹿な真似をして笑い者になる前に、代わりの提案を聞いてください。主治医のバーンズ先生がほんの二軒先に住んでいます。わたしの健康診断というありふれた口実で電話をすれば、救急車の十倍早く来てくれるでしょう。彼に診察させてみて、少しでも毒物の痕跡が見つかれば、もっと早くわたしの命を救って絞首台へ送れますよ。もし見つからなければ、あなたは警察人生最大の失態を犯さずに済むのです。わたしは、その気になればひどいかんしゃくを起こすこともできるのですからね」

「どうしましょう？」ポラードが訊いた。「この人は本当のことをいっているように思えます。どうしますか？」

「くそっ」マスターズはいった。「それがわかれば苦労はない。ソクラテスが毒を飲むときでさえ、彼があのシェリーを飲み干したようにやすやすとやってのけることはできなかっただろう。誰にもできやしない。だが、運任せにするわけにはーーいや、待て！　そのバーンズ先生の名前と住所、電話番号は？」

シューマンは伝えた。

「急げ、ボブ。そういう人物がいて、ここへ来られるようなら電話するんだ。顎の下を殴りつけて連れ去ってから、何事もなかったとわかれば、大変なことになる。だが、その医者やほかの医者を呼べなかったら、どうすればいいかはわかるはずだ」

彼は悪意を込めてシューマンを見ながら、内股の素早い足取りで部屋の中を行ったり来たりした。

シューマンは自分のために注いだもうひとつのシェリーのグラスを取って、これも飲み干した。

「全部片付けてしまいましょう」

マスターズは汚い言葉を使うことを自分に許した。

シューマンは続けた。「サイドボードのデカンターからも飲み、ほかの瓶の中身も毒見しなくてはならない気持ちですよ。今日の午後は、あなたがたにひどく不愉快な気分にさせられました。これほど嫌な時間を過ごしたのは初めてです。率直にいって、あなたの腹にナイフを突き刺し、思い切りえぐってやりたい気持ちです」

彼は瞑想にふけるように、拳を突き出した。

「しかし、バーンズ先生が来るまでにべろべろに酔っていたくないのを別にしても、あなたに事情をお話ししようと思います。ところでーー」

「何です？」

「あなたのとんでもない考えが、どこから来たのか教えてくれませんか？　どうしてわたしが自分や他人を殺したいと思うのか、説明していただけますか？」

「事実から逃れることはできませんよ」

「事実から逃れようとはしていません。それが何なのかを知りたいのです。わたしが何をしたとお考えなのですか？」

マスターズは彼に近づき、意味ありげに見下ろした。

「まず、放火の件があります――」

「失礼ですが、そんなものはありません。仮に、そのような馬鹿げた告発が本当だとしたら？　それを裏づける証拠があったとしたら？　どこが放火に当てはまるでしょうか？　放火というのは、公共の所有物または他人の所有物に、悪意を持って故意に火をつけ、焼失させることです。カイロで焼失した品は、わたしひとりが所有する倉庫と財産です。ほかの建物や財産に損害はありませんでした。たとえば、この椅子はわたしの所有物です。あなたが所有する椅子に手を出すことはできません。しかし、自分の椅子を裏庭へ運び、火をつけるなり、そのほか好きな方法で破壊することはできます。それについて、異論はないでしょう？」

「ええ」マスターズは険しい顔でいった。「しかし、まだ殺人の問題があります――」

ポラード部長刑事が部屋に戻ってきた。「バーンズ先生はすぐに来るそうです」と報告する。

彼は、少し震えているが愉快そうなシューマンを、不思議そうに見た。

「どうやら、あの火事の前か最中に、わたしがニザム・エル・ハキムを殺した容疑がかけられているようですね。わたしがニザム・エル・ハキムを殺していないという、この上ない証拠をお見せできますよ」

「というのは？」

「つまり」シューマンはいった。「ニザム・エル・ハキムは死んでいないのです。ポラード部長刑事は、今日の午後、彼と話していますよ」

マスターズはのちに、この事件に関していくつか意見を述べている。彼は、ドアを開けるたび、質問をするたび、あるいはただ向きを変えるたびに、新たに痛烈な衝撃に見舞われる事件は、それまでほとんど経験したことがないといった。

だが首席警部よりも、ポラードのほうがこの事件に感銘を受けていた。

「まさか、事務所にいたエジプト人のことではありませんよね？」

「その男です」シューマンは冷静に答えた。「彼に、名前をはじめ彼自身のことを何か訊きましたか？　訊いてはいないでしょう。もっと正確にいえば、彼にはエジプト人とスペイン人の血が流れているのですが――」

「ええ。でも、彼はなぜあんなに笑っていたのでしょう？」ポラードはさらに訊いた。

「おそらく、あなたが彼の前で何を話していたかによるでしょう」

「あなたの話はしていないと断言できますよ」

「そんなことはどうだっていい」首席警部が苛々しながら割って入った。「そのエル・ハキムという男は何なのです？」

「そろそろ」とシューマンがいった。「あの火事の当時に広まった、醜悪でまったく理不尽な噂に、決着をつけるときでしょう。確かに、火事が起こったことは認めます」以前の不安そうな表情が、また彼の顔に戻ってきた。「エル・ハキムは当時わたしの同業者でしたが、規模ははるかに小さく、財政難に陥っていました。

ええ、あの火事の夜、エル・ハキムは姿を消しました。実際には、債権者を逃れてポートサイドへ行ったのです。ところが火事に加えて、焼け跡から一体の骨、あるいは少なくとも複数の人骨が発見されたという報告がありました。最初は、エル・ハキムが倉庫に放火し、その最中に焼死したという、ひどい噂が流れました。次には、さらにひどい噂として――」彼は手を握り締めた。「わたしが何らかのかかわりを持っているとささやかれたのです。おそらく、その情報の出どころはファーガソンでしょう？」

「そういっていいでしょうね」

「やはりね」シューマンは、その目にただならぬ悪意を浮かべていった。「ファーガソンがあまりにしつこく探偵の真似事をするので、わたしは彼をイギリスの事務所へ呼び寄せなくてはなりませんでした――」

「彼が探偵の真似事をするのを、どうして気にかけるのです？」

「それがひどく迷惑なことは、あなたにもおわかりかと思いますが」

「わたしがいいたいのは」マスターズがいった。「いつでも彼を解雇できたはずだということです」

「それは重要なことではありません。わたしの話をお聞きになりたいですか？　いいでしょう。焼け跡から骨が見つかるのは当然なのです！　それは二千年間、完璧な状態で保存されてきた骨なのです。いい換えれば、第二十一王朝のテーベ人の見事なミイラの骨です。テーベ時代のミイラは、ご存じの通り非常に完璧にできていて、開いたときには触れれば肉がへこみ、手足を動かしても折れることがありません」

彼は笑みを浮かべた。

「わたしが人を殺すなら（そんなことはまずありませんが）、こうしたミイラがあることが知られている家でやりますね。その後、家が火事で焼ければ、被害者の遺体が無害なエジプト王のミイラのものでないと断定できる医師はほとんどいないでしょう……。あなたは何かおっしゃいましたね、首席警部？」

マスターズは顔をしかめた。

「こういったのです」彼は懸命に自分を抑えて答えた。「この事件が終わる前に、あとひとつでも――いいですか、あとひとつでも――独創的な犯行法を聞いたら、自分でそれを実行しますよ。ふむ！　そのことはすべて証明されているのですか？」

「もちろん。警察は、骨はミイラのものであることを、疑問の余地なく証明してくれました。その結果に関する報告書も出されました。しかし残念ながら、あのような場所には、すべての人に届くような世界規模の報道機関はありません。半年後に、カイロで死んだと思われていた男が無一文になり、後悔してふたたび現れても、噂を打ち消すことはできませんでした。純粋な自己防衛のため、わたしはニザム・エル・ハキムを雇い入れ、人に見せるしかありませんでした。しかし、彼は好人物で、それ以来ずっとわたしのところで働いています。もちろん、ファーガソンは実際のところをよく知っています。思い上がった愚か者は、いつものようにただ迷惑をかけたかっただけなのです。わたしの話を信じなくても結構ですよ。カイロに電報を送っているなら、もうすぐわかるでしょう。ちょうど今、ドアをノックしているのがバーンズ先生だと思います」

マスターズとポラードは顔を見合わせた。

五分後、架空のアトロピン中毒のために、お茶を飲んでいたところから呼び出された開業医は、不機嫌そうに警察官の知能についてありのままの意見をシューマンに伝えた。

こうして、マスターズとポラードは、陰気な玄関ホールでまたしても顔を見合わせた。

「わかっている」警部が怒鳴った。「何度もいわなくていい。だが、わたしはあの男がシェリーに何か入れるのを見たのだ。ほかに何が考えられる？　カイロの件について、彼が本当のことをいっているとすれば――」

「彼が本当のことをいっているのは、わかっているじゃありませんか」

「だったら、あの男の罪は何なんだ？　ヘイは彼を有罪にするどんな証拠を持っていた？」マスターズは考えた。「放火に関するものなのは間違いない。彼は――何といったかな？」

「放火癖者？　放火魔？」ポラードが挙げた。「ええ、わたしもそう思います。しかし、放火癖者だとしても、自分の全財産で焚火《たきび》をして、その周りで踊ったりするものでしょうか？　とにかく、殺人に関しては無関係だと思います。彼はわたしたちに、何か知らせることがあったようです。ところで、今日はここへ何をしに来られたのです？」

マスターズは顔をしかめた。

「彼にさっきの質問をするためだ。それと、ヘンリー・メリヴェール卿が、事件の関係者に今夜へイのフラットに集まってもらい、ちょっとした実演をやりたいといっていることを伝えにきたのだ――」

「その意味というのは、つまり――？」ポラードは口笛を吹いた。

「気にするな」首席警部は不穏な口調でいった。「〝意味〟はわたしが決める。今日わかったことを報告してくれ」ポラードがあらましを説明するのを、彼は非常に熱心に聞いていた。「すると、その出版社に連絡したんだな？　ブルームスベリー・ストリートのゴフィット社に？　ヘイの家の角を曲がったところにある？」

「はい。問題は、この状況でジューディス・アダムスの本がシューマンとどんな関係があるのかわからないということです。それが困ったところなのです。シューマンを指しているとすれば、なぜヘイは、疑わしい人物のリストにバーナード・シューマンとジューディス・アダムスの両方を入れたのでしょう？　それは別の人物を指しているに違いありません。そうに決まっています」

「きみの説はどうでもいい。出版社はほかに何かいっていたか？」

ポラードは悪態をついた。「そうだ！　トミー・エドワーズが、わたしのために何か見つからないか調べてくれているところです。一時間後に電話すると約束したのを忘れていました。もう二時間近く経っています。まだ会社にいればいいのですが」

彼はまたも電話に急いだ。今度はマスターズが、警察の職務に関して辛辣でありのままの意見を口にした。マスターズはこういった。自分の部下がこんなミスをするのは許せない。よい警察官は決してミスをしない。もし彼（ポラード）が、エドワーズを会社でつかまえられなかったら――。

幸い、エドワーズは会社にいた。

「きみ」エドワーズは苦々しげにいった。首席警部に劣らず機嫌が悪そうだ。「信頼できる筋から聞いた、まさしく本物の秘密情報を教えてやろうと、ずっと電話のそばで待っていたんだぞ――」

「悪かった、トム。どんなニュースだ？」

電話の声がやわらいだ。

「まずは、ジューディス・アダムスの人となりについては、すでに話した以上のことはほとんどわかっていない。遺作管理者は彼女の甥で、ストックトン＝オン＝ティーズに住む聖職者だが、彼がこの事件に関係しているとは考えにくい。だが、ジューディス・アダムスと、この事件に関係しているかもしれない人物とのつながりがわかったんだ」

「何だって？　それは誰なんだ？」

「まあ落ち着け。ぼくはそれをG・G老――グロティウス・ゴフィット――本人から聞いたんだ。一か月ほど前、ある男が事務所に来た。ひどく無口で謎めいたその男は、ある著者について大事な取り引きの話があるので、社長に会いたいというのだ。G・Gが自らその男に会った。その老人はひどく怯えていて、また刑務所に入るのはどちらなのか知りたいとでもいうような様子だった。彼は――」

「それはいいから、続けてくれ」

「わかった。秘密の取り引きというのは、結局その男が本を買いたいというものだった。彼は近くに住んでいて、ジューディス・アダムスの本が出るという告知を見て、ほしくなったそうだ。父親が、北部でミス・ジューディスのもとで働いていて、自分も若い頃は彼女のことをよく知っていたとか、そんな話だった。G・Gはほっとして、本を一冊やって追い払った。男は本当にありがたい《フェイス・アンド・ビガップ》といって帰っていった」

「フェイス・アンド・ビガップというのは？」

「そこが肝心なところだ。彼はアイルランド人だったんだ。確かライリーとかリオーダンという名前だったとG・Gはいっていた。とにかく、彼は角を曲がったところにあるグレート・ラッセル・

ストリート〇一二番地の家の管理人ということだ。ヘイの殺された場所だよ。さて、さっきもいった通り――」

長く感じられる時間、ポラードは無反応な受話器をじっと見つめていた。話はまだ続いていた。

「聞いてるのか？」声がいった。

「え？」

「ボブ」声は印象づけるようにいった。「仮説があるんだ」

十八

その日の夜九時、グレート・ラッセル・ストリートの街灯にまた明かりがつき、空気が雨の気配を含む頃、黙々と巡回していた警察官が、ふたり乗りの車がある家の前の縁石《えんせき》に停まるのを見た。当然、警察官はその家を知っていた。

車の中から、議論か小競り合いをうかがわせるような声が聞こえてきた。警察官は近づいていった。

「どうしました！」

運転席には、茶色の髪に茶色の目の、はっとするほど美しい女性が乗っていた。その隣では、深刻な顔をした三十歳ぐらいの男性が、添え木と包帯をした腕にレインコートをかけ、小粋《こいき》な女性のように帽子を目深にかぶっていた。

「心配はいりません、巡査」サンダース医師がいった。「意見がまとまっただけですから」

「わたしたち、結婚するんです」マーシャ・ブライストンが報告した。「嬉しい！」

「なるほど」巡査はいった。「二十分以上は、ここにいないでくださいね」

警官がまだ話しているうちに、サンダースは車の窓から顔を出してあたりを見回した。「今の言葉に、何か裏の意味があるのかな?」

「駄目よ」マーシャがいった。「問題から逃げないで。今夜は外出しないほうがいいといったでしょう。そんな腕で外へ出るなんて。夜風は怪我によくないわ――」

「それは科学的には馬鹿げた間違いだよ。立ち止まって、関連する要因を考慮してみれば――」

「そんなことはどうでもいいわ。わたしにはよくないとわかっているの。本当に、外出すべきじゃなかったわ。H・Mが来てほしがっているかどうかなんて関係ない。それに、今夜は英雄を気取るチャンスがあるとは思わないことね。そんなことにはならないんだから」

「頼むから」彼はいった。「英雄の話はやめてもらえないかな。英雄になったことなんて一度もない。英雄になりたいと思ったことだって、一度しかない」彼は正直にいった。「昔、諜報機関の一員になって、外国のホテルでスパイを追ってみたいと思ったことがあったけど、それだけだ」

「そうなの?」彼女は熱心にいった。「わたしもよ」ふたりはその日の午後、こうした共通の興味を見つけ合っていた。

「――十八か十九の頃、いってみれば人生で一番感情豊かなときのことだ。ときどき、ナイフで切られてその傷を見せたら素敵じゃないかと考えることもあった。ナイフで切られたことはないけれど(盲腸の手術で切られたことはあるが、それを誰にでも見せるわけにはいかないだろう)、銃で二発撃たれた。でも、そのときにはひどく不愉快としか思えなかったな」

「あなたって、本当に素敵!」マーシャがいった。

彼にはそういいきれなかった。しかし、全体的にとても気分がよかったので、理屈っぽくなる癖がなかったら勇ましい口をきいていたことだろう。

「というわけで」彼は続けた。「英雄の話は、内心すごく嬉しいけれど、まったくくだらないことなんだ。英雄を気取りたいとは思わない。映画で見ると嫌な気分になるし、ぼくに合った役どころはどこにもないのだから」

「それで、もうわたしに幻滅しはじめているのね？」

「幻滅しようなんて思っていない。今のがいい例だよ。遠回しに近づいてきて、奇術師や神学作家のように物事を混乱させる、きみのやり方のいい例だ――」

彼女はサンダースの帽子を取り、前にもやったようにナポレオンの帽子に似せて折り目をつけた。それからかぶせ直したが、とうていかぶり心地がよいとはいえず、彼を自堕落《じだらく》なジャーナリストのように見せた。彼が講義を続ける間、マーシャはその芸術的効果を見ていた。やがてふたりは、無意識に暗い建物の正面から、最上階の明かりの灯った窓を見上げた。

マーシャが急にいった。「ふたりとも、これほどヘイのフラットに行きたいと思っているのに、どうして行かないのかしら？」

「それは」彼が認めた。「感情的な騒ぎが起こりそうで、ぼくもきみもそれを望んでいないからだろう」

彼女は同意した。その夜フラットに集まることになっていたのは、このふたりと警察関係者を除いた四人の人物だった。シューマン、デニス・ブライストン卿、ミセス・シンクレア、そして――ミセス・ブライストンである。

サンダースの推測では、最後のひとりは無理やりここへ来ることを承諾させられたのだろう。彼女の立場はわかりやすいものだった。〝人前であの女と会いたくない〟というものだ。彼女はこの件を冷静に受け止めていた。ミセス・シンクレアの存在を否定せず、いずれ話し合うつもりだといっていた。しかし、人前で会おうとはしなかった。ボニータ・シンクレアの見解はわかっていない。サンダースはそれを知りたいという気持ちになっていた。

ほかにふたりの人物が出席することになっていた。建物の管理人ティモシー・リオーダンと、(サンダースが驚いたことに)イギリス＝エジプト輸入商会で働くエジプト人だ。管理人がその場にいる理由については、マーシャと階上へ行ったときにわかった。

建物の踊り場の薄暗い明かりが、階段を上るふたりを照らしていた。彼とマーシャが、部外者の中では最初に到着した。ヘイのフラットに着いたとき、応接間では警察官たちが会議の真っ最中だった。

その粛々《しゅくしゅく》とした雰囲気が、サンダースは気に入らなかった。食卓の上には書類が積み上げられていた。人々はゆっくりと動き、ゆっくりと話していた。片隅にH・Mが座り、葉巻を吸いながら『ドラゴンの棲み処』を読んでいた。ポラード部長刑事は、サンダースの知らないもうひとりの人物――警察官だろう――と、テーブルの周りを動き回っていた。マスターズ首席警部は、テーブルの上座につき、管理人のリオーダンに質問していた。自分たちが邪魔をしたのは明らかだとサンダースは思った。

首席警部がぱっと顔を上げた。

「申し訳ありませんが」彼はいった。「少し来るのが早すぎませんか？　まだ終わっていないのですが――」

「馬鹿馬鹿しい」H・Mは本から目を離すことなく、重々しい声でいった。「彼らを通したまえ。

心の準備をさせておいたほうがいい。おふたりさん、そこで静かにしていてくれ」

サンダースはますます気に入らなかった。彼とマーシャは、スペリングコンテストが始まるのを待つように、壁際へ行った。マスターズは管理人のほうを向いた。

「さて、部長刑事が書き留められるよう、ヘンリー卿に話したことをもう一度説明してください。ヘンリー卿が読んでいる本――あれは、あなたがヘイに貸したものですね？」

リオーダンは、大衆演芸場の喜劇役者のようだとはとてもいえなかった。ぼんやりとした、無口といっていい男だった。歳は六十くらいだろう。茶色っぽい髪を短く刈り、顔自体も、きちんと切り取ったように見え、労働によってざらざらしていた。黒っぽい手のひらの端を腹につけ、曲げた指は落ちてくるボールを受け取ろうとするように上を向いている。口に出す前に、ひそかに頭の中で考えているように見えた。それから、デルフォイの神託のような口調ではないにせよ、不気味で流れるような、礼儀正しい口調で話すのだった。

今の彼は、重々しくうなずいただけだった。

「あなたは北部でジューディス・アダムスと知り合いだったといいましたね？」

「そうです。教養のある旅慣れた方で、耳に快い外国語を話していました。父は彼女の御者をしていました」

「この本のことは、どこで知ったのです？」

「画報で見たのです。故人となった偉大な作家について書かれていて、それがまさにあの方でした。あの本の内容は、彼女がわたしの父から聞いた話が大半でした。父の話は、あのような美しい文章ではありませんでしたが」

「なぜその本を買いたかったのですか？」

「もしも」リオーダンはゆっくりといった。「あの方の本を読まなければ――」

彼の苛立ちが訪れるのはあまりにも遅く、怒っていることに気づくまでに数秒かかった。マスターズは彼を止めた。

「もう結構です！　どうしてヘイにその本を貸すことになったのです？」

「わたしはそれを、誰にでも見えるようにテーブルの上に置いておいたのではないでしょうか？　それをあの人が見たのでは？」

サンダースにはこの質問の目的がわからなかった。デニス・ブライストン卿は、〝ジューディス・アダムス〟という名は架空の怪物についての本の著者名で、ヘイはその本に夢中になっていたようだといっていた。一日じゅう、彼らはその意味について議論していた。それはティモシー・リオーダン自身を指しているのか？　馬鹿げてる！　それでも、マーシャが以前から管理人に疑いを抱いていたことを思い出し、彼は興味を引かれた。

「ところで」マスターズが続けた。「フェリックス・ヘイが死んだ夜のことですが。彼が生きているのを最後に見たのはいつでしたか？」

「いい加減にしてくれ！」管理人は苛立ったように叫んだ。「そのことはもう話したでしょう？　昨日、部長刑事に――」

「ええ。そうでした。ただ、ひとつだけ話していないことがありますね。まあ、それはどうでもいいですが。ヘイが生きているのを最後に見たのはいつでしたか？」

「六時過ぎだったと思います。彼は夜会服を着て、夕食に出かけるところでした」

「そのとき、彼は何かいいませんでしたか？」

「ええ、出がけにこういいました。今夜、大事なお客様があるので、部屋を掃除しておいてくれないかと」

「あなたはそうしたのですか？」

「ええ。前にいいませんでしたか？」

「このフラットの鍵を持っているのですね？」

「ええ」

「ちょっと待ってくれ」H・Mが口を挟んだ。「わしに任せてほしい」

H・Mはのしのしとテーブルに近づいてきた。葉巻をその端に置き、拳をテーブルについて身を乗り出すと、眼鏡越しにリオーダンをじっと見た。

「わしが話してやろう。そんなに話したくないのなら、わしが話すから、間違ったところがあれば訂正してくれ。うなずくか、ブーブーいえばいい。わしには通じる。あんたはここへ来て、掃除をした。さて、ヘイは夕食に出かける前に酒を飲んでいたかね？」

彼はうなずいた。

「よろしい。カクテルかな？」

またうなずく。

「よろしい。あんたはシェーカーを洗い、瓶を片づけ、流しの水切り台を拭いた。だが、フラットの掃除は終わっていなかった。たとえば寝室を見たまえ。ヘイが着替えを終えたときのまま、そこらじゅうに服が散らかっている。なぜ掃除を終えなかった？　あんたがいわなくても、わしが教えてやろう。

それは、キッチンにたくさんの酒があったからだよ。魅力的なウィスキーの瓶も含めてね。たくさんの人が、殺人のあった夜の途方もないどんちゃん騒ぎや混乱の中でもあんたがぐっすり眠っていて、警官に引きずり出されるまで起きなかったと指摘している。その理由がこれだ。あんたはウィスキーの瓶を下ろしてフラットで飲みはじめたが、ヘイが戻ってくるかもしれないと考えた。そこで、どちらにしても瓶の中身はほとんど残っていなかったので、それを地下の部屋へ持って行ったのだ。それはヘイ本人が戻ってくる少し前、十時四十分頃のことだった」

沈黙が流れた。

「だったら何だというのです?」相手は激高した。

「何でもないさ」H・Mは穏やかにいった。「誰でもやることだ。だが、ここからが大事なところであり、わしは真実を知りたいのだ。わかったかね、真実だよ? いつの時間でもいいが――いいかね、いつの時間でもだ――あんたは警官に起こされる前に、ふたたび地下室を出たかね?」

部屋にいる誰もが冷静に見えた。だが、誰もが息を詰めて返事を待っているのにサンダースは気づいた。事態が緊迫しているのを感じているかのように。

(「でも、それがどうしたの?」マーシャがサンダースの耳元でささやいた。「まるで絞首人みたい! だけど、何の関係があるのかしら?」)

管理人ははっとして、それから疑わしそうにいった。

「どうしてそんなことがわかるでしょう?」

「考えてみるのだ」

「なぜです?」

「わかった。もちろん、あんたが歩けないほど酔っていたとすれば――」

「くだらない。誰が歩けないほど酔っぱらいますか?」管理人は急に大声をあげた。「その辺はよくわかっていますよ。問題は、真夜中にドアの音がしたことです」

「どこのドアだね?」

「裏口のドアです。誰かが開けっぱなしにしたんですよ。わたしは十二時十五分頃に起きて、かんぬきと鎖をかけたんです」

一同の顔がぴくりとし、息が漏れた。それは、彼らが聞きたかったことを聞いたことを物語っていた。

「以上だ」H・Mはいった。「もう帰っていいぞ」

管理人がもったいぶった足取りで出て行くと、マスターズは暴力的といっていいほど満足げに、テーブルの上の書類を集めはじめた。

「卑劣な犯人をつかまえたぞ」マスターズは小声でいった。「わかっていることがあるとすれば、殺人者はもう袋のネズミも同然だということだ。さて――」

彼はマーシャ・ブライストンとサンダースのほうを見て、咳払いした。

「――ヘンリー卿、われわれは別の部屋へ移って協議しませんか?」マスターズは、自分を抑えていった。「ボブ! きみとライトはエヴァーワイド調査会社の、わたしのいった人物のところへ行き、ヘンリー卿の指示通りにしてくれ。行って、急いで戻ってくるんだ。ヘンリー卿、しばらくこちらへ来てくれませんか?」

首席警部は大いに張り切っていた。H・Mは心配そうだったが、ふたりの新たな客へのあいさつもそこそこに、マスターズに寝室へ連れて行かれ、ドアを閉められてしまった。

だが、彼はさらに興味深い客を見そびれた。ボニータ・シンクレア、レディ・ブライストン、そしてデニス・ブライストン卿が階段を上ってきて、フラットの玄関ホールに着いたのだ。

そこには整然とした行列のような効果があった。のちにサンダースは、真夜中の出来事のように、すべてをはっきりと思い出した。一面に茶色の絨毯が敷かれたフラット。壁画と壁灯のある贅沢な室内。玄関ホールのくすんだ羽目板を背景に動き回る毛皮をまとった女性たち。傘立てに傘を置くブライストン卿の、不必要な乱暴さ。通りを走る車の音や、キッチンの冷蔵庫のかすかなうなりまで覚えていた。

「行きましょう」マーシャがささやいた。

だがそれでも、サンダースは行列の順番に注目していた。最初はボニータ・シンクレアで、レディ・ブライストンがそれに続く。これはどうしたことだろう？　サンダースは、ふたりの女性がすっかり親密になっているのを見て驚いた。

レディ・ブライストン——マーシャの母親——が、明るい声で話すのが聞こえた。

「わたしたちの持ち物はどうすればいいの、パンチ？　ここへ来たのは初めてなのよ」

「寝室だ」ブライストンが早口でつぶやいた。「わたしが持って行く」

彼女は毛皮のコートを脱ぎ、手元が狂ってブライストン卿の頭にかぶせたあと、さっさと居間へ入って行った。そこには絶大な自信と、入れ歯のつやのような明るさがあった。ミセス・シンクレアはそれよりゆっくりとした足取りで続いた。そのあとを、コートで前が見えなくなったブライストン卿が、手探りでついていった。

サンダースには、この集まりが何らかの意味を暗示しているのかどうかわからなかったが、落ち着かない気分だった。レディ・ブライストンがつかつかと近づいてきた。彼が犯罪捜査課のサンダース警部でないことを知ったに違いない。わかっているという目で彼を見た。

「髪を直したほうがいいわ、マーシャ」彼女は何気なくいった。「サンダース先生ですわね。今夜、夫からあなたのことを聞きました。ごきげんよう」問いかけるような口調ではなかった。「あら、ミセス・シンクレア！　こちらへいらっしゃいな。お会いしたことがあるかどうかわかりませんが、ここにいるのは娘のマーシャですの」

彼女は手を伸ばし、娘の頭を軽く叩いた。そのしぐさは、もう少しで爆発を引き起こすところだった。

「ごきげんよう」マーシャはいった。「こちらはわたしの未来の夫です。わたしたち、結婚するんです」

(何て間が悪いときにその話を持ち出すのだろうとサンダースは思ったが、いつもながら実直な彼は、訊かれたときのために自分の収入やその他の適性について、頭の中でまとめていた)

「あら、そうなの」レディ・ブライストンは上の空でいった。何か別のことを考えている様子で、肩越しに振り返る。「デニス、来てちょうだい！　あなたってときどき、ひどくのろまになるのね。夫はのろまだと思いません、ミセス・シンクレア？」

「いいえ、ちっとも」相手はいった。

彼女はマーシャにほほえみかけたが、レディ・ブライストンよりはずっと生真面目な態度だった。

レディ・ブライストン本人は、観閲式やその他の儀式のために訓練された馬に乗っているように見えたが、馬のほうはそれに抵抗しているようだった。サンダースにはその理由がわかった。彼女は心から楽しんでいた。

「マーシャ、話すのを忘れるところだったわ」彼女は続けた。「しばらくあなたをひとりにしなければならないの。お父様とわたしは船旅に出るのよ。とても長い、たぶん世界一周の旅になるでしょう。今夜決めたのよ」

「本当なの！」マーシャが叫んだ。「素敵じゃない！」

「本当よ。お父様は、こんな恐ろしい事件があったから、警察に止められるとか何かあるんじゃないかと心配しているの。でも、そんなことはあるはずないし、どちらにしてもお父様には大きな影響力がありますからね。来週には出発して、半年近く留守にすると思うわ」

「いいわよ」マーシャはいった。「そうなると、帰ってくる頃にわたしたちの結婚式ということになるわね」

「何ですって？」

「結婚式よ。わたしの結婚式。通じていないかもしれないからいうけれど、わたし、ここにいるサンダース先生と結婚するの」

「そんな馬鹿なこと！」

サンダースはスケジュール帳を取り出した。そこに鉛筆でいくつか記入しておいたのだ。

「ぼくとしては」彼はいった。「もっと適切なときにこの話を持ち出すつもりでしたが、今お知らせしておいたほうがいいでしょう。マーシャとぼくは、九月の第一週にメリルボーンの登記所で結婚する予定です。あまり大したことはできないのですが、お知らせすべきだと思いまして――」

　彼は一分半ほどしゃべったあと、スケジュール帳を閉じてポケットにしまった。ふたりの目が合った。一瞬、相手が嘆き悲しむのではないかと思ったが、この事務的な事の運び方を、彼女は気に入ったようだった。彼女はふたたび厳然たる明るさを取り戻したが、今では少し涙もろくなっているようだった。

　彼女はマーシャにいった。「あなたが結婚すると決めたら、止めることはできないでしょうね。もちろん、いろいろと検討してからよ。あとで相談しましょう。いずれにしても、わたしたちの計画は変更できないけれど――」

「もちろんよ！　ただ、結婚するつもりだといっておきたかっただけなの」

レディ・ブライストンは、このことをどう受け止めたらよいか決めかねているようだったが、どんな感情のもつれも、別のことに飲み込まれてしまった。

「来週よ」彼女は念を押し、ひどく愛想よく振り返った。「世界一周の船旅をしたことはおあり、ミセス・シンクレア？」

「いいえ」ボニータはほほえんだ。

「お忙しかったからなのでしょうね。夫とわたしは、存分に楽しんでこようと思います」

「きっと楽しめますわ」

　何かが崩れようとしているか、型通りに行っていないような感じがした。

「ミセス・シンクレア、あなたのご主人は――あなた、結婚はなさっているのでしょう？」

「いいえ」ボニータは静かにいった。「夫はゆうべ亡《な》くなりました。そのことを、ひどく悲しむふりはしませんわ。それでも、夫は誰かに殺されて亡くなったのです。そのために、わたしたちはここへ来たのでしょう？　こうしたことで勝ち誇った気持ちになれるのでしたら、どうぞそれを楽しんでください」

沈黙が流れた。ジョン・サンダースはこの女性が好きになった。彼女がただ本心を口にすることだけで、あらゆる決まり事や偽善、不当な扱いに抵抗するところが好ましく思えた。そのうちに、沈黙の中、部屋が人でいっぱいになっているのに彼は気づいた。

寝室のドアから、ヘンリー・メリヴェール卿、マスターズ首席警部、デニス・ブライストン卿が出てきた。玄関ホールに通じるドアからは、バーナード・シューマンと、艶やかな髪に土気色の顔の、猫背の男が入ってきた。エジプト人の従業員だろうとサンダースは思った。

「これがその死体です《ヴォワスィ・ル・カダヴァ》」最後に入ってきた男は、自分の胸を叩いて、笑いながらいった。「死んだ頭はわたしです。《ラ・テテ・デ・モルテ、セ・モワ》わたしは末席に座るとしましょう《ジュ・プランドレイ・マ・プラス・アン・ピエ・デ・ラ・ターブル》」

ブライストンと同じく正装したシューマンは、胸に帽子を当ててお辞儀をした。

「遅刻したのでなければいいのですが」彼はいった。「こちらは従業員の、ミスター・エル――つまり、今日の午後話題になった人物です」

「いいや、遅刻はしておらんよ」H・Mはいった。「ちょうど始めようとしていたところだ」

彼はのしのしとテーブルの上座へ向かい、『ドラゴンの棲み処』をどさりと置いた。彼の不安を示しているのは、ありもしない灰を落とすように、ひっきりなしに葉巻の端を叩くしぐさだけだった。

「諸君、座ってくれたまえ」

暖炉に背を向けて立っているマスターズを除いて、全員がそれに従った。話を切り出したのはデニス・ブライストン卿だった。

「さて、ヘンリー、こうしてみんなやってきた。きみが常々いっている〝沈思黙考〟の結果が、これだと考えていいのかね？」

「ある意味ではね」H・Mはいった。

彼は葉巻が消えているのに気づいて、軽く驚いたようだった。右隣にいたシューマンが、ライターを手に身を乗り出し、火をつけた。

「まだご紹介にあずかっていませんが」シューマンは重々しくいった。「あなたがどなたかわかりますよ。自己紹介には及びません」

「かたじけない」H・Mはいった。

明るい部屋に紫煙が立ち上った。H・Mは無言劇の役者のような恐ろしい顔をして、頬を膨らませ、煙の輪をいくつか吐き出した。禿げ上がった頭の両側では、残った白髪が耳の上で乱れている。テーブルの上の本が、彼の目の前でタイトルをくっきりと浮かび上がらせていた。

「考えておったのだ」H・Mはいった。「どこから話すべきかを。今ではわかっている。この事件に関して、われわれは関係者の秘密を数多く掘り返した。箱の中を覗き、人生を暴いた。だが、すべての根源でありながら、まだ話題にもなっていない秘密がひとつある。それはすなわち、諸君、フェリックス・ヘイの秘密だ」

十九

「別に大した秘密ではない」H・Mは足を組んでくつろぎながらいった。「それは性格の問題で、あんたがたのほとんどは知っていることだ。ヘイの行動を考えてみたまえ。彼の本を読み、彼の言葉をよく考えるのだ。そうすれば、彼が本当はどんな人物かわかるだろう。

彼は脅迫者ではない。いかなる犯罪者でもなかった。彼は金を得ることも、理想を推し進めることも、悪を正そうという気持ちもなかった。フェリックス・ヘイはただ、そういうふりをしていただけだ。きわめてまっとうな実業家だが、ユーモアのセンスも含めて未熟な心と、ある種の趣味の持ち主だ。彼がどんな人物か教えてやろう。彼は暴露屋なのだ。

わしは、人が見かけとは違うと熱心に証明しようとすることに、普通は反対しない。シャツから払いのけなければならないことはたくさんあるし、一掃しなければならないペテンもある。もしも、正直者を騙すためや役に立たないものを売りつけるため、あるいは有償の〝サービス〟というお題目に仕立てるため、ましてや子供を脅して支配するために重大な嘘が使われたなら――わしは凧《たこ》よりも高く吹き飛ばしてやる。

いんちきやペテンを憎むあまりそういうことをするなら、これほど立派なことはない。必ずや天からの褒美《ほうび》があるだろう。しかし、単なる楽しみのためならば――。

わかるだろう、なぜ人が死者をそっとしておかないのか。一般的に、死者はまったく無害だ。われわれがジュリアス・シーザーに征服される心配はない。グラッドストンが議会に立候補することは二度とない。ディケンズが新刊を出すこともない。現代の風刺詩人がそっとしておく限り、彼らは偉大な人物として、さまざまな善行をほどこしたとして墓の中に眠ることができる。ところが、中にはX将軍は臆病者で、Y夫人は酒好きだというのを聞くことそれ自体が何よりも好きだという者たちがいるのだ。フェリックス・ヘイはそのひとりだ。

その理由？　教えてやろう！　子供の頃、親類の女性がののしり言葉を吐くのを初めて聞いたときのことを覚えておるかね？　あるいは謹厳な大おじがドアの陰でメイドにキスをしているのを見たり、家族の誰かに対する歯に衣着せぬ意見を聞いたりしたことは？　それにはひどく驚いたはずだ。わしもそうだった。われわれのほとんどがそうだろう。そんなことを考えていたとは信じられないという気持ちになるものだ。だがもちろん、ほとんどは大人になるにつれ、そうは感じなくなる。物事に順応し、必要な欺瞞《ぎまん》は受け入れるようになる。

だが、ヘイは大人にならなかった。彼はさらにそれを推し進めた。知り合いの秘密を暴くことが彼の趣味となり、楽しみや喜びの源《みなもと》となったのだ。やがて、彼はそのことで巧みに、さりげなく相手をあざけり、反応を見るようになった。彼は相手に害を与えるつもりはなかった。公にする気はなかった。それは単なる若きフェリックスの道楽にすぎなかったのだ」

H・Mは間を置いた。

「もちろん、彼が知りたがったのは偉人や地位の高い人物の秘密だ。彼はそれに夢中になっただろう。だが残念なことに、彼にはそういう知り合いはいなかった。彼は暮らし向きのいい実業家にすぎず、知り合いは限られていた。そこで、自分の知っている人々の中で、もっとも著名な人物で満足しなければならなかった。つまり――」

H・Mは手を上げ、目の前で黙りこくっている人々をぐるりと指さした。

バーナード・シューマンが考え込むようにいった。「なるほど。そこが理解できなかったのです。あの男の動機が知りたくて、気も狂わんばかりでした。なぜわたしにそれほど興味があったのか、想像もつかなかったのです。彼はわたしのことを、ほとんど知らなかったのですから」

「ピーター・ファーガソンについては、まったく知らなかったのだ」H・Mはいった。「ピーター・Fが非常に危険な人物だということ以外には。ピーター・Fのことはファーガソンの妻を通じて知り、いたく興味を引かれたのだ。さて」H・Mは急につけ足した。「明らかな中傷について話をしよう。彼がどうやって秘密を知ったかは、彼の死とともに葬られてしまったし、今の問題とも関係ない。しかし、彼は確かに知ったのだ。まずはあんたがたに――あんたがた全員に――いっておきたい。あんたがたのちょっとした犯罪の証拠は、今では何ひとつ残っておらん。だから、マスターズ首席警部があそこに立って怖い顔をしているからといって、飛び上がってわしを怒鳴りつけんでもよろしい。彼には何もできないのだ。したがって――」

デニス・ブライストン卿が立ち上がった。サンダースとマーシャは、彼をずっと見ていた。彼は妻の腕に手をかけて、ときおり上の空で軽く叩いていた。明らかに、レディ・ブライストンの嫌悪と満足が入り混じった気持ちをなだめるように。立ち上がった彼の顔には、厳粛で思慮深い表情が浮かんでいた。

彼はまっすぐにマスターズのところへ行った。

「首席警部」

「何でしょう？」

「あなたの手帳をお返しさせてください」ブライストンは手帳を渡していった。「寝室にコートを置いたときに、あなたのポケットから失敬したものです」

「デニス！」レディ・ブライストンが叫んだ。それから気を取り直し、じっとした。

「今は、このようなおふざけをするときではないと思いますが——」マスターズが鋭くいった。

「違うのです」ブライストンはいった。彼はくすくす笑っていた。「わたしはただ、友人のヘンリー・メリヴェールに勧められた講座の練習をしているだけですよ。これから社交界で人気を博すことになる、熟練のアマチュア奇術師の手並みをお見せしただけです」彼はさらに続けた。「ああ、本当にほっとした！　もう何の意味もない。これが明日の『デイリー・メール』紙に載っても構いません。そうだろう、ジュディ？」

「デニス、何て馬鹿なことを！　本当に——」

「黙りなさい」メリヴェール卿が静かにいった。

このとき初めて、レディ・ブライストンは彼に目を向けた。「ヘンリー卿、これは普段のあなたの行いに比べても、行きすぎじゃありませんか？」

「黙りなさい」H・Mは怒鳴った。

一瞬、サンダースは彼がレディ・ブライストンに『ドラゴンの棲み処』を投げつけるのではないかと思った。サンダースにはその理由がわかった。H・Mは安堵していたのだ。アンズウェル事件

〔『ユダの窓』参照〕が結審し、危機は去り、判決が下ったとき、彼はH・Mが法廷でちょうどこんな態度だったのを見ていた。

しかし、サンダース医師の全身に広がろうとしている気味の悪い感覚の原因はほかにあった。全員が待ち構えていた。この部屋に殺人者がいる。そして、彼にはそれが誰なのかまったくわからなかった。

マーシャの腕が絡みついてくるのに気づいたとき、H・Mが振り向いた。

「ふむ。ほかに告白をしたい者はいるか？　そうすれば、気持ちが休まることだろう」

H・Mは、まぶたの下から彼をじっと見ているミセス・シンクレアに目をやった。ボニータ・シンクレアはこれまで以上に無邪気に見えた。あるいは、全体的に謎めいて見えた。レディ・ブライストンを苛立たせるかのように、無邪気な印象からすればかなり大胆に膝をあらわにして脚を組んでいた。

「わたしは結構です」彼女は答え、ほほえんだ。「一部の人は、わたしを実際よりもはるかに悪人だと――たとえば殺人者だと――考えていて、わたしもできるものなら告白したいところです。でも、何を告白しろというのでしょう？　わたしは生活のために働いています。絵を売っているのです」

レディ・ブライストンが彼女を見た。

「絵を売っているのです」彼女は繰り返した。「ほかに職業があるとすれば、それはこれまで数多くの貴婦人に認められたものですし、警察官がそれに興味を持つのは職務を離れたときだけです。妻として成功できなかった女性に、わたしは同情の念を抱いています。それだけです。わたしはどんな罪も犯していません」

「まあ待ちなさい！」レディ・ブライストンが動こうとするのを、H・Mが鋭く制した。H・Mは彼女を指さした。「このことも、今ここではっきりさせたほうがいい。この女性に対する毒殺の容疑も、噂も、作り話も、すべて一掃された。フランスの警察が明らかにしてくれた。あれこれ騒がれたモンテカルロのイタリア人は、虫垂炎で死んだのだ。彼女に対して、実際に殺人容疑がかけられたことは一度もない。ファーガソンが死んだときには、彼女は警視庁にいた――」

「ありがとうございます、ヘンリー卿」彼女はいった。「今日の午後、わたしの家でお目にかかったとき、そうおっしゃってくださいましたね。なぜもう一度そのことを持ち出すのですか？」

「今にわかるよ。いいや、ヘイが握っていたあんたに不利な証拠は、ルーベンスとヴァン・ダイクの贋作を本物だと保証して取り引きした二通の手紙だけだ――」

「それは中傷です」

「そうとも」H・Mは穏やかに同意した。「だが、そのことはいっておきたいのだ」彼はシューマンのほうを見た。「あんたがいったように、わしらは初対面だ。だが、あんたが何者かも知っているよ。ヘイがあんたの放火の証拠として持っていたものが何か、教える気はないかね？」

部屋は静まり返った。マスターズは、ざらざらした暖炉石の上で、競走に備えるかのようにすり足を見せた。一方で、バーナード・シューマンは苛々しているようだった。

「いまいましい！」シューマンはそういって、拳を握りしめた。「こんなくだらない嫌疑には、もうううんざりです。あそこにいる首席警部は、今日の午後、家に来て、同じことをいいました。しかも、殺人容疑のおまけもつけて。わたしは自分の倉庫に火をつけ、ミスター・ニザム・エル・ハキムを殺したと思われているのです――」

　この展開を何ひとつ知らなかったサンダースは驚きに圧倒された。シューマンはほほえむエジプト人を紹介した。

「――その人物を、わたしはここに、健康体で連れてきました」

「初めまして《アンシャンテ》」エル・ハキムは紹介を受けたかのようにお辞儀した。

「わたしは別に」シューマンはいった。「謝ってほしいとはいいません。それは高望みというものでしょう。しかし、せめて口を閉じているだけの礼儀を示してください。わたしが自分の倉庫に放火したと責めるのではないでしょうね？」

　H・Mは暗い顔で首を振った。手にした葉巻をじっと見る。

「いいや。そんな気はさらさらない」

「では――？」

「実をいえば」H・Mは葉巻でニザム・エル・ハキムを指した。「わしはこの男が火をつけたと思っている」

　浅黒い肌の人物が青ざめていく様子ほど興味深く、かつ不安をかき立てる光景を、サンダース医師は見たことがなかった。今のエル・ハキムがそうだった。エジプト人は勢いよく立ち上がり、裏声の下手なフランス語でまくし立てた。あまりに早口なので、サンダースは最初の数行しか聞き取れなかった。やがて、一度大げさに腕を振ると、彼はゼンマイ仕掛けのおもちゃのように動きを止めた。それから部屋を飛び出し、大きな音を立ててドアを閉めた。

　H・Mは片手を上げた。

「いいかね」彼は慎重にいった。「それを証明することはできん。まったくのいいがかりだ。だが〝沈思黙考〟した結果、人の噂にはわれわれが思っている以上の真実があるのではないかと考えたのだ。わしはエル・ハキムがあんたの倉庫に火をつけて、ポートサイドへ逃げたと思う。そして、あんたもそれを強く疑っていたはずだ。残念ながら、彼がカイロへ戻ってきたとき、あんたは純粋な自己保身から彼を雇わなくてはならなくなった。

なぜなら、彼はヘイが知っていたことを知っていたからだ。あんたには、ただの楽しみで放火する癖があったことを。あんたは大変な目に遭っているし、それは気の毒に思う。ポケットから出てきた、火事で焼けていない目覚まし時計の仕掛けは、カイロの火事とは何の関係もないのだ。それは失敗したか、途中で頓挫《とんざ》した放火に使われた遺物だ。そしてヘイは、それを証拠品とした。重要なのはこのことだ。今のところ、あんたがどんな火事をどこで起こしたかとか、そういったことはどうでもいい。それはわしらが抱えている問題とはまったく関係ないのだ——殺人の問題とは」

シューマンはかつてないほど興奮していた。

「構わないというのですか?」

「そういっただろう」

「だったら、なぜわたしを——わたしたちを——猫がネズミをいたぶるように困らせるのです? あなたが問題と呼んでいるものの答えはわかっているじゃありませんか」シューマンは自制心を取り戻して反論した。「今日の午後、お約束通りマスターズ首席警部に重要な情報をお話ししました。重要な情報を! そのことをわかってほしいものです。わたしは誰が殺人者なのかお話ししました」

「まさか、知っているとおっしゃるのではないでしょうね？」ボニータ・シンクレアが叫んだ。

「マダム、もちろん知っています。犯人は――」

「落ち着け」H・Mがいった。

以前、田舎で市《いち》の立つ日、サンダース医師は大回転という仕掛けに誘われたことがあった。長い鎖の先に据えられた貧弱な座席が、次第に速く回転し、やがて乗っている人々は地面と平行になるまで持ち上げられる。それはこんな考えを呼び起こした。〝待てよ、鎖が切れたらどうなるんだ？〟サンダースは今、それに似た気持ちになっていた。回転は次第に速くなり、誰かそれを止められる人はいるのだろうかと彼は思った。

「落ち着いて絞首刑になれというのですか」シューマンは無意識のうちに気のきいたことをいった。

「わたしは情報をお知らせしました。なのに、どうして本当の犯人以外のほぼ全員に過去のことを尋ねて苦しめるのです？　自分の知っていることはわかっています。法廷で証言する覚悟もあります――」

「そうとも」H・Mは辛抱強く同意した。「それが肝心なところだ。まったく肝心なところだよ。だから、あんたがた全員に訊いておるのだ。このぼんくらども、この事件が法廷に持ち込まれることに気づかんのか？」

彼は辛抱強さを捨てて怒鳴った。

「簡単な話じゃないか？　殺人者が捕まれば、裁判が行われる。そして、あんたがたは証人だ。それがわからんのか？　わしがずっと、何を心配していたと思う？　事実をもみ消す話をするのだ！　わしに友達がいるとしよう。そして、法廷で彼から真実――スリだったという真実――が引き出されるのを妨ぎたいとしたら？　真実が明るみに出ないとでも思うかね？　ほ、ほう！　被告側の弁護士は、あんたたち全員を攻撃するだろう。だから、本当の証拠が残らないようにしなくてはならないのだ――」

「ちょっと！」マスターズが警告するように口を挟んだ。「われわれがそのようなことを――」

「黙るんだ、マスターズ」H・Mは鼻を鳴らし、少し穏やかな口調になった。「実際のところ、その点はもう心配していない。その友達の病気はもう治った。彼は悩みを克服し、笑い方を学んだ。彼は気にしないだろう。その娘も、恋に落ちることで悩みを克服した。しかし――」

デニス・ブライストン卿が口を挟んだ。

「仮に」彼は平坦な口調でいった。「殺人者が捕まらなかったとしたら？」

交霊会のように、テーブルにわずかな動揺が走った。

「いやいや」H・Mはいった。「殺人者は――皆の者、聞いているか？――袋のネズミだよ。そこが悲しいところだ。殺人者は、実際にはヘイとファーガソンが殺される前から袋のネズミだったのだ。理由が知りたいか？　それはエヴァーワイド調査会社、つまり私立探偵会社がアトロピンを購入した人物と、ヘイに毒入りのエールを送りつけた人物を突き止めたからだ。証拠だよ。ふん！　その事実が明るみに出るのは、止めようとしても止められん。そして今、バーナード・シューマンの証拠があれば――」

「何て馬鹿げたことをおっしゃるの？」レディ・ブライストンが訊いた。

「それでも」ミセス・シンクレアが静かな声でいった。「やはりこの事件を解決するには足りないものがありますよね？　これだけ教えてほしいのです。わたしは――法について少しは知っています。誰かを有罪にするには、一昨日の晩、わたしたち全員の飲みものにどうやってアトロピンが入れられたのかを証明しなくてはならないでしょう？」

「いかにも」H・Mはいった。

「でも、わたしたちの誰にも飲みものに毒を入れることはできなかったと、全員が断言できますわ。殺人者がどうやってそれをやり遂げたか、まだ示されていないのではありませんか？」

「ああ」H・Mはいった。「だが、それを今、あんたがたに示すつもりだ」

彼は席を立った。

「われわれはここに集まった」彼は葉巻の吸い殻を暖炉に投げ捨てた。「殺人が行われた夜、ここにいた者のほとんどと、ほかに数人がいる。そこで、もう一度再現してみよう。マダム、あんたは全員が見ている前でカクテルを作ってくれ。デニーはもう一度ハイボールを作るのだ。ミスター・シューマンは、飲みものをここへ持ってくる。わしはといえば、それに毒を入れる役をやろう。諸君、わしをよく見て、どうやったか確かめてみるといい。これなら納得だろう？」

「ええ、それはそうですが」シューマンはひどく当惑しながらいった。「しかし――」

「この事件では」H・Mは鋭くいった。「独創的な犯行法についてあれこれ聞いている。最後に、決定的なそのひとつで事件を締めくくろう。中でも最高のものでな。だがその前に、ひとつ訊きたいことがある」

彼はデニス・ブライストン卿をにらみつけた。

「デニー、あんたは昔、絶対禁酒家だった。娘さんは、あんたは最近ではめったに飲まないといっている。自分でも、昨日サンダース先生のフラットで、ウィスキーは好きではないといっていたな

(それは気の毒なことだが)。ふむ。では、どうしてヘイのパーティーで、ライウィスキーのハイボールを所望したのだ?」

ブライストンは彼を鋭く見た。「それにはふたつの理由がある。ひとつは、ライウィスキーは好物だからだ。ふたつ目に、普通はそれがパーティーで出されることはない。わたしはいつもライウィスキーとジンジャーエールを頼むのだが、それがないときには、飲みたくもないほかの酒を飲んだりはしないのだ」

「ほう? では、それはいつもの行動なのだな? そして、ヘイはライウィスキーを用意していた? このことはよく知られているのか?」

「そう思う」

「よろしい」H・Mはいった。「では始めよう。マスターズがヘイの役をやる。カクテルを混ぜるときにごまかしがあったり、キッチンの流しですり替えたりしないことを示すため、わしは今のところ、飲みものに触れられないようここにいる。さあ、キッチンへ行ってくれたまえ」

次の数分間ほど長く感じられた時間はないとサンダースは思った。首席警部のきびきびした声と態度に促され、ミセス・シンクレア、デニス卿、シューマンはホールからキッチンへ連れて行かれた。レディ・ブライストンは頭を高く上げて静かに座っていた。何か別のことを考えているように見える。そしてマーシャは、キッチンへ行こうとするサンダースの袖を引っぱった。

「行っちゃ駄目」彼女は激しい口調でいい、H・Mを顎で指した。「ここにいて、あの人を見張っていなくちゃ。あなたが見ていなくてはならないのは、あの人よ」

キッチンからは、水が流れる音に混じってかすかにマスターズの声が聞こえてくる。

「カクテルシェーカーをください。ミスター・ヘイがやったように、わたしがすすぎましょう。どうぞ、ミセス・シンクレア。グラスの用意ができました——」

サンダースは腕時計を見た。秒針さえものろのろと進んでいるように見える。キッチンではレモンを絞っているようだ。瓶がこすれる音や勢いよく叩く音、お湯の流れる執拗な音が聞こえる。

H・Mはじっと立ったまま、鼻をかいていた。

やがて、カクテルシェーカーを振る音が聞こえてきた。

「用意できました！」マスターズがキッチンから声をかけた。

「この前の夜と同じようにやってくれ」H・Mはその場を動かずにいった。「ミセス・シンクレアに、カクテルシェーカーから味見してもらうのだ」

沈黙が訪れた。

「問題ないか？」H・Mが怒鳴った。

ミセス・シンクレアの声は、はっきりしていたが少し震えていた。「カクテルは問題ありません。でも、本当に何かを入れるおつもりではないでしょうね——」

「続けてくれ」H・Mがいった。

どんな状況であっても、トレイを持って居間に入ってくるバーナード・シューマンの姿は滑稽だっただろう。彼は年老いたウェイターのように見えたし、自分でもそう感じているようだ。だが、彼は細長い食卓のそばの小テーブルにトレイを置くときに、危うく取り落としそうになった。トレイにはニッケル製のシェーカーと四つのカクテルグラス、飲みものが入ったタンブラーが載っていた。

やはりH・Mは動かなかった。

「キッチンへ戻ってくれ」彼はシューマンにいった。「ほかの人たちと一緒にいるのだ」彼はサンダースのほうを見た。「時間を計ってくれ。少しの狂いもなく実行したいのだ！　彼らは〝二分から三分〟だったといっているので、二分半としよう。ほかの者はキッチンにいてくれ！」彼はわめいた。「おしゃべりするのだ！　誰か、赤ん坊の泣き真似をしろ！　聞こえたか？」

神経を逆撫でするような激しい辞退合戦の末、マスターズが引き受ける羽目になった。その声のひどさは面白おかしいといっていいほどだったが、笑う者は誰もいなかった。マスターズは、ヘイに匹敵すると思われる強い肺を持っていた。見なければ、ヘイだと思ったことだろう。

しかし、人々は見事に自制心を保っていた。

一分。赤ん坊の泣き声は次第に弱まっていったが、サンダースには、腕時計の音以外のすべての音をかき消しているように思えた。

二分。サンダースは時間がこれほど長く感じるとは思わなかった。マーシャは彼の袖に頬を押しつけていた。カールした彼女のまつげが見え、息づかいが感じられる。一度、彼は時計が止まったのではないかと思った。その間ずっと、レディ・ブライストンは身じろぎもせず腰を下ろし、何か別のことを考えているようだった。

二分、そして――。

サンダースは合図した。

「もういいぞ」H・Mがいった。

断続的な赤ん坊の泣き声はやんだ。首席警部を先頭に、人々が静かに居間へ戻ってきた。ボニータ・シンクレアは青ざめていたが、機械的な笑みを浮かべていた。

「よろしい」H・Mがいった。「すべての条件が整っていると認めるな？　え？　この前の夜の通りだろう？」

「その通りだった」ブライストンがカラーに手をやりながらいった。「われわれがキッチンにいる間に、きみがアトロ――いや、何かを入れる機会があったという事実も含めてね」

「どうだね、先生？」H・Mはサンダースを見ていった。

「この人がトレイに近づくことはありませんでした」サンダースはきっぱりといい、マーシャもうなずいて同意した。「六フィート以内には近づいていません」

H・Mはトレイに近づいた。タンブラーを取り上げ、ブライストンに渡す。奇怪なしぐさでカクテルシェーカーを振り、見せびらかしたあと、グラスのひとつに白っぽいカクテルを注いだ。

「これを作ったのはあんただ」彼はミセス・シンクレアにいった。「わかっているだろう？　よろしい。これを飲むのだ」

沈黙。

「飲みたくありません」ボニータ・シンクレアがいった。「わたしは一度、味見をしています。そのあとで、ミスター・シューマンがここへ持ってきたのです。彼に飲んでもらってください」

シューマンは礼儀正しく首を傾けた。「異存はありませんよ、マダム」彼はいった。「誰が作ったかはわかっていますから」グラスを取り上げ、思案する。「毒が入っていると誰かが確信している飲みものを飲むのは、今日二度目ですよ。これがわたしの体に害を及ぼすとすれば――。

何だ！」彼は思わずいった。

シューマンはぱっと飛びのき、何かを押しやるように両手を突き出した。グラスが落ち、トレイの上で砕けた。続いてシューマンは手で口を拭った。

「ヘンリー卿、いったいこれは――」

「心配いらんよ」H・Mは自信たっぷりにいった。「その中には毒など入っておらん。うがい薬がほんの少し入っているだけで、害はない。何か味のあるものでないと、信じてもらえないのでね」

ブライストンは恐る恐るハイボールのグラスを傾けた。「本当だ。何か入っている。以前は何も入っていなかったのに。しかし、メリヴェール、どうやったのだ？　どうしてこんなことができる？　一体全体――」

「馬鹿馬鹿しい」H・Mは大声でいった。「それほど複雑なことじゃない。そうだろう？　考えてみたまえ。とてつもなく簡単なことだ。ここに二種類の飲みものがある。ひとつはジンを使い、もうひとつはウィスキーを使っている。ひとつにはジンジャーエールが入っていて、もうひとつにはコアントローとレモンジュースが入っている。だが、そのほかに入っているものは何だ？　唯一、ほかに入っているものは？　どちらの飲みものも美味《おい》しくするために、絶対に必要なものは何だ？」

「それは？」

「氷だよ」H・Mはいった。

彼は鼻を鳴らし、ポケットに手を突っ込んで、あたりをにらみつけた。

「それに気づいたのは」彼は続けた。「マスターズからミセス・シンクレアの話を聞いたときだった――ヘイが冷蔵庫のそばに立って、赤ん坊の泣き声を真似ていたという話だ。氷だよ、きみ。キッチンの、あの小さな冷蔵庫に入っている製氷皿から出した氷だ。もうわかったかね？

何者かが準備していたのだ。そうとも。無色の液体（アトロピン）を、仕切りのある製氷皿の水に混ぜ、冷凍庫で凍らせたのだ。カクテルが作られ、ハイボールが作られた。製氷皿の角氷が、それぞれに入れられた。シェーカーが何度か振られたが、まだ完全に準備は整っていなかった。

わかるかね？　ミセス・シンクレアはカクテルの味見をした。だが、ほんの数秒では氷が十分に溶けてアトロピンが中身に混入することはない。ミセス・Sが味見したハイボールにも同じことがいえる。その後、飲みものはここへ運ばれ、テーブルの上に置かれたまま、二分から三分が経過した。一同がこの部屋へ入ってくると、主人がシェーカーを手に取り、無意識に数回振って（これで毒物はさらに広がった）グラスに注いだ。これで仕掛けは整い、恐ろしい殺戮が起こったのだ。

殺人者は、あんたがたの証言通り、ヘイがホワイト・レディしか飲まないことを知っていた。客も全員それにならうだろう。おそらくデニー・ブライストンを除いて。だがその場合でも、ブライストンは好物のライウィスキーとジンジャーエールを飲むだろう。あんたは運がいい、デニー。シェリーやスコッチのソーダ割、そのほか氷を使わない数多くの飲みもののいずれかを飲む習慣があったら、今頃は死んでいただろうな。殺人者はあんたを殺さねばならないところだった。だが、甘いハイボールは氷がなければひどい味になる。そこで、氷が入れられた。

それが、各自の飲みものに入っていた毒物の量がばらばらだった理由だ。殺人者はもちろん、それを見積もることはできなかった。だからヘイを仕込み傘で殺さなければならなかったのだ。毒物だけでは、犠牲者を選んで殺すことはできないからだ。その後、殺人者はカクテルシェーカーを洗い、もう一度無害のカクテルを入れておいた。われわれに、こう考えさせようとしたのだ――そして、われわれもそう考えた。毒物は、パーティーの客のひとりが、それぞれのグラスに入れたのだと」

ブライストンは彼をじっと見た。

「客のひとりだって――？　だが、わたしたちはやっていない！　できるはずがない。誰も冷蔵庫に近づかなかったし、冷凍庫の製氷皿で毒物を凍らせる機会もなかった！」

「わかっているよ」H・Mはおごそかにいった。

「じゃあ、誰が犯人なんだ？」

「ジューディス・アダムスだ」H・Mはいった。

「確かに」彼は続けた。「ジューディス・アダムス本人が死んでいるのは知っている。わしがいいたいのは、その名前によって伝わるように仕向けられた、この上ないヒントなのだ。フェリックス・ヘイの本当の秘密というのは、この最後の冗談の秘密なのだ――もっとも鮮やかで、円熟した、狡猾な冗談――彼の傑作の秘密だ。ヘイの狙い通り、それは殺人者を巧みに暴いている。いいかね、〝ジューディス・アダムス〟の名前は五つの箱のひとつの外側に書かれていた。ところが、箱の中には、いいかね、ぼんくらども、その中には、まったく違う人物の悪事に関する証拠が入っていたのだ」

「ああ」シューマンが小声でいった。

「どうかしている」ブライストンが荒々しい口調でいった。「箱の外と中で名前を変えることに、何の意味がある？　箱は弁護士の前で開けられることになっていたのだろう？　違いに気づかれるのではないか？」

「まさしく」Ｈ・Ｍはいった。「その通りだ！　それは気づかれることになっていた。しかしそれは、弁護士事務所の弁護士三人が立ち会いの上でなくてはならない。三人全員だ。ロンドン一厳格で、恐ろしく尊敬されている、きわめて誠実な法律事務所のな。そして、彼らは発見するだろう――」

「では、殺人者というのは――？」

「そうだ」Ｈ・Ｍはいった。「もういいぞ、ボブ！」

寝室へ通じるドアが勢いよく開き、壁に当たって跳ね返った。ポラード部長刑事と私服のライト巡査に挟まれ、被告人が引きずられてきた。だが、その男は抵抗するよりも気を失ってしまいそうに見えた。見守る人々は、揺れるような足取りと高い鼻、ぐらつく鼻眼鏡によって拡大された、こちらをにらむ目を見た。

健康体の持ち主であるポラードとライトも、ともすれば座ってしまおうとする殺人者を支えるのには苦労していた――それは、弁護士のチャールズ・ドレークだった。

二十

それから一時間近くが経ち、騒動と叫び声がやんだ頃、H・Mがまた話を始めた。

「まずは、ドレーク・ロジャース・アンド・ドレーク弁護士事務所の共同経営者であるチャールズ・ドレークが、この恐ろしい事件でフェリックス・ヘイを唯一殺すことのできた人物であることを示す前に、ドレークが殺人者であった場合に彼が犯人だと知らせるためにヘイが用意した仕掛けが、きわめて巧妙であったことを強調せねばなるまい。わかるかね？」

マスターズ首席警部が答えた。

「ええ、わかります。われわれはそれを突き止めました」マスターズは深く息を吸った。「しかし、もうひとつわかることがあります。わたしは警察官になって三十年です。最初の勤務地はK地区――ライムハウス地区でした。当時、ライムハウスは非常に物騒な場所でした。わたしは詐欺師に囲まれて仕事に明け暮れました。しかし、この事件ほど大量の詐欺師を相手にするのは生まれて初めてです！　しかも、全員が名士ときている」

「ほかにどんなことを予想していたかな？」H・Mはそういって、黙っている人々を寛大な目で眺めた。「ヘイは詐欺師のほかに、何を求めたと思う？　詐欺師たちはヘイの心を引きつけた。あるいは、ヘイが詐欺師たちの心を引きつけたといってもいい。そして、彼が収集したものの中で、一番の収獲は何だったと思う？　そう、ロンドンでもっとも古い弁護士事務所、ドレーク・ロジャース・アンド・ドレーク弁護士事務所に詐欺師がいるという事実だ。若いほうのチャールズ・ドレーク（彼は五十三歳だ）は、事務所が預かった有価証券をくすねていた。その方法は――。

おわかりだろうが、もしこれが、清廉で信頼できることにかけては疑いの余地がない事務所でなければ、すべての事件は起こらなかったし、殺人者の計画が成功することはなかっただろう。わしはチャールズ・ドレークの父親について話したと思う。そもそも彼がわしのところへ来たのだ。彼は自分自身と祖先、家系の高潔さを重んじていた。ウィルバート・ロジャースも同じだ。

そこがヘイの計略の巧妙なところだった。彼は事務所を信頼し、自分が死んだときには箱が開けられ、事務所の一員を有罪とする証拠が明らかになるようにしていた！――この世の中で、チャールズ・ドレークが探そうとも思わない場所にそれを隠したのだ。ヘイはドレーク・ロジャース・アンド・ドレーク弁護士事務所が、預かったものを三人の立ち会いのもとで開けるという条件がない限り、決してそのような依頼を引き受けないことを知っていた。パンドラの箱にだって、これほどの効果はなかっただろう。チャールズ・ドレークは父親にとらえられることになる。それに、（ヘイの考えでは）〝ジューディス・アダムス〟というラベルのついた無害な箱に、チャールズが何の疑いを抱くだろう？　女性名であることも彼の気をそらすはずだ。まったく、わしらがそうだったようにな。

だが、フェリックス・ヘイは、知っての通りあまり賢くはなかった。彼はチャールズ・ドレークをひどく見くびっていたのだ」

犯人は連れ去られる間、ひとことも話さなかった。しかしサンダース医師は、あの怯えたような大きな灰色の目が、衝立《ついたて》の向こうを動き回るネズミのように鼻眼鏡の奥で動いていたのを覚えていた。騒ぎといえば、ボニータ・シンクレアが突然、思いがけないヒステリーの発作に襲われたことだけで、それも今ではおさまっていた。

そして、首席警部の言葉に、数人が立ち上がった。

「いわせてもらいますが」バーナード・シューマンが激しい口調でいった。「犯罪者と呼ばれることには抗議します」

ボニータ・シンクレアは何もいわなかった。

「わたしには何ともいえないが」ブライストンが考え込むようにいった。「この件には、それよりも興味深いことがある。ジューディス・アダムスの名が、なぜチャールズ・ドレークを指しているのか、いまだにわからないのだ。きみは犯罪を行うことができたのはチャールズ・ドレークしかいないと主張したが、それもわからない。きみがその結論に至った沈思黙考の過程に興味がある」

答える前に、H・Mはテーブルに肘をつき、両手でこめかみを揉みながら、どんよりした目で『ドラゴンの棲み処』をしばらく見ていた。やがて、ポケットから鉛筆としわくちゃになった封筒を取り出した。

「いいだろう」彼はうなるようにいった。「謎を解いてみようじゃないか。

われわれがすでに打ち立てた犯罪の仮説はわかっているだろう。それは本質的には——いいかね、本質的には——正しい。客はアトロピンを飲んだ。殺人者はヘイを刺し、家を抜け出してグレイ法曹院へ向かい、事務所に忍び込んで盗んだ品とともに引き返し、それを客のポケットに入れた。

最初のうち、わしは手探りだった。ゆうべまではな。わしは殺人とドレークの事務所荒らしは、ピーター・ファーガソンが妻のミセス・シンクレアと共謀して行ったものと考えた。神よ、アヒルを愛したまえ。そのときは、何と簡単な事件だろうと思った！　これなら重大な問題は解決できる。つまり、飲みものにどうやって細工がされたかという問題だ。

この場合、答えはごく簡単だ。ファーガソンが忍び込んで、誰もいない居間に飲みものが置かれている間に薬物を入れたのだ。その後、彼は裏口のかんぬきを外してそこから出ると、グレイ法曹院へ行き、やすやすと事務所へ忍び込んでから引き返し、もう一度ドアにかんぬきをかけた。ドアにかんぬきがかかっていても関係なかっただろう。彼は並外れた身軽さを持つ泥棒で、姿を〝消した〟ときには、雨樋を登り降りできたのだから。

事は簡単に思えた。もちろん、昨日わしがいったように、大きな反論はいくつかある――もしファーガソンが殺人者だとすれば、なぜ犯行後も建物の中をうろつき、目立つようなことをし、大声でわめいたあげくに消えたのか？　だが、これが最良の仮説であり、一番もっともらしいと思われた。そこで、わしはゆうべ、あのおかしな泥棒の真似事をしたのだ。

だが、何が起こったかはおわかりだろう。すべての説がこっぱみじんになってしまった。わしの困惑した目の前で、ファーガソンはアトロピンによって死んでしまった――わしは殺人者の手を見た――それと同じ時刻、ミセス・シンクレアはマスターズとロンドン警視庁にいた。

もう一度いうぞ。わしはすっかり驚いてしまった。もう少し真面目に沈思黙考したほうがいいと思うようになったのだ。

そのときにわかっていたことは？　ファーガソンが除外されたとなると、ヘイを殺した犯人はパーティーの客のひとりであることが完全に証明されたように思えた。わかるかね？　玄関のドアには、マーシャ・ブライストンという目撃者がいた。だが、客のひとりなら、階下の裏口から外へ出てグレイ法曹院へ行き、戻ってきてまたドアにかんぬきをかけるのはたやすい。そういうことだったに違いない。なぜなら――ファーガソンが除外されれば――外部の人間だった場合、最終的に（一）出て行ったあとで裏口のドアにかんぬきと鎖をかけたり、（二）目撃者に見られることなく玄関のドアを出て行ったりすることはできないからだ。

だが、外部の人間の犯行を除外したとすると、飲みものにどうやって薬物が入れられたのかという最初の疑問に戻ってしまう。客たちは、それは不可能だと断言している。

そのときに、わしは冷蔵庫のトリックと凍らせたアトロピンに気づいたのだ。

ここまでは簡単だ。殺人者になりうるのは、ミセス・シンクレア、デニス・ブライストン卿、バーナード・シューマンのいずれかしかいないとわれわれは思っていた。もっと正確を期すなら、同じ建物内にいた管理人のリオーダンのような部外者を加えることもできる。だが、せいぜいそれくらいだ。

さて、もしその三人――最初の三人――のうち誰かがアトロピン入りの氷を作ったとして、それはいつのことだろう？　あの夜、パーティーに来てからのはずはない！　ヘイは十時四十分にここへ来た。シューマンはその五分ほどあとだ。ミセス・シンクレアとデニー・ブライストンは十一時近くに来た。その直後にカクテルは作られた。ここへ来てから、三人のうち誰かがキッチンに入り、冷蔵庫に入っていた製氷皿を出し、氷を捨てて、アトロピン入りの水を張って元に戻すことを、誰にも見られずにやってのけるのは不可能だ。いいや、それはないし、新しい氷ができる時間がないという点でも除外できる。ふむ。つまり、毒入りの氷は当日の夜十時四十五分以前の昼間もしくは夕方に作られたことになる」

シューマンが手を上げて身を乗り出した。

「失礼ですが、議長、質問してもよろしいですか？」彼は尋ねた。「わたしたちがあの夜ここで会うまで何をしていたかを、あれほど警察が知りたがっていたのは、それが理由ですか？」

H・Mはうなずいた。

「そうとも。だが、まだ話はそこまで行っていない。それを思いついたのはゆうべのことだ。このことについて熟考してみた。わしはこう考えた。もう少し時間を狭めることはできないだろうか？殺人者が氷を作った時間を、狭められないだろうか？　あの日、どこかの時点で、彼はここへ来てそれをやった——。

そう、そこには助けになる目撃者があった。罪のない立派な目撃者だ。そのときはそう思っていた。目撃者というのはチャールズ・ドレークだ。協力的な弁護士で、ボブ・ポラードに供述している。チャールズ・ドレークはヘイのフラットをその日の夕方六時に訪ねている。彼は分析化学者から送り返されてきたエールの瓶を（いいかね、じきじきに）返しにきたのだ。郵送や雑用係を使えば事足りるというのに、古風な弁護士事務所の共同経営者が使い走りのような真似をすることは珍しい。だが冷静なドレークは、電話でヘイがその夜パーティーを開くことを知り、興味を覚えた。

ドレークが来たとき、どんなことがあっただろう？　そう、フェリックス・ヘイは夕食のために着替えをしていた。そしてヘイは、いつものように少しばかり——カクテルを飲んでいた。ヘイは何をした？　彼は寝室へ入り、着替えを続けた。その間チャールズ・ドレークはキッチンへ入り、エールの瓶を置いた。実際、彼はそこにしばらくいたのだ――本人がいったように、瓶につける注意書きを書くためにな。その間ヘイは寝室から、大声で彼に話しかけていた。

しかし、ヘイはカクテルを飲んでいた！　ほう？　となると、そのときに使われた氷にアトロピンが入っていたはずはない。その直後、六時過ぎに彼はドレークと家を出た。わしには、あの毒入りの氷が作られたのは、ヘイが夕食に出かけた時間から十時四十分に戻ってくるまでの間に違いないと思われた。

そうだ。だが今朝早く、わしらは新たにふたつの証拠を手に入れた。ピーター・シンクレア・ファーガソンの手記と、誰も知らない〝ジューディス・アダムス〟の謎だ。

わしはファーガソンの手記を読み、すっかり熱くなってうめいた。片目が開きかけた気がした。もう一度読むと、もう片方の目も開かれた。さて、ファーガソンは真実だけを話す男ではなかったが、見当違いではあってもシューマンに関する事実に触れている。そして、妻に関する事実も語っている。ヘイ殺害に関する彼の説明を疑う理由はない。彼の行動はすべて、それに基づいているからだ。彼は知っていたがために殺された。彼が真実を語っているのでなければ、彼を殺すことに意味はないし、手記の中の秘密めいた記述にも何の意味もなくなる。

秘密めいた記述？　まったく、そう考えるべきだったのだ！　彼は非常に狡猾だったので、ヘイを殺した人物を明かすのをクライマックスまで持ち越していた。しかし、彼が何といっていたか聞いてみたまえ。手記のコピーを渡してくれ、マスターズ。

彼はこのフラットの寝室に立って、わずかに開いたドアの隙間からこの部屋を見ていたと書いている。彼の手記は、われわれがこれまで知ったほかの事実と完全に一致している。彼は全員がこのテーブルを囲んで座っており、ヘイがあんたがたをひどく困らせていたことを書いている。ヘイの言葉も引用している。五つの箱がドレーク・ロジャース・アンド・ドレーク弁護士事務所の、ヘイの名前が書かれた大きな箱の中にあることも聞いている。それを聞いたところで、彼は弁護士事務所へ向かう用意をしたのだ。

ところが、その記述の直後、驚くような、そしてまったく意味をなさない記述が続くのだ。

〝わたしは衣装戸棚も見ていた。それで外へ出た〟

さて、これはどういう意味だろう？　このフラットで衣装戸棚といえば、寝室にある大きなものだけだ。それはいいだろう。しかし、なぜ彼はそれを見ていたのか？　なぜそのために外に出たのか？

たとえば、このフラットにほかにも外部の者がいて、衣装戸棚に隠れていたということはありうるだろうか？

ここからのファーガソンの行動を追ってみよう。彼は階下へ向かい、ドレークの事務所の住所を調べていたところ、何者かが急いで階段を下りてくる音を聞いてあとを追った。彼らは裏口のドアから出て、それを開けたままにしておいた。通りで、ファーガソンはその人物を見てこう書いている。〝それが誰だったかを知れば、きっと驚くだろう〟と。なぜ驚くのだろう？　フラットに来た客は全員、すでにこの上ない疑いをかけられている。次の記述は、まさに核心に迫ったところだ。

その〝人物〟は弁護士事務所へ行き、非常階段を上って、ナイフで窓の掛け金を外しているようだった――〝ようだった〟というのだ。そして中へ入り、二分で出てきた。時刻は十二時十五分、以下参照。

もう一度いうぞ。二分だ。それから、手慣れた泥棒のファーガソンは同じく事務所に忍び込み、中を見回した。もう一度ファーガソンの記述を見てみよう。〝ヘイの名前が書かれた箱が、鍵が壊れた状態で床に転がっていた――簡単な仕事ではない。中には何もなかった。わたしは見落としがないように、事務所じゅうを調べた……そこを出たのは十二時半だった〟

簡単な仕事ではないとファーガソンがいったのには、たくさんの意味がある。そして、それは正しい。ファーガソンがグレート・ラッセル・ストリートから尾行していた〝人物〟によって、盗みが行われたのはそのときだったのだろうか？

わしはこの胸に手を当てて、それはありえないといおう。その〝人物〟は事務所に忍び込み、箱を見つけ、そいつをうまいことこじ開け――簡単な仕事ではない――中身を盗み出し、出て行った。それを二分でやってのけたのだ。それだけか？　いいや、それだけじゃない。今朝、ドレーク・ロジャース・アンド・ドレーク弁護士事務所からどんな知らせがあった？　その盗みと同時に、ヘイのものである価値の高い有価証券が盗まれたというのだ。同じ箱からではなく、金庫からね。すべて二分の間にだ。

たわごとだ。イギリスでも第一級のたわごとだよ。

ファーガソンは嘘をついていたのか？　かもしれん。だが、そうだとして、彼の書いた言葉にどんな意味があり、なぜ彼は殺されたのか？　今のところ、殺人者に関する彼の記録を確認し、事実と一致していることがわかっている。議論のために、誤りであると証明できるまでは、この記述も真実だと仮定してみよう。ファーガソンの手記からは、次のことがわかる。

第一に、ドレーク・ロジャース・アンド・ドレーク弁護士事務所に泥棒が入ったのは、十二時十五分ではなかった。それよりもずっと前のことだった。

第二に、それはドレーク・ロジャース・アンド・ドレーク弁護士事務所の金庫の鍵を持った者の仕業だった。

第三に、それはヘイが事務所に有価証券を預けていることを知っていて、それがどのような有価証券で、どこにあるかを知っている者の仕業だった。

これだけでも、頭蓋骨の後ろに焼けつくような奇妙な感覚をもたらすのに十分だ。しかし（これもファーガソンの記述が真実であるとすれば）、諸君、そこから何がわかるだろう？　盗みがすでに行われていたとすれば、その――十二時十五分の――〝人物〟は、四つの時計、目覚まし時計の仕掛けなどの証拠の品を手に入れることはできなかったといえる。それに、その〝人物〟がそれらの品を持ってグレート・ラッセル・ストリートへ引き返し、人々のポケットに入れることはできなかったともいえる。それらはすでになくなっていたからだ。

端的にいえば、それらは十二時十五分よりもずっと前になくなっていたのだ。だが、これらの品は何らかの手段で客のポケットに入っていなくてはならない。それらは、客が意識を失わなければポケットに入れられず、客たちが意識を失ったのは十一時五十分頃のことだ。したがって――。

犯人がそれらの品を客のポケットに入れたのは、彼が仕込み傘でヘイを刺した十一時五十分から十二時の間ということになる。彼の仕事は終わった。その後、彼は建物をあとにしてグレイ法曹院へ行き、弁護士事務所で最後にもう一度見落としがないか確かめた。

それから彼は――家へ帰った。

これが本当なら（まだ仮の話だが）、すべてがぴたりと当てはまるのではないか？　ファーガソンの手記は、部外者が衣装戸棚に隠れていたこと、その部外者の正体を知れば驚くだろうということ、その部外者はわずか二分ほど事務所にいて、その後帰宅したことを示唆している。おや？　部外者が帰宅したことが示唆されているのを否定するのかね？　もう一度手記を見てみよう。

殺人者が去るのを見て、自分でも弁護士事務所を調べたあと、ファーガソンはグレート・ラッセル・ストリートに戻っている。そして彼はこう書いている。

〝わたしとあの人物が建物を出るのに使った裏口のドアは、ふたたび中からかんぬきと鎖がかかっていた。

それは想定外だった。どういうことかわからなかった〟

さて……殺人者がヘイのパーティーの客、つまり内部の人間だったら、なぜそのことにファーガソンが驚かなくてはならないのだろう？　結局のところ、犯人は内部の人間かもしれないのだ。いいや、そうではない。彼が驚いたのは、外部の人間が殺人を犯したあと、手のほこりを払い、家に帰ったと思ったからだ。

だがここで、われわれが咲かせた美しい大輪の花のごとき仮説も台無しになってしまったようだ。自分たちのことに立ち返ってみよう。裏口にはかんぬきがかかっていた。正面玄関には見張りがいた。外部の人間であるはずがない。どうだ？　だが、わしは以前よりも悩まされなかった。マーシャ・ブライストンが殺人者か、あるいは殺人の共犯者ではないかという考えを吟味しさえした――」

「何ですって！」サンダースが抗議した。

「本気でお思いじゃないでしょう、わたしが――」マーシャがいった。

「ほ、ほう」H・Mは、低くこもった声をあげた。「本気じゃないって？　前にも指摘した通り、あんたは事件全体でもっとも執拗かつ熱心な法の妨害者だ。嘘が都合よく働くときには、決して真実を語らない。わしの鼻先でファーガソンの手記をかすめ取り、害になることが書かれていないとわかってから返してきた。だが、あんたがドレーク・ロジャース・アンド・ドレーク弁護士事務所の金庫の鍵を持っていたり、ヘイの財政状況について知っていたりするとは思えなかった。ミセス・シンクレアの家へ泥棒に入ったときのあんたの行動を見たところでは、優秀な泥棒兼殺人者にも、優秀な共犯者にも思えなかった。この線はないだろう。

だが、誰ならばありえたかが、だんだんと明らかになってきた。

懐かしの〝ジューディス・アダムス〟だ！」H・Mは感極まったようにいった。「デニー・ブライストンはわしに、彼女のことや、ドラゴンに関する彼女の本のことを教えてくれた。わしは悪態をついていたかもしれない。実際そうしたよ。それは証拠ではなかった。フェリックス・ヘイがこの上なく下手な駄洒落をいおうとした例にすぎなかったのだ。『パーティーの主役』の中でも最低のユーモアだ。ティモシー・リオーダンも指摘したジューディス・アダムスの博識ぶりと語学好きが、彼にその情報をもたらしたのだ。何たることだ」

彼は意地悪そうに指さした。

「デニー。〝ドラゴン〟という言葉の由来は何だ？」

答えたのはシューマンだった。「前にも指摘しましたが、ヘンリー卿、おとなしい蛇を表すラテン語のドラコから来ています――」

「おとなしい蛇！」H・Mはうなるようにいった。「そう。おとなしい蛇だ。聞いてくれ――」彼は本を手に取った。「ジューディスがこのことについて何と書いているかを。〝ローマ人にとって、ドラコはキリスト教の伝説に登場するような口から火を吐く蛇ではなく、裕福な家庭がペットとして飼う、時に毒を持つがおとなしい蛇のことである。英語で、小型の大砲を意味するドレークという言葉は、ここから派生したものだ。しかし特筆すべきは、ラテン語のドラコはスペイン語ではエル・ドラコとなり、エリザベス女王時代にはスペインを襲撃したフランシス・ドレーク卿を指すのに使われた〟。どうだ！　こういうわけなのだ。フェリックス・ヘイはその魅力に抗《あらが》えなかった。おとなしい蛇、小型の大砲、同じ名前の人物。彼がくすくす笑っているところが目に見えないかね？　だが、あいにく彼はさほど頭の切れる男ではなかった。そのために死んだのだ。エル・ドラコ、ドレークのために――」

「わたしの助手のミスター・エル・ハキムには」シューマンがいった。「お話しした通り、半分スペイン人の血が流れています。昨日、部長刑事が電話であの本について しきりに議論しているのを聞いて、彼があれほど面白がった理由を部長刑事は理解できないようでした。ヘイはチャールズ・ドレークのことを、その名前で呼んでいたのです」

「ふむ。それであんたは」と、H・Mはいった。「その情報を明かす前にひどく怯えなくてはならなかったのだな。

気にするな。実際の証拠に戻ろう。

さて、わしはマスターズに、ヘイが殺された日のミセス・シンクレア、デニー・ブライストン、バーナード・シューマンのまる一日の行動を調べさせた。アトロピンが角氷に混入されたのは、六時――ドレークがここを訪れた時刻――から十時四十分の間であることは確かだ。彼らの中にそれができた者がいるだろうか？　さらに、ドレーク・ロジャース・アンド・ドレーク弁護士事務所に、実際に泥棒に入ることができた者は？

いいや、彼らにはできなかった。

今朝から午後にかけて、ポラード部長刑事が集めた情報からは、ミセス・シンクレアが十一時にデニー・ブライストンとここへ来るまでの、まる一日の行動が立証されている。ブライストンの行動もはっきりしている。同じことはシューマンにもいえる。彼を容疑者から除外できるほど遅い時間まで、ほぼ一日、サーンレイ卿夫妻という非の打ちどころのない証人と一緒だったのだ。夫妻も確認してくれた。そうなると、この三人の誰ひとり、殺人にも泥棒にも関係していないことになる。誰ひとり、このフラットやドレークの事務所に近づいてはいなかった。

しかし、六時にこのフラットへ来たのは誰だった？

チャールズ・ドレークだ。そして、ドレークのほかにはいなかった。ヘイが寝室で着替えをしている間に、角氷にアトロピンを混入する絶好の機会があったのは誰だ？　ドレークだ。長時間キッチンにいたのは誰だ？　ドレークだ。その夜のパーティーが何時に始まり、誰が来るといった詳細を知っていたのは誰だ？　ドレークだ。

だが、さらにこの男を追い詰めてやろう！　フェリックス・ヘイは六時に、氷は入っていたが無害なカクテルを飲んでいた。それから彼は出かけた。そのあとでフラットに侵入し、悪事を行えたのが、ドレークのほかにいるだろうか？　ミセス・シンクレアやデニー、シューマンばかりではない。誰かできた者はいるか？

いいや。ヘイは出がけに、管理人のティモシー・リオーダンに、上へ来てフラットを掃除するよう指示した。ティモシー・リオーダンはただちにそれに従った。ところがそれから、この家の息子のようにキッチンに腰を据え、ヘイのウィスキーをがぶ飲みしはじめた。そして、やはりこの家の息子のように、ウィスキーの瓶から離れられなくなってしまった。彼はいつヘイが戻ってくるか知っていて、それまであまり酔っぱらわないつもりだった。酔ってしまったときにも、中身が残った瓶を持ち出した。だが、ティモシー・リオーダンが酔っていようがしらふでいようが、誰かがその狭いキッチンへ入り込んで、彼のいる前で氷に細工をするのは不可能だ。

もちろん」H・Mはいいわけがましくいった。「残忍な殺人者はティモシー本人で、彼が氷に毒を入れたといいたければ、そういえるだろう。だが、そこにはたくさんの穴があると思う。彼が氷のことを思いついたかどうかさえ怪しいものだ――それは幸いだった。さもなければ、今頃死んでいただろうからな。あんたがたがティモシーのことを六十秒でも思い出し、同時に証拠について考えたとき、彼がマーシャ・ブライストンや、そうだな、レディ・ブライストンよりも有罪のパターンに当てはまると思えるかどうか疑問だ。

それでもここに、途方もなく大きな難点がひとつある。もしドレークが殺人者だったとしたら、どうやって裏口にかんぬきと鎖をかけることができたのか？　それを除けば、すべて明白だ。答えは詩的でもあり、妥当なことでもあった。この事件にはジンが関係している。この事件にはライウィスキーが関係している。この事件にはスコッチが関係している。ティモシーは生粋のアイルランド人だ。そして、十二時十五分に裏口のドアが音を立てるのを聞いたとき、彼は忠実な息子のように上がってきてかんぬきをかけたのだ。

チャールズ・ドレークの足取りは、すべてはっきりした。ヘイは彼に関してある仕掛けをしていたが、そのことを見せなかった――あるいは、見せようとしなかった。ヘイは下手な役者だった。それを見せれば、全体の楽しみを損ねてしまうことになる。ドレークはおそらく何か月も前から、事務所での不正をヘイに知られていることに気づいていただろう。ヘイがどこまで知っているかはわからなかった。だが、現実的な男であるドレークは、現実的な手段を取った。ヘイにアトロピン入りのエールを送ったのだ。

面白いことに、ドレークはポラードに対して、経験豊富で判断力のある犯罪者のように、小馬鹿にした話し方をしている。おそらく自分がそんな犯罪者だと思い込んでいたのだろう。ともかく、ドレークはひとつのことを知っていた。つけひげをつけてこっそり薬局へ行き、下手な口実で少量の毒物を求め、帳簿に偽名でサインをすれば、ばれるのは確実だ。はるか昔にモンテ・クリスト伯がいったように、五軒の薬屋へ行けば、身元をたどられる確率は五倍になる。ひそかに毒物を購入する方法はただひとつ、誰も深く考えないほど大量に買うことだ。たとえばニコチンだ。これも致死性の毒であり、少量でも買うことはできない。ところが、ケント州のホップ地区ではトラック一杯に買い込み、何も訊かれずに走り去ることができるのだ。ドレークのアトロピンもそれと同じだ。彼は自分で、目薬を製造する〝会社〟を作っている。彼は問屋から純粋なアトロピンの十オンス瓶を購入しているが、それだけ大量ならば毒物ともみなされない。

だが、ヘイはそのエールを飲まなかった。そして、誰がそれを送ってきたのか怪しむようになった。おそらく、その疑惑はかなり強いものだったろう。そうでなければ、なぜその瓶を弁護士のところへ持ち込み、彼ら――つまりチャールズ――に、分析科学者のところへ持って行かせたのだろう？　彼はそれについて、ドレークに詳しく話している。そしてドレークに、私立探偵に送り主を調べさせるよう依頼している。だがそれでも、ヘイはブライストンのような医師や、ミセス・シンクレアのように何人もの夫がいる女性に向けるほどの疑いを、ドレークに向けていたとは思えない。

やがて、五つの箱を使って攻撃する段階へ来たヘイは、敵に対して巧みな罠を仕掛けたことで、喜びではちきれんばかりになっていたことだろう。彼はほかの敵と、おかしな真似をしたときに備えてドレークに対しても罠を仕掛けていた。ドレークはそれを見抜いていた。ドレークが〝ジューディス・アダムス〟のことに気づいていて、直後に自分の箱を開けたことに五ポンド賭けてもいい。ヘイが彼のどんな秘密を握っていたかはわからない。ドレークは話そうとしないだろう。だが箱の中身は、ヘイが本当に知っていたもうひとつの事柄が、身の毛もよだつほど恐ろしいものであることを示していたに違いない。それはあまりに危険だった。それでヘイは殺されなくてはならなかったのだ。

ドレークは、パーティーもしくは役員会が開かれるのを待っていた。ヘイはそのことをほのめかしていたに違いないし、ドレークはそれに備えていた。彼は偽の泥棒を働き、自分のものだけでなく、ほかの人々のものも含め、すべての箱を盗み出さなくてはならなかった。彼が五つの箱を盗んだのは、〝泥棒〟と殺人が行われた当日よりも前のことだと思う。彼はすべての箱を開け、奇妙な品と、疲れを知らない注釈者であるヘイによって書かれた、ブライストン、シューマン、そしてピーター・シンクレア・ファーガソン夫妻に関する詳細な説明と経歴を見つけたのだ。

そして、ドレークは素晴らしいアイデアを思いついた。パーティーの場で、彼らにアトロピンを飲ませることができたらどうだろう？　殺すのではない！　意識を失わせるだけだ。そうすれば、安全にフラットへ侵入し、ヘイがほかに証拠を握っているかどうかを確かめられる。そして、ヘイの有名な仕込み傘か、ヘイがフラットに置いているサーベルで殺すことができる。ヘイは串刺しになり、三人の殺人の容疑者はテーブルの周りで意識を失っている。そのポケットには、ちょっとした証拠の品を入れておく。ちょっとでいい。時計や拡大鏡といった、不釣り合いな、つまらないものでいいのだ。それらは、彼の狙い通りに人々が発見されたとき、ひどく説明が難しくなるようなものだった。

おわかりかな？ 彼らの秘密をすべて暴くのは愚行というものだ。彼らは警察の調べに屈し、必要以上に警察に協力するようになるだろう。彼らの罪をほのめかす品だけなら、不正な過去の例にならって彼らは結束し、互いに嘘をつき、かばい合うだろう。そして三人全員が、知らないうちに一致団結してチャールズ・ドレークの身を守ることになる。悪くない。

ひとつ厄介なことがあった。ミセス・シンクレアを有罪とする証拠は、ヘイの注釈付きの二通の手紙だけで、それ以外にはなかった。この文書を彼女のハンドバッグに入れれば、重大な秘密が暴露され、その女性（彼は当人のことを知らなかったのだ）が警察に余計なことをしゃべってしまうかもしれない。だが、そこには彼女の夫であるピーター・ファーガソンの秘密もあった。ご丁寧にもミセス・シンクレアの話を通じて、ヘイが知った秘密だ」

ここでH・Mは、眼鏡越しに落ち着いた表情のボニータを見た。彼女はH・Mに向かってほほえんでいた。

「マダム、あんたはピーター・ファーガソンが死んだと信じてはいなかった。そうだろう？ 信じていたら、あんたへの罠である保険金を受け取っていただろう。ヘイも彼が死んだと信じていなかった。だが、誰もその居場所を知らなかったので、パーティーに呼ぶことはできなかった。そこでチャールズ・ドレークは、燐と生石灰（あんたが保管し、ヘイが入手した、ファーガソンの昔の商売道具だ）をあんたのハンドバッグに入れ、ファーガソンとの関係を強調したのだ」

ボニータ・シンクレアは肩をすくめた。

「まだそれほど遅い時間ではありませんから」彼女はほほえんだ。「打ち明け話をする用意はできています。でも、ひとつ訊いてもよろしいでしょうか？　ドレーク自身が、パーティーに呼ばれていたらどうなったでしょう？　ヘイが彼を招待していたら？」

H・Mは彼女をじっと見た。「おやおや！」彼はいった。「それでお楽しみを台無しにするというのか？　自分の鮮やかな計画を？　ドレークに疑惑があることを伝えるには、ジューディス・アダムスの仕掛けをほのめかすか、少なくともヘイがドレークをどう思っているかを知らせなくてはならないはずだ。それはないよ。ドレークは、自分が安全だと知っていたのだ。

さて、ドレークが〝今夜がそのときだ〟と聞いたとき、準備はもうできていた。彼は夕方六時頃にヘイを訪ねる手はずを整えた。なぜだと思う？　ヘイは夕食のために着替えをし、出かける前にカクテルを飲むからだ。したがってドレークには、冷蔵庫の氷を作り直す立派な口実があったか、口実を作ることができた。

事務所への〝泥棒〟は、職員が帰った後の六時半から十時半の間に決行されたに違いない。そのときにヘイの有価証券を盗んだのか、（わしの推測通り）そのずっと前に盗んでいたのかはわからない。彼は証書箱の鍵を壊し、窓をこじ開けたように細工して、また出て行った。

彼は十時半にはグレート・ラッセル・ストリートにいたはずだ。フラットに忍び込み、客たちが来るのを待っていた。フラットで待つのも容易なことだった——寝室には、アルコーヴ〔部屋の一部分を窪ませた小室〕のように大きな衣装戸棚があるからだ。彼はヘイのフラットの合い鍵を持っていたと思われるが、それも必要なかった。管理人のティモシーがキッチンでウィスキーをがぶ飲みしていたため、ドアは開いていたのだ。

チャールズ・ドレークは寝室に入って待った。彼はあまりうろつかなかった。アトロピンが効く前に誰かが気づいて早まった通報をしないよう、（ティモシーが出て行ったあとで）電話線を切ったときを除けばな。その後、彼は衣装戸棚に隠れた。

それから何があったかはおわかりだろう。最大のピンチは、ピーター・ファーガソンがいきなり寝室に現れて、ドアの隙間から居間を熱心に見はじめたことだった。ドレークはファーガソンを知らなかったし、彼がいったい何をしているのかもわからなかった。だが何者にせよ、ファーガソンは下の階の無害な事務員に見えたので、ドレークは心配しなかった。ファーガソンは別室の人々を見ていて、ドレークには気づかなかった。少なくともドレークはそう思っていた。やがてファーガソンは、全員がアトロピンで気を失う前に出て行った。

ふむ。さて、ドレークの失敗は、あまりに仕事が早かったことだ。彼は各人のポケットに証拠の品を入れた。そして、決死の努力で勇気を振りしぼり、仕込み傘でヘイを刺した。その後は、さっさとその場を離れようとした。彼がこうしたことに慣れていないのはおわかりだろう。

だが、彼は完全に動転してはいなかった。彼の狡猾な目的は、〝薬を盛られた〟客のひとりがここを抜け出し、グレイ法曹院へ行って盗みを働き、また戻ってきたように思わせることだった。彼はもう少しでそれを不変のものとしてわれわれの頭に植えつけることができた。そのために彼は、すべてのドアを開けっぱなしにしておいたのだ——ヘイのフラットのドアと、建物の裏口のドアをな。そして、仕込み傘を目立つように階段に立てかけておいたのだ。

イギリス＝エジプト輸入商会の事務所は暗かった。彼はファーガソンが自分をつけているのを知らなかった。だが、グレイ法曹院へ行くという、ドレークの（これもまた）狡猾な戦略はわかるだろう。よほど近くで見られない限り、人に見られても構わなかった。通りすがりの人物がグレイ法曹院へ人が入るのを見て、あとから警察が確認できるようにな。だが——」

H・Mは言葉を切り、シューマンを見た。

「いいかね。あんたは首席警部に、ファーガソンがチャールズ・ドレークを個人的に知っていたといったね？　今日の午後、そういったろう？」

シューマンはうなずいた。「ええ。十年ほど前にファーガソンがそんな話をしているのを聞きました。彼はドレークの、水兵みたいに揺れる歩き方が目立つようになったといっていました。それで、ファーガソンは建物を出て行く彼を見て、何者かに気づいたのでしょう」

「建物を出て行く」H・Mは辛辣な楽しみとともにいった。「そうだ。もちろん、普通にね。チャールズ・ドレークは裏口ではなく玄関のドアから出ようとしたのだ。そのほうが当然、トラブルが少ない。ところが——玄関ドアのガラス越しに彼が見たのは——」H・Mはマーシャに向き直った。

「目の前で、街灯の下に立っているあんただった」

ところで、お嬢ちゃん、あんたはここでも法の邪魔をした。あんたはサンダース先生と上階で死体のように倒れている人々を見つけるまで、父親のポケットに四つの時計が入っていることを知らなかった。彼が階下で警察に電話し、救急車を呼んでいる間に、それがデニーのポケットに入っているのを見つけたのだ。あんたはその意味を知っていた。それで、先生が上ってきたときに、父親がその夜、出かける前にそれを借りたというとんでもない作り話をした。スリに気づかれないようにするため、注意をそらしたのだ――まあ、気にしなくてよろしい。

ドレークの話だったな。もうほぼ語り尽くしてしまった。ドレークは、そこに人がいたことを証明するため、自分の事務所を手短に見回し、ベテランの犯罪者のように、窓が外からこじ開けられたように掛け金に細工をした。十二時十五分、彼は歩いて十分ほどのブルームズベリー・スクエアにある自宅へ戻った。当然ながら、十二時半ちょうどに事務所の窓から出てくるのを夜警が見たのは、(ご推察の通り)ドレークを追っていたファーガソンだった。もちろんその時刻にはドレークは家にいて、夜警が泥棒だと騒ぎ立てる電話に出ることができた。

泥棒が逃げて行ったのは十二時半だと夜警から聞き、それが自分にとってこの上ないアリバイになることを知ったとき、彼はいったいどうしたことかと思ったことだろう。泥棒について調べに向かう途中――彼はポラード部長刑事に、すぐに着替えて事務所へ行ったと供述している――彼はグレート・ラッセル・ストリートへ寄った。その狙いは、公衆電話から警察へ電話して、ヘイのフラットの様子がおかしいと知らせるためだった。

だが彼は、殺人がすぐにも露見することを知った。マーシャ・ブライストンとサンダース先生が、街灯の下で何やら議論したあと、建物に入って行ったからだ。

その後のことは、マスターズが型通りの報告をしてくれるだろう。ファーガソンは、手記に書かれている通りグレート・ラッセル・ストリートに引き返した。殺人が発覚したとき、彼はそこにいたのだ。彼はまったくわけがわからなかった。客のポケットに入っていたものは、彼の頭をひどく悩ませたが、彼はドレークが殺人犯であることを知っていた。そして翌日、素晴らしい恐喝の企てを頭に秘めて、ドレークに連絡した。明らかに、この豊かな金脈を妻に知らせる気はなかったのだろう。彼女が警視庁に連行されている間、彼はドレークをチェイニー・ウォークに呼び出して話をした。ドレークは、このことにも備えていた。どうやったかはおわかりだろう。

だが、もっとも残念な部分は、ドレーク自身が雇った私立探偵会社のエヴァーワイドが、ヘイとファーガソンが殺される前に毒薬の出どころを突き止めてしまったことだ。殺人が起きたことを知った探偵社は、どうすればいいかわからなかった。だが、事は殺人であり、彼らは自分たちの評判を重んじていたので、まずはドレークに情報を握っていることを話し――それから警察へ行った。マスターズとわしは、彼らがドレークに情報を洩《も》らしたのを知ると、ドレークを懲《こ》らしめて殺人の経緯をしゃべらせるときが来たと判断した（彼はポラードとライトが、別室に引き留めている）。われわれは、ここにいるミスター・シューマンから、残りの証拠を教えてもらった。彼はヘイがジューディス・アダムスの仕掛けをしていたのを知っていただけでなく――」

「わたしはテーブルにいた人々の中で、最後に意識を失いました」シューマンがとても静かな声でいった。「意識がなくなる前、彼が部屋に入ってきたのを見たような気がしたのです。アトロピンによる幻覚かもしれないと思っていましたが、今では違うとわかります。しかし、ほかの事実を明かさずに、どうしてそれをいえましょう？――」

彼は手を伸ばし、テーブルを叩いた。それから彼は震える息を吸い、全員が黙りこくった。

外では雨が降りはじめていた。最初は小雨だったが、やがて強さを増し、二日前の夜のような雨音になった。サンダースは別のことを思い出した。二日前の夜、彼はハリス研究所で、ある問題に取り組んでいた。この事件に足を踏み入れる前に最後に悩まされていたのはスミス事件であり、問題はどうやってアイスクリームに砒素が混入されたかということだった。今ではそれがわかった。

沈黙の中、レディ・ブライストンが立ち上がった。かなり前にH・Mに対して率直な意見を述べてから、彼女は口をきいていなかった。

「この事件は法廷に持ち込まれると考えてよいのでしょうか？」彼女は静かにいった。

「その通り」H・Mはそういって、無表情に彼女を見た。

「この恐ろしい――不名誉が――夫に関する何もかもが、法廷で語られるのですか？」

ブライストンは顔をしかめたが、笑みを浮かべた。「気にすることはない、ジュディ」彼はなだめるようにいった。「自分の始末は自分でつけるよ。わたしは笑い飛ばす方法を学んだのだから」

「でも、わたしは気にするわ」彼女はいった。今は静かな、強い怒りに身をこわばらせている。「それが慰めだと思っているなら、わたしは笑い飛ばす方法など学んでいないわ。学びたいとも思わない。こんなことに、わたしが耐えられると思っているの？　今夜ここへ来ることでさえ耐えられると？　ほかのことにも耐えられると？　わたしの親類に恥をかかせないために？　わたしには我慢できないわ。頭がおかしくなってしまう」

「でも――ジュディ！　船旅は――」

「計画したときには、このことはうまくもみ消されると思っていたのよ。今では楽しみにしているとはとうていいえないわ。さようなら、デニー。さようなら――皆さん。いいえ、マーシャ、あなたはここにいなさい。明日にも弁護士に離婚の手続きをしてもらいます」彼女はボニータ・シンクレアのほうを見なかった。「ここにいる共同被告人の名前は、いうまでもないでしょうね。こうすれば、名目上だけだとしても、わたしはこの件とのかかわりをさっさと断ち切れるでしょう」

彼女はゆっくりと部屋を出て行った。ブライストンは勢いよく立ち上がり、そのあとを追った。

「ええ、彼女を追うといいわ」ボニータ・シンクレアがいった。「彼女のあとを追って、これから一生、魂の安らぎと心の平和を捨ててしまえばいい。さんざんいじめられて、自分の娘といても居心地の悪い気分になるといいわ。それともわたしのような、あなたが嬉々として金目当ての売春婦と呼ぶ女のところにとどまって、幸せを知るチャンスをつかむこともできるのに。あなたに会うまで、わたしは生きているとはいえなかった。あなたもわたしに会うまでそうだった。どうにでも好きにするといいわ。でも、何をしようと、まずはあなたのお友達にお礼をいうことね。嚙み煙草を嚙み、ひどい文法であなたの無教養な知り合いを驚かせたとしても、あなたが本当に困っているときに手を差し伸べ、助けようとしてくれたただひとりのお友達に」

H・Mはさまざまな怒りと興奮で、しきりに唾《つば》を吐くような音を立てていた。マスターズは初めて、彼がすっかり途方に暮れているのを見た。だがサンダースはマーシャを見ていた。彼女はサンダースが握っていた手をそっと外して、咳払いした。ほとんど人目を忍ぶようなしぐさで手を伸ばし、もうひとりの女性の腕に触れた。

「ミセス・シンクレア」マーシャはいった。「申し訳ありません。どうか許してください」

［製作総指揮］

山口雅也（やまぐち　まさや）

早稲田大学法学部卒業。大学在学中の一九七〇年代からミステリ関連書を多数上梓し、八九年に長編『生ける屍の死』で本格的な作家デビューを飾る。九四年に『ミステリーズ』が「このミステリーがすごい！'95年版」の国内編第一位に輝き、続いて同誌の二〇一八年の三十年間の国内第一位に『生ける屍の死』が選ばれKing of Kingsの称号を受ける。九五年には『日本殺人事件』で第48回日本推理作家協会賞（短編および連作短編集部門）を受賞。シリーズ物として《キッド・ピストルズ》や《垂里冴子》など。その他、第四の奇書『奇偶』、冒険小説『狩場最悪の航海記』、落語のミステリ化『落語魅捨理全集』などジャンルを超えた創作活動を続けている。近年はネットサイトのGolden Age Detectionに寄稿、『生ける屍の死』の英訳版*Death of Living Dead*の出版と同書のハリウッド映画化など、海外での評価も高まっている。

［訳者］

白須清美（しらす　きよみ）

翻訳家。訳書にフランシス・アイルズ『被告の女性に関しては』（晶文社）、デイヴィッド・イーリイ『タイムアウト』（河出書房新社）、パトリック・クェンティン『俳優パズル』（東京創元社）、カーター・ディクスン『パンチとジュディ』（早川書房）、H・H・ホームズ『九人の偽聖者の密室』（国書刊行会）、マーティン・エドワーズ『探偵小説の黄金時代』（国書刊行会、共訳）他。

奇想天外の本棚　山口雅也＝製作総指揮

五《いつ》つの箱《はこ》の死《し》

二〇二三年六月十日初版第一刷印刷
二〇二三年六月二十日初版第一刷発行

著者　カーター・ディクスン
訳者　白須清美
発行者　佐藤今朝夫
発行所　株式会社国書刊行会
東京都板橋区志村一―十三―十五　〒一七四―〇〇五六
電話〇三―五九七〇―七四二一
ファクシミリ〇三―五九七〇―七四二七
URL : https://www.kokusho.co.jp
E-mail : info@kokusho.co.jp
装訂者　坂野公一（welle design）
印刷所　創栄図書印刷株式会社
製本所　株式会社ブックアート
ISBN978-4-336-07408-9 C0397